초고手傳奇

법왕전기

Fantastic Oriental Heroes

우독 新무협 판타지 소설

법왕전기 1

우독 新무협 판타지 소설

초판 1쇄 찍은 날 § 2006년 1월 27일
초판 1쇄 펴낸 날 § 2006년 2월 7일

지은이 § 우독
펴낸이 § 서경석

편집장 § 문혜영
편집책임 § 최하나
편집 § 장상수 · 문정흠

펴낸곳 § 도서출판 청어람
등록번호 § 제1081-1-89호
등록일자 § 1999. 5. 31
어람번호 § 제2-0825호

주소 § 경기도 부천시 원미구 심곡1동 350-1 남성B/D 3F (우) 420-011
전화 § 032-656-4452 팩스 § 032-656-4453
http://www.chungeoram.com
E-mail § eoram99@chollian.net

ⓒ 우독, 2006

ISBN 89-5831-965-8 04810
ISBN 89-5831-964-x (SET)

검왕전기

Fantastic Oriental Heroes

우독 新무협 판타지 소설

1

도서출판 청어람

목차

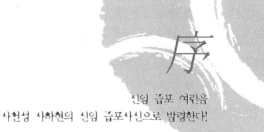

序

신임 즙포 여린을
사천성 사하현의 신임 즙포사신으로 발령한다.

대명(大明) 십일대 천자이신 정덕제의 치세인 서기 천오백이십 년
의 겨울은 유난히 추웠다.

홍덕제의 맏아들인 정덕제는 어려서는 총명하였으나 황위에 오른
이후, 요망한 라마교에 경도되어 아름다운 후궁과의 여색은 물론 환관
들과의 남색까지 탐하며 쾌락에 몰두하자 산동, 사천, 강동성 등지에서
추위와 굶주림에 지친 백성들이 봉기하고, 남경의 영왕(寧王)이 공공연
히 황명을 무시하고 은밀히 군세를 모으니 나라가 온통 벌집을 쑤신
듯 소란스러웠다.

도찰원(都察院)은 황제 직속의 사정 기관답게 육부(六部), 팔원(八院)
중 유일하게 자금성 내원과 맞닿아 있었다.

그 하나만 뜯어서 내다 팔아도 작은 기와집 한 채는 살 수 있다는 값

비싼 대리석을 밟으며 여린은 황궁 뜰을 홀로 걷고 있었다. 이제 막 북경의 군관 학교를 졸업한 하급 관리답게 관조차 쓰지 않은 황색 관복 차림이었으나 눈빛만은 범접하기 힘든 기상으로 형형하게 빛났다.

"푸드득!"

눈 쌓인 노송 가지 위에 앉아 있던 까치가 인기척에 놀라 날아오르자 눈덩이가 퍼더덕 떨어졌다.

여린은 문득 걸음을 멈추고 얼음장처럼 쨍한 겨울 하늘로 날아오르는 까치를 올려다보았다. 그의 가슴으로 한줄기 회한이 스치고 지나가며 저도 모르게 주먹이 와락 움켜쥐어졌다.

'제가 여기까지 왔습니다, 아버지. 아버지를 비명에 가게 한 그들을 철저히 단죄하는 모습을 저승에서나마 지켜봐 주십시오.'

높다란 계단을 따라 십수 명의 금의위 장수가 금빛 갑주를 번뜩이며 시립해 있는 웅장한 도찰원 건물이 시야에 들어왔다.

"후우우!"

가슴을 쫙 펴고 크게 심호흡을 한 번 한 여린은 계단을 힘차게 밟고 올라가기 시작했다.

도찰원 대전 안에는 이미 여린과 함께 직(職)을 받게 될 열두 명의 신임 즙포가 좌정해 있었고, 그 너머 태사의에 도찰원의 수장인 제형안찰사사 대인이 꼬장꼬장한 얼굴로 앉아 있는 게 보였다. 제형안찰사사의 곱지 않은 시선을 받으며 여린은 맨 뒷자리로 가 조용히 앉았다.

여린을 마지막으로 신임 즙포들이 모두 자리한 것을 확인한 제형안찰사사가 황제 폐하의 교지를 펼쳐 읽기 시작했다.

"신임 즙포 유진해, 하남성 태율현의 즙포사신으로 발령한다!"

"명을 받들겠나이다!"

제형안찰사사의 호명에 따라 맨 앞줄에 앉아 있던 매부리코 청년이 서둘러 나아가 공손히 사령장을 받았다.

"신임 줍포 감상욱, 하남성 유명현 줍포사신으로 발령한다!"

"명을 받들겠나이다!"

"신임 줍포 공손후, 섬서성 당천현 줍포사신으로 발령한다!"

"명을 받들겠나이다!"

"신임 줍포 왕출, 감숙성 갈마현 줍포사신으로 발령한다!"

"명을 받들겠나이다!"

제형안찰사사의 호명에 따라 신임 줍포들이 차례로 나가 사령장을 받았다. 그리고 마침내 제형안찰사사의 손에 마지막 한 장의 사령장이 남게 되었다. 제형안찰사사가 여린 쪽을 힐끗 쳐다보더니 사령장을 읽기 시작했다.

"신임 줍포 여린, 청해성 송강현의 줍포사신으로 발령한다!"

동시에 여린이 벌떡 자리를 박차고 일어서며 소리쳤다.

"이의 있습니다!"

엄숙한 분위기 속에 숨죽이고 앉아 있던 좌중의 시선이 일제히 여린에게로 쏠렸다.

황명에 이의라니? 어떤 겁없는 놈이 감히 제형안찰사사 대인 앞에서 저따위 망발을 입에 담는단 말인가? 신임 줍포들이 참으로 한심하다는 눈으로 여린을 바라보았다.

한동안 지그시 여린을 노려보던 제형안찰사사가 천천히 입을 열었다.

"황명을 거부하겠다는 뜻이냐?"

"소관이 어찌 지엄한 황명을 거부하겠나이까? 다만 처음 통고받았던 임지와 다른지라 대인께 확인을 요청하고 있을 뿐입니다."

제형안찰사사의 눈꼬리가 조금 더 위쪽으로 치켜 올라갔다. 평소의 꼬장꼬장한 성격대로라면 당장 밖에 있는 금의위 장수들을 불러들여 저 겁없는 줍포를 끌어내었으리라. 하지만 여린이 황실 안에서 가장 막강한 권력을 가진 누군가의 제자라는 사실에 생각이 미치자 그는 어쩔 수 없이 치밀어 오르는 분기를 찍어누를 수밖에 없었다.

제형안살사사가 간신히 성질을 억누르며 여린을 향해 말했다.

"이미 통고를 받았다고? 나는 이 자리에 오기 전 그 누구에게도 너희들의 임지를 누설한 적이 없다. 그런데 어찌 통고를 받을 수 있단 말이냐?"

"그것은……."

여린은 그만 말문이 막혀 버렸다.

제형안찰사사가 그런 여린을 손가락으로 가리키며 분노를 폭발시켰다.

"네 이놈! 네놈이 감히 상자(上者)를 속이고 황명을 업신여기는 대죄를 지으려 하느냐?!"

"그만 노여움을 가라앉히시지요, 안찰사사 대인."

이때 바로 옆쪽 작은 쪽문을 열고 고고한 학자풍의 당상학이 들어서지 않았다면, 제형안찰사사는 정말 금의위 장수들을 불러들였을지도 모른다.

"소관이 황사(皇師)를 뵈옵니다."

제형안찰사사는 순식간에 노기를 거두고 자리에서 일어나 당상학을 향해 정중히 포권을 취했다.

황사, 황제의 스승이란 뜻이다. 당상학은 작금의 황제가 아주 어렸을 때부터 황제의 건강을 돌보며 무예를 가르치는 무예 스승이었다.

그러던 것이 지금은 국정 전반에 조언을 하는 것은 물론이고, 황제 직속 비밀 정보 조직인 동창의 수장까지 맡고 있는 실세 중의 실세가 되어 있었다.

커다란 날개를 펴고 날아오르는 백학이 수놓아진 비단 장포 차림에 쪽진 머리 위에 작은 금관을 쓴 당상학은 세수 팔십이라곤 도저히 믿어지지 않는 청수한 용모와 늘 조심스런 몸가짐, 그리고 낮고 진중한 목소리 때문에 금방이라도 선계로 승천할 것만 같은 도인으로 보였다. 그래서 그의 별호는 검군자(劍君子)였다. 검으로 능히 도를 세우는 군자라 하여 황제가 직접 내린 별호였으니, 황궁 안의 대소 신료들이 그를 흠모하고 두려워하는 건 당연한 일이었다.

이 당상학이 바로 아버지를 잃고 걸인이 되어 황도 뒷골목을 떠돌던 여린을 거두어 키운 스승이었다.

당상학이 제형안찰사사보다 더욱 깊숙이 허릴 숙이며 길게 읍을 했다.

"제자의 철없는 행동을 진심으로 사죄드립니다, 안찰사사 대인."

당상학이 이렇게까지 나오자 안찰사사로서도 더 이상 할 말이 없어졌다.

"아닙니다. 오히려 제가 필요 이상으로 흥분하였던 듯합니다."

당상학이 노기 띤 눈으로 여린을 돌아보았다. 그리곤 평소답지 않은 큰 걸음으로 여린을 향해 성큼성큼 다가갔다.

여린은 무서운 표정으로 자신 앞에 버티고 선 스승의 얼굴을 마주보았다. 평소 화를 내지 않는 사람이 화를 내면 더 무섭다고 한다. 지금 스승의 모습이 꼭 그렇다고 여린은 생각했다. 길고 흰 수염을 부르르 떨며 자신을 지그시 노려보는 스승의 눈에선 증오심마저 엿보였다.

그러나 여기서 물러설 순 없는 노릇이었다.

여린이 스승을 향해 머릴 조아리며 고집스럽게 말했다.

"사천성 사하현, 사부께서 약속하신 제자의 임지입니다."

"꼭 그곳으로 가야겠느냐?"

"……."

"피에 굶주린 승냥이처럼 복수를 위해 네 몸을 불살라야 속이 시원하겠느냐?"

여린은 차마 대답을 못하고 고갤 들어 다시 스승의 눈을 보았다. 스승의 눈에는 오랜 세월 키워온 제자에 대한 마지막 기대가 남아 있었다. 자신의 대답 여하에 따라 스승이 그 마지막 기대의 끈마저 놓아버리리란 걸 여린은 알고 있었다.

하지만 여린의 대답은 달라지지 않았다.

"보내주십시오. 제자의 소원입니다."

"이익!"

당상학이 분기를 이기지 못하고 오른손을 번쩍 쳐들었다. 한동안 부르르 떨리던 당상학의 손이 천천히 내려졌다.

"마음대로 하거라! 너와 나는 더 이상 사제지간이 아니다!"

찬바람을 일으키며 당상학이 돌아섰다. 제형안찰사사가 골치 아픈 상황에서 서둘러 벗어나려는 듯 크게 소리쳤다.

"신임 즙포 여린을 사천성 사하현의 신임 즙포사신으로 발령한다!"

'망할 놈의 겨울 날씨하곤…….'

화로가 놓여 후끈한 관용 마차에서 느릿느릿 내려서며 사천성(四川省) 사하현(瀉下懸) 현청(懸廳)의 총관, 곽기풍은 인상부터 확 구겼다.

휘이잉!

언 땅에 발을 내딛자마자 살을 에이는 듯한 밤바람이 채찍처럼 뺨을 할퀴고 지나갔기 때문이다.

"떠그럴~ 달밤에 체조도 아니고, 엄동설한 오밤중에 이게 웬 횡액이야?"

가래침을 퉤엣 뱉으며 툴툴거리는 곽기풍을 향해 현청의 포두(捕頭), 장숙과 단구가 헐레벌떡 달려왔다.

"충써엉!"

"근무 중 이상 무우!"

두 포두가 허리가 휘어지도록 젖히며 절도있게 경례를 붙였지만, 곽기풍은 냅다 정강이부터 걷어찼다.

"으아! 으아!"

"아우! 아우!!"

정강이를 감싸쥐고 껑충껑충 뛰는 해골바가지처럼 비쩍 마르고 키만 훌쩍 커 '홀쭉이'라 불리우는 장 포두와 오 척(尺) 단신에 수퇘지처럼 살만 뒤룩뒤룩 쪄 '뚱뚱이'라 불리우는 단 포두를 무섭게 노려보며 곽기풍은 사납게 으르릉거렸다.

"밥버러지 같은 것들아, 이따위 조잡한 사건 하나 처리 못해 마누라 엉덩짝 두드리며 꿈나라로 향하던 상사를 불러내냐? 엉?"

"조잡한 사건이 아닙니다요, 총관님."

"천화루 마 대인이 저 관제묘 안으로 개처럼 끌려 들어갔단 말입니다. 맨발로 달려와 고변한 점소이 놈에 따르면, 마 대인은 이미 반송장이 됐답니다."

호들갑을 떨어 대는 장숙과 단구의 얼굴을 흘겨보며 곽기풍은 끌끌 혀를 찼다.

'이래서 서른 넘긴 포두 놈들은 깡그리 목을 날려 버려야 한다니까.'

포두란 무엇인가?

현청 내에서도 흉악범들만을 전문적으로 다루는 특무조 포사(捕士) 열 명씩을 지휘하는 중간 지휘관이다. 온 나라가 어수선해지면서 변방의 이 작은 마을에도 점점 흉악 범죄가 늘어나는 추세였고, 그 사건들을 해결하기엔 자글자글한 눈 밑 잔주름만큼이나 관록 대신 겁보만 키운 저 보신주의자들은 적합하지가 않았다.

그러는 총관 당신은 쉰을 훌쩍 넘지 않았냐고? 나는 다르지. 난 몸으로 때우는 현장 직이 아니라, 명철한 두뇌로 현청 내 온갖 대소사를 처리하는 정식 지방직 종팔품 총관님이니까 말씀이야.

고갤 홱홱 가로저으며 곽기풍은 불빛 한 점 없이 어두운 갈대밭 너머 외따로이 서 있는 폐관제묘를 바라보았다.

관운장을 모시는 사당인 관제묘 뒤편으로 척박한 사천 땅을 어머니의 품처럼 휘감아 도는 장강의 지류 중 하나인 구강(九江)이 도도히 흐르는 게 보였다. 구당협, 무협, 서릉협의 삼협을 이루는 구강은 저 유명한 삼국지의 주 무대였으며, 시선 이백의 주옥 같은 시심의 근원이 되었던 중원에서 손꼽히는 절경 중 하나다.

'무식한 놈들, 저런 아름다운 풍광을 배경으로 살인이라니……'

새삼 혀를 끌끌 차며 곽기풍은 갈대밭 주변을 세 겹으로 에워싼 삼십여 명의 특무조 포사들을 둘러보았다. 특무조는 기본적으로 흉악범들이 은신한 곳의 출입문을 도끼로 까부수고 진입로를 확보하는 활로대(活路隊), 단검과 포승으로 무장하고 진입로로 짓쳐 들어가 흉악범들을 체포하는 포박대(捕縛隊), 마지막으로 활로대와 포박대를 배후에서 지원하는 궁수대(弓手隊)의 삼 대로 이루어진다. 현청의 정예 중의 정예로, 어둠 속에서 은은한 안광을 폭사하는 특무조의 믿음직한 면면을 확인한 곽기풍은 새삼 아랫배에 힘이 들어감을 느꼈다. 저들 앞에선 악랄한 흉악범도 어린애가 되고 마는 것이다.

그 믿음을 바탕으로 곽기풍이 오른손을 번쩍 쳐들며 호기롭게 명령했다.

"매우 쳐라!"

샤샤샤샤샥!

기다렸다는 듯이 삼십 명의 포사가 갈대밭에 세 갈래의 깊은 고랑을 만들며 관제묘를 향해 치달렸다.

쾅! 쾅쾅!

우지끈!

활로대의 도끼 날이 관제묘의 허술한 문짝에 쑤셔 박히자 요란한 굉음과 함께 문이 안쪽으로 쓰러졌다.

"꼼짝 마!"

"움직이면 죽는다!"

"엎드려! 병장기를 버리고 엎드려, 견자(犬子) 놈들아!"

오른손엔 단검을, 왼손엔 포승을 꼬나 쥔 포박대가 쓰러진 문짝을 짓밟고 어둑한 사당 안으로 들이닥쳤고, 그 뒤를 살을 메긴 활시위를 팽팽히 당긴 궁수대가 뒤따랐다.

그러나 보무도 당당히 사당 안으로 진입한 포사들은 사당 한구석에 태연히 자리잡고 앉아 있는 중년 사내를 발견하곤 그만 맥이 쭉 빠져 버렸다.

"왜 이리 조용해? 납치범들은 벌써 도주한 거냐?"

장숙과 단구를 거느리고 곽기풍이 어슬렁어슬렁 사당 안으로 들어섰다. 그리고 왜 특무조들이 범인을 체포할 수 없었는지 알게 되었다.

"여어어~ 겁나게 오랜만이랑게요, 썽님."

사당 한구석 낮은 제단 위에 걸터앉아 반갑게 손을 쳐드는, 멧돼지처럼 포악하게 생긴 중년인은 철기방(鐵騎幇)의 사하현 당주(堂主) 갈산악이었다.

갈산악의 발밑에는 어쩌나 얻어터졌는지 형체조차 알아볼 수 없을 정도로 퉁퉁 부어터진 얼굴에 군데군데 검붉은 피딱지가 엉겨붙고, 발가벗은 전신이 푸르뎅뎅한 멍 자국으로 뒤덮인 천화루 루주 마 대인이 비 맞은 개처럼 달달달 떨며 무릎이 꿇려 있었다. 그리고 마 대인 주변엔 검은 무복에 가슴과 등에 각각 '철(鐵)' 자와 '혈(血)' 자가 큼직하게 새겨진 둥근 쇠 방패를 갑주처럼 착용한 십여 명의 철기방 문도들이 큼직한 낭아곤 한 자루씩을 꼬나 쥔 채 병풍처럼 시립해 있는 게 보였다.

'똥물에 튀겨 버릴 무뢰배 새끼들.'

부화가 치민 곽기풍은 으드득 이부터 갈아붙였지만 함부로 포박령을 내리진 못했다. 그는 누구보다 무뢰배들의 가슴과 등짝에 새겨진 '철혈(鐵血)'이란 두 글자의 의미를 잘 알고 있었던 것이다.

기존의 구파일방을 비롯한 명문 대파들이 실질적 격투보다 정신적 수양에 치중하는 동안 철기방은 늑대의 이빨이라 불리우는 저 무식한 낭아곤과 군대식 집단 전투를 바탕으로, 이곳 사천 땅은 물론 감숙, 청해의 서북삼성에서 명실공히 최강의 무림 세력으로 급부상할 수 있었다.

곽기풍이 새삼 마 대인의 얼굴을 살폈다. 푸르뎅뎅하게 부어오른 그의 얼굴은 웃고 있는 듯도 하고, 울고 있는 듯도 했다. 감당하기 힘든 공포 때문에 그는 자신을 구하러 온 현청의 관리들을 알아보지도 못했다. 이때 흰자위만 지나치게 부풀어 있던 마 대인의 눈동자가 한 바퀴 핑그르르 휘도는가 싶더니, 비로소 정상인의 눈빛으로 돌아와 곽기풍을 뚫어지게 바라보는 것 아닌가?

그에게서 비로소 정상적인 반응이 터져 나왔다.

"아이고오~ 나 좀 살려주시오, 곽 총관! 이 무도한 놈들이 멀쩡한 사람을 생강시로 만들려 하고 있소! 제발 좀 살려주시오오!"

곽기풍을 향해 네 발로 엉금엉금 기어가는 마 대인의 뒷모습을 내려다보며 갈산악이 피식 실소를 날렸다.

"곧 뒈질 것처럼 낑낑대더니 아직은 살 만한 모양이여, 잉?"

갈산악이 문도들을 돌아보며 눈을 부라렸다.

"늬들이 얼마나 물렁하게 주물렀으면 저 영감탱이가 주둥일 함부로 나불거린다냐, 이 빌어먹을 놈덜아?"

"시정하겠습니다, 당주님!"

갈산악의 말이 떨어지기가 무섭게 장비처럼 우락부락하게 생긴 문도 놈이 양손으로 잡은 낭아곤을 머리 위로 화악 치켜 올리며 달려 나왔다.

빠아악!

"케헤헥!"

마 대인의 등짝으로 낭아곤의 날카로운 쇠침이 쑤셔 박히자 핏물과 함께 살점이 분분히 터져 올랐다.

"갈산악, 너 정말 죽고 싶냐, 앙?!"

더 이상 참지 못한 곽기풍이 악에 받쳐 소리쳤다.

第一章

여린, 부임하다

여리, 부임하다

이럴 수가.
내가 이런 대승이에게 당하다니……!

간만의 푸근한 아침이었다.

서역에서 들여오는 토산품을 사고파는 난전과 점방들, 그리고 장사치들의 주머니를 노리는 크고 작은 객잔과 주루들이 죽 늘어서 사하현에서도 가장 번화하다는 대서문로(大西門路) 너머 널찍한 광장 한복판에 현청 청사는 자리잡고 있었다.

활짝 열린 현청 대문 양옆, 기다란 장창을 꼬나 쥔 두 명의 포사가 짐짓 눈을 번뜩이며 광장을 오가는 행인들을 주시하고 있었다. 그중에서도 고참 포사 막여청의 눈매는 특히 매서웠다.

관청에 가면 판관님보다 문지기의 권세가 더 무섭다고 했던가?

십 년 가까이 현청 대문을 지키고 있는 막여청은 정문지기가 얼마나 왕보직인지 잘 알고 있었다.

낫 놓고 기억자도 몰라 소장 한 번 내밀어보지 못한 늙은 농투성이에게 소장 작성법을 친절히 일러주고, 뇌옥에 갇힌 남편 면회 한 번이 소원인 아낙을 위해 옥사장과 짜고 은밀히 면회를 주선하고, 가족들에게 서찰 한 통 보내고 싶어 안달인 죄수들의 서찰 배달 등등……

정문지기라는 막강한(?) 권세를 이용, 서른을 훌쩍 넘긴 더벅머리인 그는 대동문로(大東門路) 외곽에 근사한 이층짜리 기와집까지 장만해 두었던 것이다.

'오늘은 어째 돈 냄새 풍기는 놈이 도통 보이질 않는구먼.'

입맛을 쩝쩝 다시던 그의 시야에 이상한 광경이 들어왔다.

투걱투걱투걱!

행인들을 헤치고 자잘한 자갈이 깔린 광장을 힘겹게 걸어오는 말, 아니, 그 늙은 당나귀는 당장이라도 쓰러질 듯 피곤해 보였다. 비루먹은 당나귀란 말은 꼭 저 당나귀를 위한 것 같았다.

한 젊은 청년이 뻔뻔스럽게도 그런 당나귀 등짝에 떡하니 버티고 앉아 있었다.

청년을 발견하는 순간 막여청은 절로 고갤 갸웃했다.

그의 오랜 경험에 비추어볼 때 현청을 방문하는 인간 군상은 대략 세 가지 유형으로 분류된다. 첫 번째는 슬픔에 잠긴 유형, 두 번째는 성이 난 유형, 세 번째는 목에 금테를 두른 듯 잔뜩 거드름을 피우는 유형이다. 첫 번째는 십중팔구 가족이나 친지가 송사에 휘말려 뇌옥에 갇힌 경우이고, 두 번째는 사기를 당했거나 집안에 도둑이 들어 고변하러 달려오는 경우, 마지막은 신임 현감이나 총관이 부임을 해오는 경우이다.

"그놈 참 이상하다."

새삼 고갤 갸웃하며 막여청은 나직이 중얼거렸다.

당나귀에 올라탄 청년은 식전부터 처녀 불알이라도 구경한 사람처

럼 빙글빙글 웃으며 파란 겨울 하늘을 올려다보고 있었는데, 현청을 방
문하면서 저런 표정을 짓는 인간은 단언코 처음이었다.

청년의 행색 또한 요상했다. 옷은 평민들이 즐겨 입는 평범한 황색
단의(短衣)를 걸쳤는데, 얼마나 오랫동안 안 빨았는지 때국물과 음식
기름 자국이 덕지덕지 묻고 군데군데 기운 흔적도 역력했다. 그러나
초라한 행색과는 달리 청년의 얼굴은 대가집 삼대 독자처럼 자르르 귀
티가 흘렀다. 짙은 눈썹과 시원한 콧날, 계집아이처럼 가늘고 붉은 입
술은 젊은 처자라면 누구라도 한 번쯤 반할 만했다.

그런 청년의 허리춤엔 거무튀튀한 목검(木劍) 한 자루가 매달려 덜
렁거리고 있었다.

막여청은 처음엔 그것이 빨래방망이인 줄만 알았다. 참나무나 뭐 그
런 종류의 잡목을 대충 깎아 어린애들 검술 수련용으로 만든 듯한 목
검 표면에는 값싼 옻칠이 되어 있었는데, 끝이 뭉툭하고 중간 부분이
퉁퉁해서 영락없이 빨래방망이처럼 보였던 것이다.

"정지! 신분을 밝혀라!"

막여청과 또 다른 포사가 창을 들이대며 당나귀 앞을 가로막았다.
그러거나 말거나 청년은 여전히 하늘을 올려다보며 싱글벙글 웃는 얼
굴이다.

왠지 무시당한 것 같아 막여청의 목소리에 힘이 들어갔다.

"너, 뭐야? 현청엔 무슨 용무냐?"

비로소 청년이 스윽 막여청을 내려다보았다. 한동안 실실 웃으며 성
난 막여청의 얼굴을 쳐다보던 청년이 훌쩍 당나귀 아래로 뛰어내렸다.

숨이 가쁜 듯 허연 콧김을 핑핑 내뿜는 당나귀의 목덜미를 부드럽게
쓰다듬어 주며 청년이 말했다.

"수고했다, 용마(龍馬)야. 수고했어."

용마? 용처럼 드세고 날랜 말? 놀고 자빠졌다. 막여청의 입가에 절로 실소가 걸렸다.

그러나 청년이 손가락으로 창끝을 슬며시 밀쳐 내고 눈앞으로 다가서는 순간 웃음기가 절로 싹 가셨다. 가까이서 본 청년의 얼굴은 그야말로 조각상 같았다. 그냥 미남이 아니라 남자인지, 여자인지 구별이 안 될 정도로 묘한 중성적 매력을 풍기는 청년이었다. 사내인 막여청조차 저도 모르게 뜨거운 숨을 훅 들이마실 정도로.

'무슨 사내새끼의 얼굴이 꼭 양귀비 수양어멈처럼……'

괜스레 이상해지는 감정을 숨기려 막여청은 창끝을 청년의 눈앞으로 들이밀며 사납게 쏘아붙였다.

"정체를 밝히라고 했잖아! 사람 말이 말 같지 않냐, 기생오라비 같은 자식아?"

순간 청년이 품속으로 느릿느릿 손을 집어넣더니 금박을 입혀 반짝반짝 빛나는 직사각형의 영패 하나를 꺼내 보였다. 영패 한복판엔 '察' 자가 커다랗게 양각돼 있었다. 어디선가 많이 본 영패 같다는 생각이 미치는 순간,

"충써엉―! 근무 중 이상 무!"

창자루를 곧추세우며 목이 터져라 구령을 붙이는 막여청이었다.

사하현 현청은 퍽이나 단순한 구조였다.

대문을 통과하면 큼직큼직한 대리석이 깔린 넓찍한 연무장이 나오는데, 그 연무장 끝 자락에 현감 영감께서 직접 죄인을 추국하는 시비정(是非亭)이란 정자가 서 있다. 그 정자를 지나면 오층짜리 웅장한 토

루(土樓) 형태의 본청이 나타난다.

"신임 즙포사신께서 도착하실 시간이 다 됐는데 뭣들 하고 있는 거야, 밥버러지 같은 것들아?!"

본청 오층의 오른쪽 맨 끝 방 창문 안에서 성난 고함 소리가 터져 나왔다.

"도대체가 말야! 정신 상태가 틀려먹었어, 정신 상태가!"

본청 맨 꼭대기 층에는 원래 현감 영감의 집무실과 현감의 직속 부관 격인 총관의 집무실만 들이는 게 관례였다. 경우에 따라 또 하나의 집무실이 추가되는데, '즙포사신'이란 이름의 좀 생소한 관직을 하사받은 관리를 위한 것이었다.

북경의 조정에는 도찰원이란 관리들의 비리를 감찰하는 사찰 기관이 존재했다. 도찰원에서 지방의 민심을 살피고, 지방 관원들의 전횡을 감찰하기 위해 파견한 사정관이 바로 즙포사신이다.

건국 초기만 해도 지방 관리들에 대한 특별한 고발이나 특이한 민심의 동향이 포착되었을 경우에만 각 현에 즙포사신이 파견되었다. 그러던 것이 근자에 들어서는 일이 년에 한 번씩 즙포사신이 파견되었고, 일단 파견된 즙포사신은 대개 새로운 즙포사신으로 교체될 때까지 현청에 머물렀기 때문에 어느새 현청의 고유한 관원처럼 인식되기 시작했다.

현청의 수장인 현감은 중앙직 정십품, 즙포사신은 중앙직 정십삼품. 당연히 현감의 지위가 높았으나 어느 조직에서든 사정관의 권세는 고유의 영역을 뛰어넘기 마련이다. 즉, 즙포사신은 살찐 현감 영감의 턱밑에 들이대어진 비수와도 같은 존재라는 뜻이다.

그래서 현감들은 자신의 방 옆에 즙포사신의 방을 만들어 예를 표하면서도 반드시 자신이 가장 믿는 심복이랄 수 있는 총관으로 하여금 즙포사신을 보좌토록 하였다. 일종의 감시 역이었던 셈이다.

사정관으로서 막강한 권한을 부여받은 즙포사신과 지방 관청의 늙은 너구리 총관이 한 방에서 손발을 맞추게 되었으니, 그 결과란 뻔할 뻔 자였다. 결국 현청 관리들의 전횡을 감시하기 위해 파견된 즙포사신 자신이 새로운 전횡의 주구로 전락할 수밖에.

네 개의 책상이 마주 보게 배치돼 있는 널찍한 즙포사신의 집무실 안에서 포두 장숙과 단구, 그리고 여급사인 화초랑까지 일렬로 세워놓고 총관 곽기풍이 씩씩거리며 왔다갔다 하고 있었다.

"도대체 녹봉은 왜 받아 처먹는 거야? 도둑놈 심보도 아니고, 이따위로 일할 거면서 왜 달이면 달마다 날름날름 녹봉을 받아먹어?"

곽기풍이 식전부터 아랫사람들을 들들 볶아대는 데는 그만한 이유가 있었다. 오늘이 바로 신임 즙포사신이 부임하는 날이었던 것이다.

흔히들 즙포사신과 총관을 악어와 악어새에 비유하곤 한다. 그만큼 주고받을 게 많다는 뜻이다. 사실 중앙에서 갓 파견된 즙포사신이 외진 변방에서 발생하는 잡다한 사건 사고와 토호들 간의 역학 관계, 그리고 무력 충돌을 일삼는 강호 제 방파들까지 관리할 순 없었다. 하여 그 지방 출신이자 지역 백성들의 숟가락 숫자까지 속속들이 파악하고 있는 총관이 즙포사신의 눈과 귀가 되어 사건을 해결하고 분쟁을 무마하며, 궁극적으로 즙포사신이 일이 년간의 임기를 마치고 북경으로 돌아갈 때 수레바퀴가 주저앉도록 금은보화를 잔뜩 실어보내는 역할을 담당했다. 그 와중에 총관 자신도 한몫 단단히 챙기는 건 물론이다.

사실 며칠 전 북경으로 돌아간 전임 즙포사신은 완전 너구리였다.

이미 쉰을 넘겨 노회한 그는 곽기풍 못지않게 산전수전은 물론 공중전까지 달통한 인물이었다. 이렇게 되면 자연히 총관의 몫이 줄어든다. 경험이 풍부한 즙포사신은 총관의 도움없이도 얼마든지 백성들을 쥐어짜고, 토호들의 이권을 적당히 챙겨주면서 콩고물을 얻어먹을 줄 알기 때문이다.

그런데 이번에 새로 부임하는 즙포사신은 이제 막 약관을 넘긴 신출이란다. 초짜 즙포사신이 총관의 밥이라는 건 이미 관가에 널리 알려진 상식.

'흐흐, 뼛속까지 우려먹어 주마.'

총관 중에서도 탐욕스러움만으론 중원제일을 자부하는 곽기풍이 물 만난 고기처럼 설쳐 대는 건 어쩌면 당연했다. 이런 이유로 며칠 전부터 집무실 창틀에 먼지 한 톨 남기지 말라고 신신당부했건만, 아랫것들은 그의 마음을 몰라주었다.

"빨리 청소 다시 해, 웬수들아! 사신님 도착하시기 전까지 집무실을 아방궁처럼 꾸며놓으란 말이다!"

장숙과 단구의 정강이를 퍽퍽 걷어차며 곽기풍이 소리쳤다.

"까아악!"

마지막으로 곽기풍이 손바닥을 화악 치켜들자 여급사 화초랑이 놀라 비명부터 내질렀다. 작달막한 키에 주근깨투성이지만 제법 귀염성 있는 화초랑이 큰 눈을 둥그렇게 뜨고 곽기풍을 올려다보았다.

"똑바로 해, 똑바로! 계집이라고 봐주는 것도 이번이 마지막이야!"

"아야야!"

여자를 때릴 수도 없는 노릇인지라 화초랑의 볼 살을 쭉 잡아 늘리며 곽기풍이 말했다.

이때 갑자기 방문이 벌컥 열어젖혀졌다.

화들짝 놀란 곽기풍이 문 쪽으로 돌아서며 목이 터져라 구령부터 붙였다.

"일동 차려엇ㅡ!"

처처척!

동시에 장숙과 단구, 화초랑도 발뒤꿈치를 맞붙이며 부동자세를 취했다.

"신임 즙포사신님께 대하여 군례(軍禮)!"

이어진 구령과 함께 곽기풍과 나머지 세 사람은 일제히 오른 주먹을 왼쪽 가슴패기에 붙였다. 완고하게 군은 얼굴을 통해 상관에 대한 한없는 존경심을 표현하려고 최대한 노력하던 곽기풍은 다음 순간 고개를 갸웃했다.

그의 눈에 방금 전 현청 대문 앞에서 문지기 막여청을 혼란스럽게 만들었던 청년이 어색하게 뒤통수를 긁적이며 서 있는 모습이 들어왔다. 곽기풍의 대뇌는 신임 즙포사신께서 저런 남루한 옷차림과 기생 오라비 같은 얼굴을 하고 있을 리 없다는 정보를 계속 실어보내고 있었다.

의견을 구하듯 곽기풍이 뒤쪽의 세 사람을 힐끗 돌아보았다.

장숙과 단구 역시 이상하다는 듯 군례를 붙였던 손을 엉거주춤 내린 상태였고, 화초랑만이 청년의 미색에 반해 반쯤 풀린 눈으로 헤벌쭉 웃고 있었다.

곽기풍이 다시 청년 쪽을 돌아보았다. 청년의 허리춤에 대롱대롱 매달린 어린애 장난감 같은 목검을 발견했을 때 그의 의심은 확신으로 굳어졌다.

'요즘은 개나 소나 칼을 차고 다니는군. 거들먹거리기 위해서라면 금군(禁軍)의 장군들이 즐겨 차는 제독검을 차고, 겁을 주기 위해서라면 산적들이 애용하는 대감도 따월 찰 것이지 다 큰 놈이 어린애처럼 목검이 뭐냐, 목검이?'

저런 우스꽝스런 몰골로 빤질빤질 웃으며 돌아다니는 놈들의 정체란 뻔할 뻔 자였다.

장숙과 단구를 사납게 돌아보며 곽기풍이 쏘아붙였다.

"점소이 새끼들 현청까지 외상값 받으러 오게 하지 말라고 몇 번을 당부했어! 엉?"

동시에 장숙과 단구가 서로의 얼굴을 노려본다.

'난 아냐. 그럼 너지?'

그들의 눈은 그렇게 말하고 있었다.

"나가! 나가! 지금은 중요한 용무가 있으니까 이따 유시(酉時)쯤 다시 들러!"

곽기풍은 일단 청년의 등을 떠밀어 방 밖으로 몰아내려 했다. 신임 줍포사신께서 도착하기 전에 이 요상한 물건부터 치우는 게 순서였기 때문이다.

하지만 청년은 양손으로 문지방을 움켜잡고 한사코 버텼다.

"자, 잠깐만! 나 여린이란 사람이오!"

"글쎄, 여린이고 나발이고 빨랑 나가란 말야, 임마! 외상값은 나중에 계산해 준다잖아!"

"하지만 난 이 방으로 부임해 오는 길이란 말요."

"아, 글쎄, 부임이고 부침개고 간에 무조건 나가란……."

그러던 곽기풍이 멈칫했다.

여린… 여린… 여린…….

성은 여요, 이름은 린! 그 짧고 요상한 이름을 며칠 전에도 어디선가 분명 주워들은 기억이 있다. 그 이름을 들은 장소가 현감 영감의 책상 앞이었다는 데 생각이 미치자 곽기풍은 정수리에 정통으로 벼락을 맞은 사람처럼 부르르 진저리를 쳤다.

"여린? 여린? 네가… 아니, 당신이… 아니, 선생님이 여린이라고 요?"

청년을 재빨리 돌려세우며 곽기풍이 정신없이 물었다. 청년은 빙긋이 웃으며 고개만 끄덕였다.

"죄송하옵니다만, 영패를 좀 볼 수 있을까요?"

마지막 의구심을 떨쳐 내지 못한 곽기풍이 수줍게 말하자 청년은 막 여청에게 보여줬던 영패를 다시 꺼냈다.

"일동 차려어엇—! 충써엉!!"

곽기풍이 가슴패기가 뽀개져라 주먹을 부딪치며 피를 토하듯 외쳤다.

"콜록콜록!"

그 충격 때문에 얼굴이 벌게지며 잔기침을 토하는 곽기풍의 어깨 너머에서 아직도 어리둥절한 표정의 장숙과 단구, 화초랑이 천천히 군례를 올리고 있었다.

잠시 후 각자의 책상 앞에 앉은 장숙과 단구, 그리고 화초랑이 굳게 닫힌 내실(內室) 방문을 바라보고 있었다. 즙포사신의 집무실은 곽기풍과 장숙, 단구, 화초랑 이렇게 네 사람의 책상이 놓여 있는 총관실과 즙포사신이 개인 집무실로 사용하는 내실로 나뉘어져 있었다.

지금 내실 안에서 총관 곽기풍과 신임 즙포사신께서 한창 밀담을 나누는 중이었다.

'첫날부터 우리 총관님 분주하시구먼. 신임 즙포께서 정황 파악을 하기 전에 아예 털을 싹 뽑아버릴 작정이야.'

장숙과 단구는 약간 떨떠름한 눈으로 방문을 쳐다보았다.

두 사람과는 대조적으로 화초랑은 양손을 꼭 맞잡고 상기된 표정으로 방문을 바라보는 중이었다.

'어쩜어쩜… 박봉을 무릅쓰고 현청에 다닌 보람이 있네. 살다 살다 저렇게 잘생긴 사내는 처음이야. 신임 즙포사신님, 완전 내 이상형인 거 있지?'

동쪽으로 큼직한 창을 낸 내실 안은 아침 햇살이 환하게 비쳐 들고 있었다. 그 방 안 신임 즙포사신의 책상 앞에 서서 곽기풍은 불나게 양손을 비벼 대는 중이었다. 책상 너머에는 여린이 비스듬히 앉아 방금 곽기풍이 갖다 놓은 산더미 같은 공문서들을 건성으로 훑고 있었다.

지겨운 듯 가끔 하품을 하며 몸을 뒤척이는 여린의 앳된 얼굴을 내려다보며 곽기풍은 점점 기분이 좋아졌다. 여린이 문득 고개를 들고 자신을 향해 헤죽 웃자 곽기풍도 헤벌쭉 웃어 보였다.

'아직 어린애야, 어린애. 저 실실거리는 꼴 좀 봐. 아랫사람 앞에서 도무지 권위를 세우려 들질 않잖아? 이놈을 구워삶기 위해 달리 짱구를 굴릴 필요조차 없겠어. 앞으로 일 년 동안 넌 내 밥이다, 밥. 내 재산을 불려주고, 은퇴 후 안락한 노후를 보장해 줄 밥.'

"이게 다 뭡니까?"

여린이 공문서 하나를 책상 위에 던져 놓으며 묻자, 곽기풍은 흠칫 상념에서 깨어났다.

"예?"

"이 엄청난 공문서들 말입니다."

"전임자 미결 건들입니다요, 사신님."

"웬 미결 건들이 이리 많습니까?"

"헤헤, 전임 줍포께옵서 워낙 급작스레 떠나시는 바람에……."

말끝을 흐린 곽기풍이 양손으로 책상 모서리를 짚으며 여린에게 최대한 얼굴을 가까이 들이밀었다.

"저… 사신님."

"왜 그러십니까?"

으이그~ 귀여운 것!

여린이 눈을 둥그렇게 뜨고 묻자 곽기풍은 화초랑에게 그랬듯 손을 뻗어 여린의 볼을 잡아당기고 싶은 충동을 가까스로 억눌렀다.

"저, 그것이……."

"무슨 일인데 그러십니까? 괜찮으니 말씀해 보세요."

꼴깍 마른침을 한 번 삼키고 나서 곽기풍이 입을 열었다.

"저어… 관례상 전임자 미결 건은 후임 줍포님이 아니라 총관이 처리하도록 되어 있습니다만… 업무의 영속성을 유지한다는 취지 외에도 후임자의 부담을 덜어드린다는 차원에서리……."

"대충 어떤 사건들입니까?"

"하나같이 변변찮은 것들 뿐입죠. 가출, 혼인 빙자 간음, 어음 사기, 공용 마차 뺑소니 사고 등등……."

"총관님 뜻대로 하십시오."

"예?"

너무도 선선한 대답에 곽기풍은 오히려 멍청해졌다.

지금 여린의 책상 위에 쌓여 있는 미결 건들을 모두 원만히 처리해

준다면 사건 당사자들로부터 최소 은자 천 냥은 챙길 수 있고, 그중 백 냥 정도는 신임 즙포에게 상납할 각오를 하고 있던 그였다.

여린이 씨익 웃으며 말했다.

"관례라면서요? 관례대로 처리하라는 겁니다."

"아아……!"

곽기풍은 그만 목이 콱 메이고 말았다.

반쯤은 진심 어린 눈물을 왈칵 쏟으며 곽기풍이 여린의 손을 덥석 잡았다.

"감사합니다. 감사합니다, 사신님. 이렇듯 믿고 맡겨주시니 이 한 몸 가루가 될 때까지 충심으로 신임 즙포님을 보필하겠나이다."

"그런데……."

"예?"

슬그머니 손을 빼내며 여린이 맨 밑바닥에 깔려 있던 공문서 하나를 들어 보였다.

"이 건은 좀 신경이 쓰이는군요."

'갈산악, 그 망할 놈 때문에 끝까지!'

며칠 전 밤에 폐관제묘 안에서 천화루 마 대인을 초주검으로 만든 철기방 당주 갈산악의 얼굴을 떠올리며 으드득, 이를 갈아붙이는 곽기풍이었다.

그렇지. 아무리 멍청한 즙포사신이라도 그것만은 신경이 쓰일 테지.

곽기풍이 다시 손바닥을 비비며 허릴 팍 숙였다.

"아하~ 천화루 마 대인 납치 건 말씀이군요. 그거 별거 아닙니다. 젊은 친구들이 혈기를 못 이겨 잠시 티격태격한 것뿐이에요."

"젊은 혈기에 티격태격했는데 피해자의 갈비뼈가 넉 대나 부러지는 중상을 입어요? 또 무뢰배들로부터 생명의 위협을 느낀다며 현청에 신변 보호까지 요청했던 피해자가 갑자기 소를 취하한 부분도 석연치가 않네요."

웃음을 머금은 채 조목조목 따지는 여린의 얼굴을 내려다보며 곽기풍이 고갤 갸웃했다.

'뭐야, 이거? 내가 이 젊은 즙포를 너무 물렁하게 봤나?'

하긴 이 정도 시련쯤은 각오했던 바다. 인간 곽기풍이 누군가? 현에는 현감 영감도 있고, 북경 규찰원에서 파견한 즙포사신도 있지만, 현청을 움직이는 십수 명의 포두들과 그 밑에 있는 기백의 포사들을 실질적으로 관리하는 건 바로 곽기풍 자신이었다. 즉, 곽기풍이야말로 사하현의 실질적인 지배자라 할 수 있었다.

그런 자신감을 바탕으로 아예 여린의 귓가에 주둥이를 처박으며 곽기풍이 은밀히 속삭였다.

"그러잖아도 그 건으로 즙포님을 알현했으면 하는 친구들이 있습니다. 괜찮으시면 오늘 저녁 자릴 마련했으면 합니다만……."

"흐음……."

한동안 턱을 어루만지며 고민하는 척하던 여린이 이렇게 되물었다.

"밥을 먹자는 겁니까, 술을 먹자는 겁니까?"

"물론 술입죠."

"그럼 그런 곳에 가는 겁니까?"

"그런 곳이라면……?"

"거, 왜 있잖습니까? 어리고 아리따운 꾸냥들이 술도 쳐주고 노래도 불러주고, 또 마음만 맞으면 긴긴 겨울밤을 하얗게 지새우며 얌전한 고양이처럼 사내의 요구는 무엇이든 들어준다는 그런 곳 말입니다."

"물론입죠! 지금 당장 사람을 보내 천화루의 특실을 예약해 두라고 하겠습니다요!"

"제가 꼭 그런 곳에 가고 싶어서 이러는 게 아니라……."

"그러믄입쇼! 제가 가고 싶어 그럽니다, 제가요!"

곽기풍이 주먹으로 제 가슴을 쿵쿵 두드리며 소리쳤다.

순간적으로 두 사람의 시선이 교차했다. 서로를 바라보는 두 사내의 눈에서 끈끈한 동지애 같은 게 느껴졌다. 누가 먼저랄 것도 없이 두 사람이 거의 동시에 대소를 터뜨렸다.

"음왓하하하!"

"크하하하하!"

요란한 웃음소리가 울려 퍼지는 내실 문을 바라보며 집무실 책상 앞에 앉은 장숙과 단구가 씁쓸히 중얼거렸다.

"벌써 얘기가 끝난 모양일세. 우리 총관님, 또 한 건 하셨구먼."

"저 젊은 즙포사신이 한술 더 뜨겠는걸, 뭐. 백성들 등허리만 휘어지게 생겼어."

대서문로에서도 주작동은 유흥가로 유명한 곳이다.

해가 서녘으로 뉘엿뉘엿 넘어갈 무렵이면 널찍한 관도(官道) 양옆으로 줄줄이 늘어선 주루들이 하나둘 홍등을 내걸기 시작하고, 볼과 입술을 붉게 칠한 호리호리한 기녀들이 주루의 이층 난간으로 나와 교태로운 웃음을 흘리며 뭇 사내들을 유혹했다.

그런 수백 개 주루 중에서도 가장 유명한 곳이 바로 천화루다.

天花樓.

말 그대로 천 송이 꽃이 피어 있는 주루란 뜻으로, 천화루 루주 마 대인은 수완이 좋아 남방의 야리야리한 한족 미녀들로부터 동방의 육덕이 흐벅진 만주족, 그리고 서역 벽안의 미녀들까지 수십 명의 기녀를 두루 꿰차고 있었다. 그러니 당연히 밤이면 밤마다 천화루의 모든 객실은 붉은 등으로 불야성을 이루고, 비파 소리에 맞춘 기녀들의 낭랑한 노랫가락이 십 리 밖까지 울려 퍼질 수밖에.

네 마리 준마가 끄는 마차 한 대가 천화루 대문 앞에 멈춰 서자 청지기와 점소이 두 놈이 구르듯 달려 나왔다. 오늘 밤 아주 중요한 손님이 내방하기로 되어 있었던 것이다.

청지기가 눈짓을 하자 점소이 둘이 마차 문짝 옆에 머리통을 맞대고 넙죽 엎드렸다. 마차 문이 열리고 곽기풍과 장숙, 단구가 차례로 점소이들의 등짝을 밟고 내려섰다.

세 사람 모두 잔뜩 멋을 부렸다. 장 포두와 단 포두는 검은색 포두복에 칼날처럼 줄을 세운 것은 물론이고, 얼마나 닦아 댔는지 반들반들 광이 나는 당화를 신고, 허리춤엔 길이 넉 자(尺) 세 치(寸)는 족히 되는 군도(軍刀)를 한 자루씩 비껴 찬 한껏 위용을 뽐낸 모습이었다.

곽기풍은 한술 더 떴다. 그는 과거에 급제해 높은 관직에 오른 선비처럼 끝 자락이 땅바닥에 질질 끌리는 장포 차림이었는데, 가슴과 등짝에 각각 권위와 건강을 상징하는 사자와 거북이가 큼직하게 새겨진 사령대금관수삼이었다. 배가 풍선처럼 부풀도록 뒷짐 진 허리를 한껏 젖히고 거드름을 피우는 품새가 조정의 영수인 승상이나 군부의 수장인 대장군 못지않았다.

"왕림하셨습니까, 줍포 영감. 영접 준비를 마치고 기다리고 있었나이다."

청지기가 곽기풍 앞에서 이마가 땅에 닿도록 허릴 숙이는 것도 어찌면 당연한 일이었다.

"험험, 즙포는 무슨?"

민망한 듯 헛기침하며 돌아보는 곽기풍 너머로 막 마차에서 내리는 여린이 보였다.

청지기도, 점소이들도 정작 여린에겐 눈길조차 주지 않았다. 그럴 것이 진짜 즙포사신 여린은 오늘 아침 부임할 당시 그대로 추레한 황색 단의에 빨래방망이 같은 목검을 차고 있었기 때문이다.

"자자, 드시지요."

곽기풍이 여린의 어깨를 감싸안으며 대문 안쪽으로 안내하자 점소이들이 어리둥절한 표정으로 서로의 얼굴을 마주 보았다.

꽃 같은 기녀들을 옆에 끼고 호호탕탕하게 술잔을 기울이는 손님들로 북적이는 넓은 일층을 가로지르고, 이층으로 통하는 계단을 오른 후 꼬불꼬불한 회랑을 한참 돈 후에야 여린 일행은 천화루가 자랑하는 특실의 커다란 미닫이문 앞에 당도할 수 있었다.

똑똑.

"들어와!"

곽기풍이 조심스럽게 방문을 두드리자 안쪽에서 걸걸한 목소리가 들려왔다.

문을 열려다 말고 문득 생각났다는 듯 곽기풍이 장숙과 단구를 돌아보았다.

"자네들은 아래층에서 한잔씩들 빨고 있게."

"예?"

"아래층에서 말입니까?"

"즙포사신님과 긴히 나눌 말씀이 있어서 그러네."

"아, 알겠습니다."

"할 수 없죠, 뭐."

장숙과 단구가 떨떠름하게 대답하고 차마 떨어지지 않는 발길을 돌렸다.

'나원, 더러워서.'

'그래, 늬들끼리 북 치고 장구 치고 다 해 처먹어라.'

오늘 밤은 간만에 술과 여자에 잔뜩 기대를 품고 왔던 장숙과 단구로선 잔치집 대문 밖에서 주인을 기다리는 똥개 취급을 받자 울화통이 치밀었다. 하나 계급이 낮은 걸 어쩌랴.

"자자, 이쪽으로."

드르륵.

조심스럽게 미닫이문을 열어주는 곽기풍의 안내를 받으며 여린이 방 안으로 들어섰다.

순간 널찍한 방 아랫목, 상다리가 휘어지도록 차려진 술상 상석에 앉아 있는 갈산악과 그 좌우편으로 가슴을 쭉 펴고 석상처럼 버티고 앉은 네 명의 철기방 문도가 시야에 들어왔다.

버릇처럼 늘 실실 웃고 다니던 여린의 입가에서 거짓말처럼 웃음기가 싹 가셨다. 눈을 가늘게 뜨고 갈산악을 뚫어지게 응시하던 여린의 동공으로 아주 짧은 순간 한광이 스치고 지나갔다. 원래 계집처럼 흰 피부가 더욱 창백해지며 섬뜩한 귀기마저 풍겼다. 예쁘장하게 생긴 사람이 성을 내면 더 무서워 보일 때가 있다. 그런 사람일수록 훨씬 잔인해질 수 있기 때문이다.

지금의 여린이 꼭 그랬다. 그는 격하지도 않고 조용하게, 그러나 아주 깊고 진한 증오의 기운을 갈산악을 향해 뿜어 대고 있었다.

아마 그 때문이었으리라. 갈산악의 좌우편에 앉아 있던 산도적처럼 생긴 철기방 문도들이 거의 동시에 방바닥에 놓아둔 낭아곤 자루를 움켜쥔 것은.

"저어… 사신님, 사신님?"

"……."

이상한 낌새를 눈치챈 곽기풍이 여린을 연거푸 불렀지만 대답이 없다.

웃는 듯 우는 듯 입 언저리 근육을 이상하게 비틀며 여린은 갈산악을 노려볼 뿐이었다.

'혹시 갈 당주와 아는 사이인가?'

갈산악의 반응으로 보아 그건 아닌 것 같았다. 조바심으로 인해 곽기풍의 손바닥에 땀이 흥건히 고였다. 어떤 상대이든 첫 만남이 중요하다. 곽기풍 자신의 이익을 위해서라도 여린과 갈산악의 이런 첫 만남은 결코 바람직하지 않았다.

갈산악도 자신을 무섭게 노려보며 서 있는 젊은 즙포사신의 얼굴을 찬찬히 살피고 있었다. 곽기풍이 어색한 분위기를 깨려고 노력 중이었지만, 즙포사신은 도무지 반응이 없었다. 순간 즙포사신의 눈에 벌겋게 핏발이 곤두서는 걸 갈산악은 똑똑히 보았다. 붉은 혈광을 내뿜는 그 눈은 마치 피에 굶주린 승냥이의 그것 같았다.

젊은 관원의 손이 허리춤의 목검을 슬며 움켜잡는 순간, 이미 초긴장 상태에 있던 수하들이 낭아곤을 꼬나 쥐며 일제히 박차고 일어섰다.

"죽고 싶어?"

"칼에서 손 떼, 새끼야!"

와장창!

"앉아, 병신 새끼들아!"

주먹으로 술상을 후려치며 수하들을 진정시킨 건 갈산악 자신이었
다.

놀라 돌아보는 수하들을 향해 갈산악이 낮게 으르렁거렸다.

"즙포사신님께 무슨 말버릇이여, 썩을 놈들아! 사신님은 지엄한 황
제 폐하의 칙령을 하사받고 내려오신 끗발이 어마어마한 분이라고 얘
기했냐, 안 했냐? 한마디로 우리덜 같은 시러배 잡놈들은 똑바로 쳐다
볼 수조차 없는 존귀한 어른이란 말이여! 어서 정중히 사죄드리지 못
한다냐, 잉?"

수하들이 낭아곤을 등 뒤로 숨기며 여린을 향해 마지못해 머릴 조아
렸다.

"죄송합니다."

"너그러이 용서하십시오."

다행히 그것으로 마음이 풀렸는지 여린의 살기도 누그러들었다.

약삭빼른 곽기풍이 이 순간을 놓칠 리 없었다.

"여기 술상 좀 다시 봐오너라!"

곽기풍이 문밖을 향해 크게 소리쳤다.

"왓하하하!"

"껄껄!"

"하하하하!"

방 안은 어느새 왁자한 웃음소리가 가득했다.

박살 난 술상이 물려지고 돼지고기를 실처럼 가늘게 썰어 죽순과 버
섯을 넣고 버무린 어향육사, 비계가 있는 돼지고기를 마늘과 양파를 넣

고 간장과 식초로 조린 회과육, 닭고기에 땅콩, 고추, 오이, 당근, 양파, 생강 등을 넣고 볶은 궁보계정 등등 사천의 별미가 그득히 차려진 술상을 놓고 마주 앉아 호탕하게 술잔을 기울이는 여린과 곽기풍, 갈산악과 그의 네 수하들이었다.

중원팔대명주 중에서도 최고로 꼽히는 소홍주 잔을 기울이며 갈산악은 여린이란 특이한 이름의 젊은 관원의 얼굴을 찬찬히 살폈다. 방금 전 자신을 죽일 듯 노려보던 기세와는 판이하게 연신 헤헤거리며 곽기풍이 권하는 술잔을 넙죽넙죽 들이키는 꼬락서니가 영락없는 철부지였다.

'거참, 이상허다. 그럼 방금 전의 그 독기는 뭐였당가?

새삼 고개를 갸웃하는 갈산악이었다.

끝내 의구심을 떨치지 못한 갈산악이 여린의 빈 잔에 찬 소홍주를 따라주며 투박한 사천 지방 사투리로 넌지시 물었다.

"지는 줍포사신님을 처음 뵙는 순간 심장이 꽁꽁 얼어붙는 줄 알았구만이라. 워째 사람을 그리 무시무시하게 노려보신다요, 잉?"

여린이 쑥스럽게 웃으며 대답했다.

"북경 군관 학교의 교관한테서 배운 겁니다. 중원 어느 땅으로 부임하든 첫날 밤부터 지역 유지들과의 술판이 벌어질 텐데, 헐렁하게 보이지 않으려면 첫인상을 강렬하게 심어주라고 하더군요. 그래서 눈에 힘 좀 줘봤습니다. 핫하하!"

이런 철부지 때문에 긴장씩이나 하다니.

새삼 기가 막히다는 시선으로 서로의 얼굴을 마주 보는 갈산악과 곽기풍이었다.

안심한 곽기풍이 여린에게 엉덩짝을 찰싹 붙이며 넌지시 운을 떼었다.

"여기 갈산악 당주는 제가 오랫동안 봐와서 잘 압니다. 절대 국법을
어길 사람이 아닙지요."

"험험."

갈산악이 점잖게 헛기침을 하며 고갤 주억거렸다.

젖은 헛바닥으로 입술을 훔친 곽기풍이 참기름이라도 처바른 듯 자
르르 헛바닥을 놀렸다.

"다만 주류 공급권을 놓고 오해가 빚어진 취화루 마 대인을 갈 당주
밑에 있는 친구들이 젊은 혈기를 이기지 못하고 폭행하고 만 것입니다.
피해자인 마 대인과도 이미 합의를 본 상태이니, 즙포께옵서 약간만 신
경을 써주신다면……."

"이게 바로 중원제일의 명주라는 소홍주죠?"

여린이 갑자기 마시던 술병을 들어 보이며 묻자 곽기풍은 얼결에 대
답했다.

"예? 아, 예. 소홍주에는 원홍주, 가빈주, 선향주, 향설주 등이 있는
데 이건 그중에서도 가장 상품에 속하는 향설주입죠."

"향설주라… 비싼 술이라 그런지 헛바닥에 착착 달라붙는군요. 실
은 이렇게 비싼 술은 처음 마셔보거든요. 헤헷."

여린이 반쯤 풀린 눈으로 헤헤거리자 곽기풍과 갈산악은 다시 눈을
맞췄다.

'이거 일이 너무 쉽게 풀리겠는걸.'

아예 쐐기를 박고 싶어진 곽기풍이 여린을 다그쳤다.

"사신님, 그럼 갈 당주 건은 약속을 해주시는 겁니다?"

"아아, 일 얘기는 천천히 하자니까요. 아직 초저녁 아닙니까? 향설

주인가 하는 이 술부터 좀 더 시켜주세요."

잔뜩 취한 여린이 빈 술병을 휘휘 흔들자 안달이 난 곽기풍은 부욱 인상부터 긁었다. 넘어올 듯, 넘어올 듯하면서 넘어오지 않는 것이다.

"저, 사신님, 그러니까… 일단 구두로라도 확답을 주시고 술을 마셔도 마셔야……."

"아따~ 왜 이리 서두르신다요, 썽님?"

그런 곽기풍을 만류하고 나선 이는 갈산악이었다.

갈산악이 친근한 눈으로 여린을 보며 말했다.

"사신님 말씀대로 시간이 동나는 것도 아니랑께요. 오늘 이렇게 화통하신 사신님을 모시게 된 것도 큰 영광인디……."

콰앙!

"여린님을 아예 우리의 대형(大兄)으로 모시면 워떻컸소, 잉?"

흥분한 갈산악이 주먹으로 술상을 내려치며 호기롭게 소리쳤다.

'이 인간, 너무 앞서 나가는구먼. 이래서 무식한 강호인들은 안 된다니까.'

속으로 끌끌 혀를 차며 곽기풍이 갈산악을 점잖게 꾸짖었다.

"어허, 이 사람이 어느 안전이라고 그런 망발을 입에 담는가?"

"뭐, 어떻습니까?"

막 술잔을 비운 여린이 손등으로 입가를 훔치며 대수롭지 않게 말했다.

"마음 맞는 사람끼리 결의형제를 맺는 것이야 중원의 오랜 관습 아닙니까?"

"허락하시는 겁니까, 대형?"

갈산악이 반색하자 여린이 쑥스러운 표정으로 뒤통수를 긁적였다.

"헤헤, 나이도 어린 사람이 형님 소릴 듣자니 좀 민망하군요."

"아니지라, 아니지라. 무식헌 저희 잡것들하고 대형하고 같을 수 있다요? 뭣들 허고 있냐, 호로새끼들아! 싸게싸게 대형님께 인사 올리지 않고!"

박차고 일어선 네 명의 철기방 문도가 여린을 향해 허릴 구십 도로 꺾으며 위맹하게 소리쳤다.

"은혜가 하해와도 같습니다, 대형!"

"백골이 진토될 때까지 대형을 충심으로 받들겠습니다!"

곽기풍은 절로 콧노래가 나왔다. 일이 너무도 술술 풀리고 있는 것이다. 오늘은 이만 긴장의 끈을 늦추고 편히 취해도 좋으리라.

짝짝!

곽기풍이 손뼉을 마주 치자 악대(樂隊)와 기녀들이 구르듯 달려들어 왔다.

질펀한 밤이었다.

한 병 값이 족히 준마 한 필과 맞먹는다는 향설주 수십 병이 동났다. 비파, 소피리, 대피리, 도피리, 의취적, 탄쟁, 용구고 등의 악기로 이루어진 악대가 연주하는 빠른 유목민 음률에 맞춰 속살이 훤히 내비치는 잠옷을 걸친 기녀들이 나비처럼 너울너울 춤을 추었고, 갈산악을 비롯한 세 명의 수하 놈은 기녀들의 허릴 끌어안고 엉덩이를 씰룩거렸다.

곽기풍도 불콰하게 취해 있었다. 공적인 자리에선 결코 취한 적이 없는 그였지만, 오늘만은 달랐다. 그래서였을 것이다.

아까부터 여린이 심상치 않은 눈초리로 기녀의 젖통을 떡 주무르듯 주무르는 턱수염이 무성한 갈산악의 수하 놈을 노려보고 있다는 걸 알아차리지 못한 것은.

"그만 좀 주물럭거리셔요, 나으리. 제 가슴이 무슨 찰떡이라도 된답니까?"

"앙탈 부리지 마라, 이것아. 마누라가 달아나는 바람에 홀로 지새운 독수공방이 몇 날 며칠이었는지 아느냐? 오늘은 너와 더불어 아예 뽕을 뽑아버릴 작정이니라."

턱수염 옆에 앉아 교태롭게 눈을 흘기는 기녀는 확실히 다른 기녀들보다 미색이 빼어났다.

위쪽으로 살짝 치켜 올려진 초생달 같은 눈썹과 앵두 같은 입술을 취한 눈으로 뚫어져라 바라보던 여린이 주먹으로 술상을 내려치며 소리쳤다.

"야, 너!"

"저 말입니까?"

턱수염이 취한 눈으로 여린을 돌아보았다.

"그래, 너! 너, 나랑 바꾸자."

"바꾸다닙쇼? 뭘 말입니까?"

"기녀 말이다, 기녀. 오늘 연회의 주인공은 나인데, 네가 젤 예쁜 년을 꿰차고 있으면 쓰겠냐?"

이런 경우 대충 눈치를 봐서 바꿔주는 게 상식이다. 하지만 턱수염은 너무 취해 있었고, 마누라가 술 주정과 매질을 견디지 못하고 야반도주한 이후 독수공방이 너무 길었다. 턱수염이 두 눈에 쌍심지를 켠 것은 어쩌면 당연한 반응이었다.

"에이~ 그런 분부일랑은 거두십쇼, 대형. 세상에 동생이 침 발라놓은 계집을 낚아채는 치사한 형님이 어디……."

와창!

"크악!"

말이 채 끝나기도 전에 여린이 날린 술병이 턱수염의 이마를 박살냈다.

"까아악!"

턱수염 옆에 앉아 있던 기녀가 째져라 비명을 내지르는 것과 동시에 방 안을 가득 메우고 있던 음악과 웃음소리가 뚝 그쳐 버렸다.

박차고 일어선 여린이 손가락으로 턱수염을 가리키며 노호성을 터뜨렸다.

"이래서 강호의 무뢰배들은 믿을 수가 없다는 거야! 대형 어쩌고 하며 간이라도 빼줄 듯하더니 그새 오리발을 내밀잖아!"

"이이……!"

콧잔등을 타고 핏물이 주르륵 흐르는 가운데 턱수염이 여린을 죽일 듯이 쏘아보았다.

"딸꾹~ 노려보면 어쩔 건데?"

"관원이면 다야, 견자 놈아?!"

빈 술병을 움켜잡은 턱수염이 여린을 향해 사납게 돌진했다. 이때 뒤쪽에서 날아든 손 하나가 턱수염의 머리채를 우왁스럽게 움켜잡아 버렸다.

쾅쾅쾅!

"이 호로새끼! 대형의 심기를 불편하게 해드렸으믄 무릎 꿇고 용서부터 빌어야제 어디서 눈깔을 까뒤집냐, 잉? 눈깔을 확 뽑아버릴까 부다, 육시럴 넘!"

턱수염을 홱 돌려세우고 얼굴에 미친 듯 주먹을 처박는 것은 다름 아닌 갈산악이었다.

피범벅이 된 턱수염을 패대기친 후 갈산악이 여린 앞에 털썩 무릎을 꿇었다.

"죽을죄를 지었구만이라, 대형. 모두가 아랫것들을 잘못 다스린 아우의 불찰이랑게요. 너그러이 용서해 주시쇼, 잉."

"가관이로군."

차가운 음성에 갈산악이 흠칫 고갤 쳐들었다.

여린이 노골적인 비웃음을 흘리며 그런 갈산악을 향해 내뱉었다.

"철기방이라면 사천성 일대에서 알아주는 무뢰배들의 집단이고, 성질 뻗치면 뻗치는 대로 나가는 게 무뢰배들의 속성 아닌가? 한데 요즘 무뢰배들은 왜 이리 근성이 없나 몰라? 그래 가지고 칼밥 먹고 살 수 있겠어?"

"……."

치밀어 오르는 울화를 억누르며 갈산악은 부르르 어깨를 떨었다.

"이런 씨앙!"

"즙포사신이라고 너무 막 나오는 거 아냐?"

"계급장 떼고 붙어볼까?"

흥분한 철기방 문도들이 팔을 걷어붙이며 나섰지만 갈산악은 수하들을 돌아보며 눈부터 부릅떴다.

"주둥일 확 찢어놓기 전에 조용히 찌그러져 있거라, 잉!"

그는 아직 이 괴팍한 즙포사신과의 타협을 포기하지 않았던 것이다. 그러나 여린은 추호도 그럴 마음이 없는 것 같았다.

"천화루 마 대인 건은 아무래도 봐줄 수가 없네요. 이 작자들 몽땅 폭력 및 공갈 협박 혐의로 포박하세요, 총관님."

여린이 자신을 돌아보며 말하는 순간 곽기풍은 심장이 쿵 내려앉는 기분이었다. 대체 어디서부터 무엇이 잘못됐단 말인가? 짧은 순간 오늘 밤 이 방 안에서 일어난 모든 일들이 주마등처럼 스치고 지나갔다. 하지만 젊은 상관이 갑자기 안면을 바꾼 이유는 떠오르지 않았다.

'어쨌든 지금은 숙여야 한다.'

조급해진 곽기풍이 갈산악을 향해 한쪽 눈을 끔뻑끔뻑하며 신호를 보냈다.

나원, 더러워서.

입맛을 쓰게 다시며 갈산악이 뒤쪽의 수하들을 돌아보았다.

"뭣들 한다냐, 줍포사신님께 준비해 온 거 올리지 않고?"

수하 한 놈이 술상 위로 두툼한 봉투 하나를 올려놓았다.

"이게 뭐야?"

봉투 안에 든 석 장의 어음을 꺼내 들여다보며 여린이 물었다.

갈산악이 씨익 웃으며 대답했다.

"중원제일을 자랑하는 대륙표국에서 발행한 은화 일천 냥짜리 어음 석 장입니다."

"합이 삼천 냥. 요즘 기와집 한 채가 보통 은 오백 냥쯤 하니까, 이거면 대궐 같은 저택에 예쁜 첩실 서넛은 들일 수 있겠구먼."

여린의 얼굴이 조금 풀리는 것 같자 곽기풍은 절로 안도의 한숨을 내쉬었다. 하긴 돈 싫다는 놈 못 봤지. 게다가 은 삼천 냥이면 웬만한 사람은 팔자를 고칠 수 있는 거금이 아닌가? 하지만 뒤이어 들려온 여린의 차가운 말 한마디에 곽기풍의 믿음은 순식간에 산산조각이 나버렸다.

"곽 총관님, 뇌물 공여죄 추가시키세요."

그와 동시에 갈산악의 인내심도 한계에 다다랐다.

"큭큭큭."

섬뜩한 냉소를 흘리며 갈산악이 천천히 자리에서 일어섰다.

그리고 여린에게 얼굴을 바싹 들이밀고 으르렁거렸다.

"운 좋게 줍포사신 영패 하나 받고 보니 눈에 뵈는 게 없나 보지, 엉?"

"드디어 본색을 드러내시는군. 이제 공무 집행 방해죄를 추가할 차례인가?"

"밟아!"

더 이상 참지 못하고 갈산악이 빽 소리쳤다. 기다렸다는 듯 네 명의 수하가 낭아곤을 휘두르며 튀어나왔다.

우장창!

"으아아악! 곽기풍 살려!"

"꺄아악!"

"사람 살려!"

낭아곤에 의해 술상이 박살나는 순간 곽기풍과 기녀들이 사방으로 몸을 날렸다.

"크아아! 죽어어!"

방금 전 여린에 의해 마빡이 박살났던 턱수염이 거품을 물고 낭아곤을 찍어왔다.

스스슥!

여린이 미끄러지듯 옆쪽으로 물러서자 낭아곤은 속절없이 허공을 갈랐고, 거의 동시에 여린의 이마가 텅 빈 턱수염의 콧잔등으로 날아들었다.

우적!

비명도 없었다. 검붉은 코피를 꾸역꾸역 게워내며 턱수염이 뒤쪽으로 벌러덩 넘어갔다.

"잡아!"

"못 움직이게 해!"

"대갈통을 박살 내!"

동료의 피에 더욱 광분한 나머지 수하들이 칼바람 소리를 내며 사방에서 낭아곤을 휘두르며 덤벼들었지만, 여린은 허리만 살짝살짝 비틀며 어렵지 않게 피해냈다.

눈을 치뜨고 그런 여린을 주시하던 갈산악이 고갤 갸웃했다. 양발을 엇갈려 밟으며 주춤주춤 물러서는 여린이 사용하는 보법은 강호 초출들이나 사용하는 칠성보(七成步)였다. 칠성보란 북두칠성에 근거한 방위를 밟는 보법으로, 자신 밑에서 혹독한 고련을 거친 수하들이라면 어렵지 않게 파훼해야 정상이었다. 하지만 몸을 많이 움직인 것도 아니고, 허리만 살짝살짝 비트는데도 낭아곤은 거짓말처럼 여린의 몸을 비껴 지나갔다.

퍽!

퍼억!

"아흑!"

"흐읍!"

여린의 너무도 평범한 주먹질 두 방에 수하 두 놈이 또 피를 쏟으며 고꾸라졌다. 아무리 눈을 씻고 봐도 시정의 잡배들이 막싸움을 할 때나 사용하는 용두권(龍頭拳)이 분명했다.

뻐어억!

"케헤헥!"

여린은 낭아곤을 붕붕 휘두르며 짓쳐 들던 마지막 수하 놈의 품속으로 바람처럼 파고들며 사타구니를 냅다 걷어차 버렸다. 짐승 같은 비명을 내지르며 부웅 튕겨 나간 수하가 갈산악의 발밑에 처박혔다.

"끄아아! 으아아아! 뽕알, 뽕알이 터져 버린 것 같아!"

사타구니를 움켜쥐고 나뒹구는 수하를 내려다보며 갈산악은 뿌드득 이를 갈아붙였다. 여린이 마지막으로 구사한 발차기 역시 요음각(撓陰脚)이라 하여, 시전의 왈패들이 비겁하게 상대의 낭심을 걷어찰 때 쓰는 뻔한 수법이었다.

갈산악이 대여섯 걸음 앞쪽에서 손바닥을 탁탁 털며 서 있는 여린을 사납게 노려보았다. 여린의 주변 방바닥에 즐비하게 널브러져 벌레처럼 꿈틀거리고 있는 수하들은 분명 절정의 내가고수(內家高手)는 아니었다. 하지만 저따위 무공 같지도 않은 권각에 당할 삼류들 역시 아니었다.

실실거리는 여린의 안색을 새삼 살피며 갈산악은 둘 중 하나일 거라고 생각했다.

정신 상태가 해이해질 대로 해이해진 수하들이 요 근래 무공 수련에 아예 손놓고 있었거나, 아님 저 여린이란 놈이 자신으로선 상상조차 할 수 없는 초절정고수여서 뻔한 주먹질과 발길질이 고수의 손을 거쳐 천변만화(千變萬化)의 심오한 초식으로 변신을 했거나.

"도, 도와주십시오, 제발……."

낭심을 걷어차인 수하 놈이 갈산악의 다리를 붙잡고 늘어졌다. 갈산악은 새삼 부아가 치밀었다.

콰지직!

"꾸웩!"

갈산악이 발뒤꿈치로 수하의 머리통을 내리찍자 머리통이 쪼개지며 뇌수가 터져 나왔다.

'직접 확인해 보면 되리라.'

수하의 시체를 뒤로하고 갈산악이 여린 쪽으로 성큼 다가섰다. 동시에 그의 양손이 눈높이로 들어올려졌다. 매의 발톱처럼 다섯 손가락을 반쯤 오므린 양손을 눈앞에서 천천히 휘돌리며 갈산악은 어금니를 지그시 깨물었다.

끼우웅!

크게 원을 그리며 회전하던 매 발톱 모양의 손에 희뿌연 서리 같은 것이 어리는가 싶더니 손 전체가 검게 변하기 시작했다.

흑응조(黑鷹爪).

갈산악의 손끝에서 철기방 당주급 이상에게만 전수되는 내가무공 중 하나가 펼쳐지려는 순간이었다.

'말려야 돼. 신임 즙포사신이 흑응조에 찢겨 죽으면 내 관운(官運)도 끝장이 난다.'

곽기풍은 누구보다 내가무공의 무서움을 잘 알고 있었다. 사람으로 하여금 초인적인 능력을 발휘하게 만드는 저 무공이야말로 정수불범하수(井水不犯河水), 즉 우물물은 강물을 침범하지 않는다는, 관(官)으로 하여금 강호의 독립성을 인정할 수밖에 없게 만드는 원동력이었던 것이다. 하지만 엄동설한에 얼음을 깨물고 있는 사람처럼 이만 딱딱딱 부딪칠 뿐 도무지 말이 나오질 않았다.

"으하아아압―!"

"안 돼! 죽이는 건 안 돼!"

갈산악이 폐부에서부터 끌어올린 기합 일성과 함께 시커멓게 변한 양손을 어깨 너머로 한껏 젖히고 짓쳐 나올 때에야 곽기풍은 비로소 단말마의 외침을 내지를 수 있었다. 하지만 너무 늦었다. 그때는 이미 매의 발톱보다 날카로운 갈산악의 손이 여린의 양쪽 관자놀이를 노리로 쑤셔 박히는 중이었다.

뻐어억!

굉렬한 타격음과 함께 곽기풍은 질끈 눈을 감아버렸다.

'멍청한 놈아, 그렇게 왜 천방지축 날뛰어, 날뛰긴? 네 설익은 치기 때문에 너는 목숨을 잃고, 나는 관복을 벗게 생겼구나.'

눈물이라도 흘릴 것 같은 표정으로 곽기풍이 천천히 실눈을 떴다.

"흐어억!"

순간 그는 너무 놀라 더운 숨을 훅 들이마셔야 했다. 눈앞에 너무도 뜻밖의 광경 펼쳐져 있었기 때문이다. 검고 기다란 갈산악의 손톱 끝은 여린의 볼에 살짝 박혀 있는 상태였다. 손톱 끝에 작은 핏방울이 맺힌 것으로 보아 그건 확실했다. 그러나 마지막 순간 손톱은 여린의 살가죽을 확실히 후벼파진 못했다. 그 직전에 갈산악 자신이 시정잡배의 발길질이라고 무시했던 여린의 요음각이 사타구니에 처박혔기 때문이다.

무지 아프겠군.

고통으로 입을 쩍 벌린 갈산악의 얼굴을 바라보며 곽기풍은 절로 미간이 찌푸려졌다.

"끄흐흐흡."

숨막히는 신음을 집어삼키며 갈산악이 단숨에 십여 걸음을 물러섰다. 여린은 그러거나 말거나 오른발을 슬쩍 들어올린 채 히쭉거리고만 있었다. 그 웃음이 갈산악의 심장에 불을 질렀다.

"네놈이 흑응십이필살수(黑鷹十二必殺手)를 감당할 수 있나 보겠다!"

분노의 일갈과 함께 갈산악이 양손 손바닥을 쭉 내지르자 그의 손바닥에서 쏟아진 사나운 매 발톱 모양의 열두 가닥 장력이 여린을 향해 폭출되었다. 태연히 목전으로 날아드는 경기 가닥들을 지켜보던 여린이 귀찮다는 듯 느릿느릿 오른손을 눈앞으로 들어올렸다. 그리고 부채처럼 살랑살랑 흔들었다.

빠바바바박!

열두 방위를 점하며 날아들던 경기가 불을 보고 몰려든 부나비들처럼 여린의 손끝으로 모여들더니 산산이 터져 나갔다.

'엽선수(葉煽手)!'

아끼고 아껴두었던 자신의 필살기를 어이없게 부숴 버린 여린의 초식이 고작 막 무도관에 입문한 어린애조차 알고 있는 엽선수라는 사실을 깨닫자 갈산악은 피가 거꾸로 도는 것 같았다.

"네놈을 찢어 죽이지 못한다면 스스로 목을 따리라!"

방바닥을 박찬 갈산악이 천장에 닿을 듯 도약했다. 허공 중에서 크게 신형을 한 바퀴 뒤집는가 싶더니 그 반동력을 이용, 여린의 정수리를 노리고 무지막지하게 발뒤꿈치를 찍어갔다.

"흑응입수(黑鷹入水)!"

매가 수면을 유영하는 오리를 노리고 직하강하는 모습에서 따왔다는 흑응입수는 그야말로 힘을 바탕으로 한 일격필살의 초식이었다.

막강한 힘 앞에서 잔재주 따위 통하지 않으리라.

여린이 구사하는 무공이 하나같이 잔재주라고 단정한 갈산악은 힘 대 힘으로 끝장을 보리라 작정했다. 하지만 그건 갈산악의 착각이었고, 그 착각에 대한 대가는 곧 치르게 되었다.

허리를 비스듬히 눕혀 갈산악의 발을 피한 여린이 허공을 가리키듯 오른손 검지를 쭉 뻗어 정확히 갈산악의 낭심과 항문 사이의 하음혈(下陰穴)을 찍어버린 것이다.

'이럴 수가! 내가 이런 애송이에게 당하다니……!'

정신이 아득해짐을 느끼며 뒤쪽으로 넘어가면서도 갈산악은 여린을 인정할 수 없었다. 그저 자신이 오늘 유난히 재수가 없었을 뿐이라고 생각했다.

쿠아앙!

요란한 굉음과 함께 갈산악이 바닥에 굉렬히 등을 처박았다.

여린은 아직 몸조차 풀리지 않았다는 듯 손바닥을 탁탁 털며 게거품을 물고 혼절한 갈산악을 내려다보았다.

곽기풍의 눈엔 이제 여린의 허리춤에 매달린 목검까지 새삼스러워 보이기 시작했다. 흔히 말하길, 무인이 자신의 독문 병기를 사용해서 싸우면 맨손으로 싸울 때보다 최소 두 배는 강해진다고 한다. 여린이 만약 저 목검을 뽑아 들었다면, 철기방은 오늘 부로 사하현 당주를 새로 뽑아야 했을지도 모른다는 생각을 하며 그는 부르르 치를 떨었다.

그런데 바로 그때 여린이 허리춤의 목검을 천천히 뽑아 드는 것 아닌가?

'한창 싸울 땐 뽑지 않더니 왜 이제야?'

곽기풍의 의문은 곧 풀렸다.

빡-빡-빡!

빡-빡-빡-빡!

손바닥에 침까지 퉤퉤 뱉고 난 후 목검을 옹골차게 움켜쥔 여린이 그야말로 복날 개 패듯 갈산악을 마구 후려치기 시작했던 것이다. 얼마나 힘을 불어넣었는지 목검이 틀어박힐 때마다 갈산악의 거구가 들썩들썩 진동했다.

'벼, 변태! 이미 기절한 사람을 어쩜 저토록 지독하게 후려 팬단 말이냐?'

흰자위를 희번덕거리며 목검을 후려치는 여린의 광기 어린 모습을 바라보며 곽기풍은 부르르 진저리를 쳤다.

第二章

여린, 갈산악을 잡아들이다

여린, 갈산악을 잡아들이다

이럴 수가!
내가 이런 애송이에게 당하다니……!

캉캉!

뚝딱뚝딱!

아직 어둑한 새벽 하늘 위로 망치질 소리가 요란하다.

뿌연 새벽 안개가 흐르는 현청 깊숙한 후원 한구석에 낡은 대장간이 서 있었다. 진흙으로 벽을 바른 작은 대장간 굴뚝으로 검은 연기가 꾸역꾸역 피어오르고 있었다.

깡깡깡!

불꽃이 맹렬히 타오르는 커다란 화로를 중심으로 쇠붙이, 쇳가루, 망치, 정, 부러진 칼, 부러진 화살, 도끼 등등이 어지럽게 널린 대장간 안에서 군데군데 그을린 회색 장포 차림의 왜소한 노총각, 반철심이 열심히 망치질을 하고 있었다. 그는 집게로 집은 어른 주먹만한 크기의 쇠 공 반쪽을 머루 위에 올려놓고 안쪽을 열심히 두들겨 빈 공간을 넓히는 중이었다.

자세히 보니 반철심의 복장이 좀 특이했다.

그는 보통 유생들이 즐겨 입는 별 무늬도 없는 긴 장포 차림이었는데, 중원에선 보기 힘든 두터운 돋보기 안경을 쓰고 있어 작은 눈이 더욱 좁쌀만하게 보였다. 발에는 끝이 위쪽으로 길게 휜 장화를 신었다.

이 안경과 장화는 반철심이 십여 년 전 당시 물밀듯이 밀려들기 시작한 서역 문물을 제대로 배워보자는 취지 하에 황실에서 직접 파견한 서역신물유람단(西域新物遊覽團)의 일원으로 천축국을 견학하고 돌아올 때 가지고 온 것이었다.

부친에 이어 현청에서 사용할 병장기를 주조하는 병참수(兵站首)의 직을 물려받아 서른이 넘도록 계집 한 번 품어보지 못하고, 허구한 날 굴 같은 병참간에서 썩고 있는 반철심에겐 이 돋보기와 장화가 유일한 멋이고, 장식이었던 셈이다.

'딱 들어맞는군.'

똑같이 안쪽을 넓힌 두 개의 반쪽짜리 쇠 공의 아귀를 맞춰보며 반철심은 득의했다.

힘들게 작업한 병장기가 뜻대로 완성되었을 때, 이때가 바로 유일하게 삶의 희열을 느끼는 순간이다.

그는 다시 쇠 공 반쪽을 머루 위에 올려놓고 그 안에 황을 꾹꾹 눌러 담았다. 그리고 어렵게 구한 납덩이를 황 속에 끼워 넣었다. 그 위에 다시 소금을 뿌리고는 고개를 돌려 화덕 위에서 자글자글 끓고 있는 주전자를 쳐다보았다.

반철심이 아주 조심스럽게 주전자를 들고 돌아왔다. 주전자 안에는 아주 위험한 물건이 끓고 있었던 것이다.

치이이!

주전자를 기울이자 희멀겋고 끈끈한 액체가 검은 연기를 피워 올리며 쇠 공 안으로 떨어졌다.

수은. 그가 지금 쇠 공 안에 부어 넣고 있는 것은 중원의 살수들이 독으로 사용하는 수은이었다. 그럼 반철심은 황, 납, 소금, 수은 등의 특이한 재료들을 뒤섞어 대체 무엇을 만들고 있는 것일까?

바로 폭구(爆毬)다.

명대에는 이미 서역에서 화약이 전래되어 장약을 터뜨리는 반발력으로 커다란 쇠 공을 날려 보내는 진천뢰(震天雷)나, 불화살을 한꺼번에 날려 보내는 비화창(飛火槍) 등이 정규군에 배치되었다. 하지만 이런 화포는 운반도 힘들고, 화약 자체를 살상력으로 이용하는 것도 아니었다.

그에 반해 폭구는 개인이 손쉽게 휴대하고, 화약 자체의 폭발력을 적의 섬멸에 이용하는 무서운 개인 병기였다. 반철심은 폭구의 제조법을 천축의 어느 한두 사원에서 배웠다.

반철심이 마지막으로 쇠 공의 나머지 반쪽을 덮고 둥근 쇠 공을 굵은 철사로 친친 동여맸다. 이 상태에서 쇠 공에 강한 충격을 가하면 쇠 공 안에서 그 하나하나로는 별로 무서울 게 없는 황, 납, 수은, 염분 등이 맹렬한 상승작용을 일으키며 폭발하는 것이다.

이걸 적들의 머리 위로 던지면 쇠 공이 산산조각 나면서 화살보다 더 빠르고 날카로운 파편이 쏟아져 수십 명을 한꺼번에 죽일 수 있다.

꽝꽝!

반철심이 폭구를 머루 위에 놓고 두 번 세게 내려쳤다. 그리곤 병참 간 구석으로 잽싸게 달려가 벽을 향해 웅크리고 앉았다. 곧 무서운 폭발이 일어나리라.

"……"

하지만 거의 일각을 기다렸는데도 아무런 반응이 없자 반철심은 다시 머루 위에 우두커니 놓여 있는 폭구 앞으로 다가갔다.

"이게 왜 이러지?"

실패의 불길한 예감을 애써 떨치며 폭구를 두어 번 더 내려쳤다. 하나 반응이 없기는 마찬가지.

"정말 실패냐? 아냐, 그럴 리가 없어."

쿵쿵쿵!

폭구를 좀 더 세게 내려쳐 봐도 반응이 없자 그만 부아가 치밀었다.

"망할 놈의 쇳덩이가!"

꽈아앙!

격분한 그가 쇠망치로 있는 힘껏 폭구를 내려치는 순간 그의 기대대로 맹렬한 폭발이 일어났다. 얼굴로 뜨거운 열기가 화아악 끼얹어지는 것을 느끼며 반철심은 뒤쪽으로 붕 튕겨 나갔다.

꽈꽈꽈쾅!

병참간 안에 널려 있던 온갖 발화 물질들이 연쇄 폭발하며 진흙과 볏단을 얽어 만든 낡은 초막이 그만 폭삭 주저앉고 말았다.

"끄응~"

숯가마에 들어갔다 나온 것처럼 온몸이 시커멓게 그을린 반철심이 힘겹게 상체를 일으켜 연기만 풀풀 피어오르는 초막의 잔해를 둘러보았다. 눈앞이 캄캄해지는 기분이었다. 올 들어 폭발 사고만 벌써 네 번째다. 지난해 여름, 아버지 반구심의 뒤를 이어 병참수가 된 이래 그는 연달아 사고를 쳤고, 그때마다 오늘처럼 병참간이 폭삭 주저앉곤 했다.

"빌어먹을, 이번만은 파직을 면하기 힘들 것 같군."

"파직은 안 될 테니 걱정 말게."

갑작스런 음성에 반철심이 홱 고갤 돌렸다.

그의 눈앞에 웬 낯선 청년이 서 있었다. 이제 갓 스물을 넘겼을까? 청년은 차림새는 남루했으나 얼굴만은 미끈했다. 그리고 버릇인 양 사람을 깔보는 듯한 미소가 입가에 걸려 있었다.

'어린 놈이 반말지거릴세.'

순간적으로 욱하는 기분이 들었지만 반철심은 이내 표정을 누그러뜨렸다.

원래 새로운 병기를 만드는 일이 아니곤 도무지 승부욕이라곤 모르는 그였기 때문이다.

"파직이 안 된다니? 형씨가 그걸 어찌 아시오?"

"이걸 좀 만들어볼 수 있겠나?"

청년은 대답 대신 작은 설계도 같은 걸 내밀었다. 설계도에는 서역의 병사들이 사용하는 석궁 비슷한 게 그려져 있었다. 차이가 있다면 크기가 일단 어른 손바닥 두 개를 펼쳐 놓은 것만큼 작다는 것이다. 발사대는 하나인데 깡통처럼 둥근 약실(藥室) 안엔 다섯 대의 짧은 화살을 장전할 수 있게 돼 있었다. 약실의 화약을 터뜨려 그 반발력으로 장전된 화살을 발사하는 형태였다. 일종의 소형 비화창 같다고나 할까?

'거참, 기묘하게 만들었네.'

설계도를 들여다보는 반철심의 눈이 호기심으로 반짝였다.

'특히 놀라운 점은 이 회전하는 약실이다. 약실이 회전함으로써 한 발 쏘고, 또다시 한 발을 장전할 필요 없이 다섯 발을 연사할 수가 있

다. 이건 정말 대단한 발명인걸.'

서역 어디에서도 다섯 발의 화살을 연사할 수 있는 석궁을 본 적이 없다. 이 석궁이 보급된다면, 대명의 철기군(鐵騎軍)은 열 배는 강해지리라.

"내일 새벽까지 만들 수 있어?"

청년의 갑작스런 물음에 반철심은 상념에서 깨어났다.

"일단 석궁 이름부터 지어야 할 것 같은데……."

욕심 많은 병참수 반철심은 놀라운 신형 병기의 이름부터 지어주고 싶었다.

청년이 짧게 대답했다.

"오안수포(五眼手砲)!"

"다섯 개의 눈을 가지고 손으로 쏠 수 있는 총포라… 괜찮은걸."

청년이 아직도 반말을 하고 있다는 사실 따윈 까맣게 잊은 채 반철심이 빙그레 웃었다.

"내일 새벽까지 만들어봐."

반철심의 대답은 들을 필요조차 없다는 듯 청년이 스윽 돌아서며 말했다.

"한데 당신 누구요?"

반철심의 물음에 청년이 멈칫했다.

반철심을 돌아보며 청년이 히쭉 웃었다.

"성은 여, 이름은 린. 이번에 새로이 부임한 즙포사신이다."

"신임 즙포사신 여린… 여린이라고?"

후원 저쪽으로 멀어지는 여린의 뒷모습을 멍하니 바라보며 반철심은 나직이 되뇌었다.

이것이 사하현 현청 병참수 반철심과 신임 즙포사신 여린의 첫 만남이었다. 이때까지만 해도 반철심은 얼결에 첫인사를 나눈 저 젊은 상관이 자신의 평화롭던 일상을 송두리째 뒤엎어놓을 것이라곤 상상조차 못하고 있었다.

아직 동이 트기 전, 늙은 말 한 필이 끄는 영업용 마차가 현청 대문 앞에 급하게 멈춰 섰다. 창자루에 머리를 기대고 꼬박꼬박 졸고 있던 정문지기 막여청은 마차에서 뛰어내리는 여인을 발견하곤 그만 정신이 번쩍 들었다. 여인은 바로 즙포사신의 집무실에 소속된 여급사 화초랑이었다. 노총각 막여청이 몽매에도 그리는 단 하나뿐인 사랑.

"아, 안녕, 초랑이."

"비켜, 멍청아!"

막여청이 최대한 다정하게 아침 인사라도 건네려 했으나 화초랑은 무엇이 그리 급한지 그의 가슴팩기를 사정없이 밀치고 대문 안으로 헐레벌떡 달려들어 갔다.

'반드시 포두가 되고야 말리라.'

최소한 포두는 되야지 문지기가 뭐래, 문지기가? 얼마 전, 화초랑이 여급사들끼리의 회식 자리에서 자신을 두고 이런 모욕적인 언사를 퍼부었다는 소식을 접한 후 만고의 왕보직 문지기를 포기하고 포두가 되기로 결심한 막여청이었다.

'사랑을 위해 못할 게 무엇이냐?'

하지만 말단 포사인 그가 포두가 된다는 건 쉬운 일이 아니었다. 포두는 일반 포사가 오를 수 있는 최고위직이었던 것이다.

집무실 방문을 열어젖히고 달려들어 온 화초랑은 순간적으로 숨이 턱 막히는 것 같았다. 그녀의 호흡을 곤란하게 만든 건 집무실을 가득 메운 뿌연 궐련 연기였다. 연기 속에서 자신의 책상 앞에 앉아 오만상을 찌푸리며 궐련이 벌겋게 타오르는 곰방대를 뻑뻑 빨아 대고 있는 곽기풍이 보였다.

그녀의 숨구멍을 짓누르는 건 궐련 연기뿐만이 아니었다.

연기보다 무겁고 칙칙한 분위기가 집무실 전체를 휘감고 있었다. 자신 쪽으론 눈길 한 번 주지 않고 불을 뿜는 용처럼 씨근덕거리며 궐련 연기를 뿜어 대는 곽기풍을 곁눈질하며 화초랑은 살금살금 자신의 책상으로 걸음을 옮겼다.

자리에 앉자마자 그녀가 무슨 일이냐는 듯 맞은편에 나란히 앉은 장숙과 단구를 보았다. 잔뜩 주눅이 든 두 사람이 턱짓으로 굳게 닫힌 내실 문을 가리켰다. 아마도 총관님을 화나게 만든 건 신임 즙포사신인 것 같았다.

'어제까지만 해도 죽이 척척 맞더니만……'

무슨 일인가 하여 내실 문을 주시하던 화초랑의 귀에 두 사내의 두런두런 대화 소리가 들려왔다.

"성명?"

"갈산악."

"생년월일?"

"정덕제 사년."

"출생지?"

"사천성 구당현 태초평."

"현 거주지?"

"사천성 사하현 대북문로(大北門路)."

"가족 관계?"

"홀어머니 생존해 계시고, 곰 같은 마누라와 여우 같은 딸년이 셋."

"직업?"

화초랑은 고갤 갸웃했다.

아마도 즙포사신께서 누군가를 심문 중인 모양이었다. 하지만 어제 퇴청할 때 분명 술판을 벌인다며 곽 총관과 함께 나가지 않았던가? 그 사이에 무슨 사건이 있어 죄인을 잡아들인단 말인가?

"다시 성명?"

"……."

"성명?"

"……."

화초랑이 다시 한 번 고갤 갸웃했다. 즙포사신의 질문 내용이 너무 시답잖았기 때문이다. 원래 즙포사신은 관내의 일반 잡범보단 토호들이나 부정을 저지른 관리들을 취조, 심문하는 게 관례였다. 그것도 총관 등이 사전 조사를 모두 끝마친 연후 죄인과의 최종 면담을 통해 형량을 결정하는 정도였다.

한데 지금의 질문 내용은 총관도 아니고, 장숙이나 단구 같은 포두들이 할 법한 기초 심문이 아닌가?

"이 상놈의 쉑기!"

이때 내실 안쪽에서 심문을 받던 사내의 노호성이 터져 나왔고, 화초랑은 흠칫 상념에서 깨어났다.

"황실에서 파견한 즙포사신이면 다여? 즙포사신은 죄없는 백성을 개 패듯 후려 패도 되는 것이여? 죄없는 사람을 끌고 와 똑같은 질문을 또 하고 또 해서 복장을 확 뒤집어놔도 되느냔 말여? 엉? 으아아! 사람 환장허겠네, 증말?!"

발작적인 고함 소리는 한동안 계속되었다. 화초랑은 이성을 상실한 무뢰배에게 힘없는 여린이 봉변이라도 당할까 봐 슬슬 걱정이 되었다. 그러나 곽기풍은 물론 장숙과 단구도 떨떠름한 눈으로 내실 문을 쳐다볼 뿐이었다.

"화초랑! 화초랑, 밖에 있나?"

여린이 자신의 이름을 부르자 화초랑이 벌떡 일어섰다.

"예… 옙! 지금 가요!"

황급히 내실 문을 박차고 뛰어들어 오던 화초랑이 순간적으로 멈칫했다.

질린 듯 부릅뜬 그녀의 눈에 내실 한복판, 작은 탁자를 사이에 두고 마주 앉은 여린과 갈산악의 모습이 닥쳐 들었다.

여린은 팔짱을 끼고 앉아 싱글벙글 웃는 얼굴이었고, 양손 손목이 포승줄에 묶인 채 격분하여 일어선 갈산악은 어찌나 얻어터졌는지 형체조차 알아볼 수 없을 정도로 얼굴이 퉁퉁 부어 있었다.

화초랑도 갈산악에 대해선 익히 알고 있었다.

사하현의 광포한 무법자, 관에서조차 감히 손대지 못하는 철기방의 사하현 당주가 바로 그였다. 누가 있어 저 무시무시한 작자의 얼굴을 피 떡으로 만들 수 있단 말인가?

'설마 즙포사신께옵서?'

새삼 여린의 호리호리한 체형과 계집처럼 희디흰 얼굴을 쳐다보며 화초랑은 고갤 설레설레 흔들었다. 즙포사신도 만약의 경우를 대비해 북경 장군부(將軍府)에서 관할하는 군관 학교를 수료하긴 하지만, 어디까지나 문관 직으로 무공 수련은 요식 행위에 불과했다. 게다가 저 수수깡처럼 생긴 신임 즙포사신이라면 더더구나 가능성은 전무했다.

성난 범처럼 콧김을 핑핑 내뿜는 갈산악을 싹 무시하고 여린이 화초랑을 돌아보며 빙긋 웃었다.

"여기 소면 두 그릇만 시켜주겠소, 초랑? 나와 갈 당주가 아직 아침 식사 전이라서 말이오."

'초, 초랑?'

여린이 다정하게 이름을 불러주자 화초랑의 볼이 절로 붉어졌다. 이전의 즙포들은 정식 관직도 아니고, 현청에 소속된 임시직인 여급사를 부를 때 야, 자를 쓰는 게 보통이었다.

한데 초랑이라니? 마치 연인을 부르는 것 같지 않은가? 신임 즙포님은 외모뿐 아니라 마음 씀씀이도 비단결 같으시구나. 양손을 맞잡고 여린을 바라보는 화초랑의 눈이 별처럼 빛났다.

"초랑?"

"예? 아, 예."

"소면을 부탁했소만."

"지금 곧 대령할 테니 잠시만 기다리세요."

화초랑이 횡하니 내실을 빠져나갔다.

잠시 후, 탁자 위엔 김이 모락모락 피어오르는 소면 두 대접이 놓여졌다. 소면을 가운데 두고 여린과 갈산악은 서로의 얼굴을 빤히 마주 보며 앉아 있었다.

여린이 빙긋 웃으며 갈산악 쪽으로 소면 대접을 밀어주었다.

"식기 전에 듭시다."

"누가 네놈이랑 밥 먹겠다고 했어?!"

우장창!

갈산악이 팔을 휘둘러 소면 대접을 패대기쳐 버렸다. 여린은 젓가락을 쥔 채 방바닥에 어지럽게 널려 있는 소면 가닥을 아깝다는 듯 내려다보았다.

여린이 다시 갈산악을 쳐다보며 히쭉 웃었다.

"좀 들지 그랬소? 아마도 당신과 나, 이제부터 꽤 지루한 싸움을 시작해야 할 것 같소만."

어느새 밤이 찾아왔고, 수십 년 만에 처음이라는 한파가 다시 대서문로를 휩쓸었다.

추위를 피해 상점들이 일찍 철시한 거리에는 인적조차 드물었다. 그런 대서문로를 지나자 굳게 닫힌 사하현 현청의 대문이 보였다. 대문 너머 현청 본관 맨 꼭대기층 즙포사신의 집무실 창문은 아직도 불이 환하게 밝혀져 있었다.

성명(性名).

하얀 손 하나가 실붓을 놀려 취조 일지의 공란에 두 자를 적고 있었다.

"성명?"

내실 탁자 앞에 단정히 앉아 맞은편 양손 손목이 묶인 채 무료함과 피로에 지쳐 꾸벅꾸벅 졸고 있는 갈산악을 향해 조용히 묻는 사람은 바로 여린이었다. 시간은 어느새 축시(丑時)를 넘어섰다. 탁자 위에는 작은 초 하나만이 은은히 타오르고 있어 여린에게 맞아 퉁퉁 부어오른 갈산악의 얼굴을 더욱 험악해 보이게 만들었다.

잠시 뜸을 들였다가 여린이 다시 묻는다.

"성명?"

"……."

콰앙!

"성명?"

"히이익!"

여린이 주먹으로 탁자를 후려치자 갈산악이 번쩍 고갤 쳐들었다.

잠이 덜 깬 듯 눈을 끔뻑끔뻑하는 갈산악을 향해 여린이 싱긋 웃었다.

"성명?"

갈산악은 간신히 초점이 돌아온 눈으로 여린을 쳐다보았다. 처음 만났을 때나 지금이나 여린은 버릇인 양 싱글벙글 웃는 얼굴이다. 하지만 그 웃음을 마주하며 새삼 소리장도(笑裏藏刀)란 고언을 떠올리는 갈산악이었다.

'사갈 같은 놈.'

여린의 저 예쁘장한 얼굴과 선량한 웃음 뒤에 시퍼렇게 날 선 칼이 숨겨져 있다는 생각을 하며 갈산악은 뿌드득 어금니를 갈아붙였다. 갈산악의 마음을 아는지 모르는지, 여린은 사냥감의 목 줄기에 송곳니를 박은 승냥이처럼 끈질겼다.

"성명?"

어제 새벽 갈산악은 바로 이 탁자 앞에서 정신을 차렸다.

갈산악은 자신이 어떻게 즙포사신의 집무실까지 끌려왔는지 기억하지 못했다. 그의 기억은 전날 천화루의 특실 안에서 죽을지 살지 모르고 설치는 햇병아리 관원 놈의 정수리를 노리고 흑응입수의 수법으로 발을 찍어가던 부분에서 끊겨 있었다. 한데 깨어보니 양손엔 포박이 채워졌고, 전신은 검붉은 피멍 자국 투성이었다. 그리고 이어진 여린의 저 지긋지긋한 질문 공세.

놈은 장장 하루 낮과 하루 밤 동안 자신의 성명과 생년월일, 출생지와 거주지, 그리고 가족 관계 등 신변잡기적인 질문들을 반복하고 있었다. 갈산악도 처음엔 여유가 있었다. 그저 저 미친놈이 왜 저러나 싶었다.

하나 시간이 흐르면서 그렇게 단순한 문제가 아님을 알게 되었다. 무료하고 단순한 질문의 반복은 처음엔 그를 약간 귀찮게 하더니, 이내 사타구니 사이로 개미 한 마리가 들어가 간질이는 것 같았고, 마침내는 수천, 수만 마리의 개미 떼가 일제히 그의 사타구니에서 등골까지를 파먹는 고통스럽고도 더러운 기분이 되었다. 시간이 지날수록 고통은 더욱 극심해져 갔다.

"도대체 뭐 하자는 짓거리여? 물은 걸 또 묻고… 또 묻고……. 지금 누구 울화통 터져 뒈지는 꼴 보려고 이러는 거여?"

갈산악이 간신히 성질을 억누르며 말했다.

하지만 여린은 막무가내였다.

"성명?"

"정덕제 사년! 사천성 구당현 태초평 출생! 현재 사천성 사하현 대북문로 거주! 홀어머니 생존해 계시고, 곰 같은 마누라와 여우 같은 딸년 셋을 거느리고 있음! 직업은 철기방 당주여! 됐냐?"

이미 무얼 물을지 훤히 알고 있는 갈산악이 침을 튀기며 쏘아붙였다.

"미안하지만 묻는 말에만 대답해 주시겠소? 성명?"

"크아아아! 너랑 나랑 같이 죽어버리장께, 시러배 잡놈아아!"

더 이상 참을 수 없게 된 갈산악이 포승에 묶인 양손을 내뻗으며 여린에게로 덮쳐들었다. 그리곤 별 저항도 않는 여린의 목을 우악스럽게 움켜잡고 앞뒤로 미친 듯 흔들어 대기 시작했다.

　"죽어! 죽어! 죽어부러!"

　숨이 막힐 법도 하건만 여린은 여전히 웃는 얼굴이다.

　눈이 뒤집힌 갈산악은 이대로 여린의 목을 부러뜨려 버릴 기세였다.

　"죽일 거여! 무슨 일이 있어도 네놈만은 죽이고야 말 거여!"

　갈산악의 핏발 선 눈에서 흉포한 살기가 뚝뚝 흘렀다.

　여린의 오른손 엄지와 검지가 그런 갈산악의 손목을 슬쩍 짚은 것은 바로 그때였다.

　"갈 당주, 당신 지금 실수하는 거요. 오랜 세월 갈고닦은 각종 외문기공(外門氣功)과 이혈대법(移穴大法) 때문에 자신의 신체가 강철 같고 믿지만, 실은 당신의 몸은 아주 작은 충격에도 깨질 수 있는 호리병 같은 존재요."

　갈산악의 귀엔 여린의 비아냥이 들리지 않았다. 지옥 야차처럼 얼굴을 일그러뜨린 갈산악은 얄미운 줍포사신 놈의 목을 부러뜨리고 싶은 욕망에 헉헉 더운 숨만 몰아쉴 뿐이었다.

　정작 태연한 건 목이 졸리고 있는 여린이었다.

　"못 믿겠다면 증거를 보여드리지."

　쿠우욱!

　그 말과 함께 여린의 손가락이 소가죽처럼 질긴 갈산악의 살가죽을 뚫고 정확히 혈(穴)을 짚었다.

　갈산악의 입이 떡 벌어지며 무시무시한 비명이 터져 나왔다.

　"끄아아아악!"

썩은 고목처럼 뒤쪽으로 벌러덩 넘어간 갈산악이 방바닥에 등을 처박았다. 온몸의 피가 역류하는 듯 푸른 핏줄이 돌출되면서 그는 아찔한 현기증을 느꼈다. 허연 게거품을 물고 얼굴은 온통 굵은 핏줄로 뒤덮인 갈산악이 방바닥을 데굴데굴 뒹굴기 시작했다.

"끄흐흑~ 아흐흐흑~ 으허허헝~"

지독한 고통을 참지 못하고 끝내 엉엉 울며 구르는 갈산악을 여린은 조용히 웃으며 내려다보았다.

'당신은 날 기억 못하는 것 같군, 갈산악. 지금이라도 빨리 내 얼굴을 기억해 내시오. 그게 당신이 앞으로 겪을 끔찍한 고통을 조금이라도 덜어내는 유일한 방법이라오.'

흉포한 맹수를 포획한 사냥꾼처럼 여린은 심장이 떨리는 흥분을 느끼고 있었다.

'아직은 흥분하면 안 되지. 이제 시작일 뿐인걸.'

나지이 중얼거리며 여린이 다시 쓰러진 의자를 놓고 자리에 앉았다.

붓을 쥔 여린의 손이 취조 일지의 새로운 면에 '姓名' 두 글자를 또 박또박 적고 있었다.

그가 다시 입을 열려 똑같은 질문을 했다.

"성명?"

"끄그극… 끄그그극……."

갈산악은 대답하지 못했다. 완전히 탈진해 버린 그는 눈만 허옇게 흡뜬 채 간질 환자처럼 사지를 푸들푸들 떨고 있었다.

"으하아이아암~"

주먹이 통째로 들어갈 정도로 입을 쩍 벌리며 막여청은 하품을 했다.

그는 오늘도 정확히 이른 새벽인 묘시(卯時)에 나와 지난 십 년간 그랬던 것처럼 긴 창을 곧추세우고 현청 대문 앞을 지키고 있었다.

그의 등 뒤 대문의 기와 지붕 용두(龍頭) 위로 아침 해가 눈부시게 떠오르면서 막여청의 발밑까지 훤하게 비추기 시작했다. 막여청은 이 순간이 좋았다. 이 난세에 안정되고 자랑스런 직장에서 누구보다 일찍 맞이하는 아침의 향기라……. 막여청은 푸근한 표정의 얼굴을 돌려 떠오르는 아침 해를 향해 눈인사를 건넸다.

하지만 막여청도 모르는 사실이 하나 있었다. 바로 이 현청 안에 자신보다 일찍 아침을 맞은 사람들이 있다는 사실을…….

"성명?"

탁자 위에 놓인 초는 이미 완전히 녹아내렸다. 넓은 창을 통해 스며든 넉넉한 아침 햇살이 내실 안을 훤하게 비추고 있었다. 시간은 밤에서 아침으로 바뀌었지만, 여린은 한 점 흐트러짐없는 자세로 맞은편에 축 늘어져 앉아 있는 갈산악을 바라보고 있었다.

여린이 싱긋 웃으며 목소리를 조금 높였다.

"성명?"

"가, 갈산악."

갈산악은 이미 저항을 포기한 듯 보였다. 감겨오는 눈을 가까스로 치뜨고 끈적한 침을 주르륵 흘리는 갈산악은 하룻밤 새 백치가 돼버린 것 같았다.

"생년월일?"

"정덕제… 사년."

"출생지?"

"사… 사천성… 구당현 태… 태초평."

"현 거주지?"

"사… 사천성… 사… 하현… 대북문로…….."

"가족 관계?"

"홀… 홀어머니 생존해 계시고…….."

"미쳤군. 완전히 미쳤어."

땅땅!

책상 위에 놓인 놋 재떨이에 곰방대를 신경질적으로 두드리며 곽기풍이 굳게 닫힌 내실 문을 노려보았다. 뜻하지 않은 비상 사태 때문에 이틀째 자릴 지키고 앉아 있는 장숙과 단구, 그리고 화초랑 역시 피곤한 안색으로 곽기풍의 눈치를 살폈다.

낯빛이 붉으락푸르락 변하며 타 들어가는 곽기풍의 속을 아는지 모르는지 내실 안쪽에선 여린의 그 지긋지긋한 질문이 반복되고 있었다.

"다시 성명?"

"가… 갈산악…….."

"출생지?"

"사, 사천성…….."

곰방대를 쭉 빨아들인 곽기풍이 한껏 평수를 넓힌 콧구멍을 통해 퀄런 연기를 후우욱 내뿜으며 씹어뱉었다.

"미치지 않고서야 저럴 수 없지. 암, 없고말고."

곽기풍의 눈치를 살피던 화초랑이 조심스럽게 말했다.

"예전에 어떤 책에서 저런 식의 심문법에 대해 읽은 적이 있어요."

모두의 시선이 화초랑에게로 쏠렸다.

곽기풍이 눈부터 치떴다.

"무슨 책?"

"판관일기(判官日記)요. 홍무제 때 유명한 판관이었던 포공(餔公)은 범인의 자백을 받아내기 위해 똑같은 질문을 며칠을 두고 반복했다고 해요. 장시간에 걸친 반복 질문은 사람의 의식을 피폐하게 만들어 그가 최후까지 붙잡고 있던 의지의 끈마저 놓아버리게 만든다더군요."

곽기풍의 사나운 시선에 절로 목이 움츠러 드는 것을 느끼며 화초랑이 간신히 말을 이었다.

"하지만 질문하는 당사자 역시 질문받는 사람과 비슷한 고통을 겪는 대요. 결국 쥽포님과 갈 당주는 물러설 곳 없는 천 길 벼랑길에서 피 말리는 의지의 싸움을 벌이고 있는 셈이죠. 먼저 지친 사람이 낭떠러지 아래로 떨어지겠죠."

'과연 일리가 있는 말이야.'

장숙과 단구가 서로의 얼굴을 마주 보며 고개를 끄덕끄덕했다.

"만두 옆구리 터지는 소리 하고 자빠졌네."

곽기풍이 주먹으로 책상을 후려치며 박차고 일어섰다.

그리고 내실을 향해 씩씩거리며 걸음을 옮겼다.

"의지의 싸움이든 뭐든 더 이상은 못 참아! 도대체 이게 무슨 미친 짓거리냐고?"

내실 문을 박차고 들어서던 곽기풍은 순간적으로 멈칫했다.

그의 시야에 한 십 년쯤 폭삭 늙어버린 듯한 갈산악의 얼굴이 들어 왔기 때문이다.

광호(狂虎). 사하현의 미친 호랑이라는 별명이 무색하게 갈산악의 얼굴은 공포와 무력감으로 찌들어 있었다.

'그놈의 반복 질문법인가 뭔가가 무섭긴 무서운 모양이군.'

새삼 화초랑의 말을 떠올리는 곽기풍이었다.

그제야 곽기풍을 발견한 갈산악이 움찔했다. 암울하던 그의 동공으로 한 가닥 희망의 빛이 스쳤다.

갈산악이 곽기풍을 향해 묶인 양손을 내뻗으며 어린애처럼 소리쳤다.

"마침 잘 오셨소, 썽님! 이 즙포 놈이 물어본 걸 또 물어보고 또 물어보고 하는 통에 아주 돌아버릴 지경이랑께요! 썽님이 좀 말려주셔야 쓰겠소, 잉?"

곽기풍은 대꾸도 없이 여린의 옆으로 조용히 다가섰다.

여린이 갈산악의 얼굴에 시선을 박은 채 조용히 물었다.

"무슨 일입니까, 총관님?"

곽기풍이 어금니를 질끈 물었다.

"즙포님이야말로 무슨 짓입니까? 현감 영감의 승인도 없이 무고한 백성을 끌어다 고문하는 법이 어딨습니까?"

"고문이라뇨? 전 추국을 하고 있을 뿐입니다."

"잠도 안 재우고 수백 번씩 같은 질문을 반복하는 게 고문이 아니면 뭡니까, 예?"

"반복 질문은 진술의 진위를 가리기 위한 정당한 취조법 중 하나로 대명률(大明律)에도 명기돼 있습니다. 곽 총관님도 그 정도는 알고 계실 텐데요. 또 갈 당주는 관원인 내게 폭력을 휘둘렀을 뿐 아니라 매수까지 하려 한 현행범입니다. 현감 영감의 승인 없이도 포박이 가능하지요."

구구절절 옳은 말이다.

이놈이 이렇게 똑똑했었나? 곽기풍이 새삼스런 눈으로 여린의 얼굴을 내려다본다. 어쨌든 이렇게 밀릴 수는 없는 노릇이었다.

치밀어 오르는 욕지기를 꿀꺽 집어삼키며 곽기풍이 천천히 머리를 숙였다.

"삼십 년 경력의 늙은 총관 놈이 이렇듯 애원합니다. 제 얼굴을 봐서라도 갈 당주를 풀어주십시오."

"나가세요."

"예?"

"못 알아듣습니까? 제 방에서 나가세요."

여린이 단호한 표정으로 곽기풍을 올려다보며 말했다. 순간 천천히 고개를 쳐드는 곽기풍의 얼굴이 모멸감과 분노로 험악하게 일그러지는 것을 여린은 똑똑히 보았다. 아마도 참을 수 없는 모욕이겠지. 손 안의 공깃돌처럼 자기 마음대로 될 줄 알았던 자신이 이렇듯 뻐딱하게 나오니 화가 날 만도 하다고 여린은 생각했다. 그러나 지금은 곽기풍을 화나게 만드는 것 또한 여린의 목적 중 하나였다.

'뒤통수에 피딱지도 안 떨어진 어린 놈이 감히……!'

주체하기 힘든 분노 때문에 곽기풍의 축 늘어진 볼 살이 푸들푸들 경련을 일으켰다.

"가지 마시오, 썽님! 날 여기서 빼내줘야 할 것 아니요, 잉?!"

다급해진 갈산악이 울음 섞인 비명을 내질렀다.

곽기풍의 노화가 엉뚱한 갈산악에게로 떨어졌다.

"주둥이 닥쳐, 새꺄! 내가 왜 네 형님이야?"

갈산악이 입을 꾹 다물며 눈을 치떴다.

이제 동네 똥강아지처럼 꼬랑지를 살랑거리던 저 늙은 총관마저 자신을 우습게 보는 것이다.

갈산악의 눈빛을 싹 무시하고 여린을 향해 곽기풍이 씹어뱉었다.

"나가라면 나갑지요. 하나 이것만은 알아두십시오."

곽기풍이 주먹으로 제 가슴을 쿵쿵 두드리며 호기롭게 말했다.

"이 곽기풍, 현청 총관으로 지낸 세월이 장장 삼십 년이오. 날 건드리면 즙포님도 온전하진 못할 거란 말이외다."

"충고, 고맙습니다."

여린이 태연히 히쭉 웃었다. 그것이 곽기풍의 더욱 화나게 했는지 늙은 총관의 얼굴이 잘 익은 홍시처럼 벌겋게 달아올랐다.

"즙포님의 행동이 옳은지 그른지 윗분들께 직접 따져 보리다!"

콰앙!

빠개질 듯 방문을 닫고 곽기풍이 사라졌다.

닫힌 방문을 바라보며 여린은 저 너구리 같은 총관을 완전히 구워삶으려면 앞으로도 꽤 많은 우여곡절을 겪어야 할 것 같다는 생각을 했다.

그 일은 차차 생각하기로 한 여린이 다시 갈산악 쪽으로 시선을 던지며 빙긋이 웃었다.

"자, 이제 다시 시작합시다."

여린의 웃음이 갈산악을 숨막히게 했다. 포승줄에 묶인 양손을 마구 내저으며 갈산악이 미친 듯 악을 써댔다.

"그만! 제발 그만! 너, 뭐여? 대체 나와 무슨 철천지 원한을 맺었기에 이러는 것이여, 엉?"

"원한이라뇨? 전 갈 당주님과 친구가 되고픈 사람입니다."

여린의 웃는 얼굴을 주먹으로 짓이기고 싶은 충동을 가까스로 억누르며 갈산악이 사정조로 말했다.

"알았당게. 불면 될 거 아녀? 천화루 땜시 이러는 거잖어, 시방? 맞어. 나가 천화루를 날름 집어삼키려고 수작 좀 부렸어. 그거 다 불텡게 이제 그만 좀 하드라고, 잉?"

"뭔가 오해를 하셨군요. 전 천화루 따윈 관심도 없는 사람입니다."

"아녀? 그럼 뭘 원하는겨?"

"……."

갈산악이 눈을 껌뻑껌뻑하며 침묵을 지키는 여린의 얼굴을 주시했다.

천화루 때문이 아니라니? 그럼 대체 무엇 때문에 사람을 들들 볶는단 말인가?

마침내 여린의 입이 천천히 열렸다.

"철기방의 멸문. 내가 원하는 건 바로 그거요."

"……!"

너무도 놀라고 기가 막혀 갈산악은 그저 입을 쩍 벌리고 있을 뿐이었다. 대체 저 미친놈이 무슨 헛소릴 지껄이는 거지?

여린이 갈산악 쪽으로 상체를 기울이며 설득조로 빠르게 말했다.

"갈 당주한테 큰 걸 바라는 건 아니오. 갈 당주의 직속 상관이자 철기방의 한주(漢州) 향주인 독사성, 그를 엮어 넣을 정보만 넘겨준다면 우린 정말 좋은 친구가 될 수도 있을 거요."

"큭!"

순간 갈산악의 입에서 실소가 흘러나왔다.

웃음소리가 점점 높아지더니 갈산악은 고개를 젖히고 실성한 사람처럼 대소를 터뜨렸다.

"푸하하하하! 이제 보니 이놈 이거 정말 미쳤당게! 미친 게 확실하당게!"

갈산악이 갑자기 웃음을 뚝 그치며 무서운 눈으로 여린을 쏘아보았다.

"내 말 똑똑히 들어두쇼, 애송이 쥽포 양반. 철기방은 우리들의 성역(聖域)이여. 너 같으면 당장 죽는다 해도 성역을 배신할 수 있당가, 잉?"

"대단한 믿음이군. 하지만 나와 한 사나흘 더 지내다 보면 그 믿음이란 것도 별게 아니란 걸 깨닫게 될 거요."

"몸 사리그라, 아그야. 고로코롬 날뛰다가 쥐도 새도 모르게 사라지는 수가 있응게."

가시 돋친 설전을 주고받으며 한동안 서로를 죽일 듯 노려보는 여린과 갈산악이었다. 두 사람의 시선이 어짜나 뜨겁던지 당장이라도 시퍼런 불꽃이 튀어오를 것만 같았다.

똑똑.

마침 그때 누군가 방문을 두드리지 않았다면, 두 사람 중 하나는 상대방의 눈빛에 살해당하고 말았으리라.

문을 밀고 들어선 사람은 화초랑이었다.

"저, 쥽포님."

"무슨 일이오?"

"윗분의 호출입니다만……."

"현감 영감께서 돌아오셨나?"

화초랑이 손가락으로 천장을 가리키며 어색하게 웃었다.

"현감님보다 훨씬 높은 곳… 그러니까 성주 대인께서 직접 호출을……."

"성주님께서 나를 보자고 하셨다고?"

웬만한 일로는 놀라지 않는 여린도 눈을 크게 떴다.

화초랑은 여린이 자신의 정인이라도 되는 양 너무너무 걱정스런 표정으로 고개를 끄덕였다.

"흐흐, 곽기풍 썽님께서 벌써 손을 쓰기 시작하셨구마, 잉? 그냥 현감 영감이나 조질 것이지, 뭣 하러 성주 대인헌테까정 손을 내밀었다냐?"

자신의 고생이 끝나가고 있음을 직감하고 갈산악이 득의롭게 웃었다.

사천성 성도(省都)인 청도(淸都)는 사하현에서 서남쪽으로 삼백여 리쯤 떨어져 있었다. 빠른 말로 달리면 꼭 하루 정도의 거리였다.

사하현에서 한나절쯤 달리면 중량산이라는 서역의 분위기를 물씬 풍기는 돌산이 나타나는데, 이 산 너머가 바로 청도다. 서장(西藏)으로 통하는 관문인 청도는 그 옛날 유비와 관우, 장비가 건국한 촉(蜀)의 중심지로, 지금도 옛 영화를 고스란히 간직한 채 중원 서북방의 상업 도시로서 위용을 자랑하고 있었다.

정오쯤 되었을까?

굳게 닫힌 성청(省廳)의 거대한 성문 위쪽 성곽 안에 십수 명의 장수와 병사가 창검을 꼬나 쥐고 삼엄하게 버티고 서 있었다. 성의 중심 행정 기관인 성청은 일반 포사들이 아니라 지방군인 위군(衛軍)이 철통처럼 지키고 있었다.

성곽 안에서 성벽 보호용으로 파놓은 소(沼)를 가로지르는 다리를 내려다보고 있던 병사들은 막 다리를 건너 성문을 향해 느릿느릿 걸어오는 당나귀와 그 위에 올라탄 초라한 행색의 청년을 발견할 수 있었다.

백 명의 병사를 통솔하는 백호장(百戶將)이 성문 앞에 멈춰 선 여린을 향해 입나팔을 만들어 소리쳤다.

"거기 뭐 하는 놈이냐?"

"성주님의 부름을 받고 달려온 사하현의 즙포사신 여린이란 사람이외다!"

"엥?"

일순간 백호장과 병사들은 황당한 표정이 되었다. 그들도 오늘 밤 늦게나 내일 새벽쯤 사하현의 즙포사신이 찾아올 거란 소식은 들었다. 하지만 사하현으로 전령이 달려간 게 어제 아침. 사하현까지는 쉬지 않고 달려야 꼭 하루의 거리였고, 아마도 전령은 오늘 새벽에나 도착했을 것이다. 그렇다면 저 즙포사신은 반나절 만에 사하현에서 이곳 성청 앞까지 당도했다는 뜻인데, 저 비루먹은 당나귀를 타고서?

몇 개의 광장과 연무장을 지나고, 또 몇 개의 월동문을 통과하면 성청 깊숙한 심처에 자리잡은 이층짜리 웅장한 전각이 나타난다.

전각의 가장 깊숙한 성주의 넓은 집무실 안. 대리석을 깎아 만든 기다란 탁자 주변에 삼십여 명의 관원이 긴장된 표정으로 둘러앉아 있었다.

사천성은 기본적으로 세 개의 주(州)와 그 주 밑으로 각각 두 개씩 여섯 개의 부(府)와 부 밑으로 각각 세 개씩 총 열여덟 개의 현(縣)으로 이루어져 있다.

오늘은 그 세 명의 지사(知事)와 여섯 명의 부사(府使), 열여덟 명의 현감(懸監)이 성주 대인의 지엄한 영에 따라 이렇듯 한 장소에 모였다. 사실 성내의 전 지방관이 한자리에 모인다는 건 흔한 일이 아니다. 북경으로부터 황상 폐하의 다급한 칙령이 당도하거나, 서역의 오랑캐가 변란을 일으킨 경우를 제외하곤 말이다.

직급에 따라 각각 적, 청, 황의 관복을 입고 머리엔 관을 쓰고 허리에 금빛 요대를 두른 지방관들이 숨을 죽인 채 한곳을 주시하고 있었다.

그곳에는 옥을 깎아 만든 성주의 커다란 책상이 놓여 있고, 그 너머에 성주 대인께서 큼직한 안락의자에 몸을 묻은 채 돌아앉아 있었다.

달각달각.

의자 등받이에 몸을 숨긴 성주 대인의 오른손만이 밖으로 삐져나와 버릇처럼 두 개의 호두 알을 손 안에서 굴리고 있는 게 보였다.

그 상태에서 성주 대인의 낮지만 칼칼한 음성이 흘러나왔다.

"그러니까 아무도 이번 일을 맡을 수 없다, 이거요?"

"으음……."

"끄으응……."

지사와 부사, 현감들은 그저 신음만 흘릴 뿐이었다.

폐부에서 끌어올린 듯한 그 신음 소리에 빈정이 확 상한 사천성 성주 북궁연은 지방관들 쪽으로 홱 돌아앉았다. 휘하의 지방관들을 매섭게 노려보는 북궁연 역시 자색 관복 차림이었다. 하지만 그는 다른 관리들보다 훨씬 젊어 보였다. 그의 나이 이제 쉰. 휘하의 관리들 대부분이 예순을 넘은 걸 보면 그가 얼마나 고속 승진했는지 능히 짐작할 수 있었다. 게다가 그는 원래 나이보다도 훨씬 젊어 보여 이제 갓 마흔 정도로밖에 보이지 않았다.

야망이 있는 남자는 늙지 않는다.

북궁연의 오랜 소신이었다. 그래서 뒤룩뒤룩 살이 찌고 지나친 음주와 호색 때문에 폭삭 늙어버린 관리들을 바라보는 그의 눈엔 경멸감이 가득했다. 보통 키에 보통 체격이었지만, 관리들을 노려보는 그의 전신에서 보통 사람은 도저히 감당하기 힘든 중압감이 뿜어져 나오는 건 어쩌면 당연한 일이었다.

달각달각.

"두려운가?"

손 안의 호두 알을 굴리며 북궁연이 재차 물었지만, 지방관들은 여전히 꿀 먹은 벙어리였다. 북궁연이 스윽 자리에서 일어나 관리들이 앉아 있는 탁자 쪽으로 걸음을 옮겼다. 그가 양손으로 탁자 모서리를 짚고 날카로운 시선으로 면면을 훑기 시작하자 관리들은 큰 잘못을 저지른 어린애들처럼 앞다퉈 고개를 떨구었다.

북궁연이 씨익 웃으며 말했다.

"물론 두렵겠지. 한낱 무뢰배 집단으로 치부해 버리기엔 철기방은 너무 거대한 괴물로 성장해 버렸으니까. 하지만 세상이 변했다. 철기방 방주 철태산이 남경(南京) 영왕(寧王) 전하의 비호를 받아왔다는 건 세상이 다 아는 사실. 그 영왕이 현재 북경의 조정에 의해 역도로 지목받고 있다. 이것이 바로 지금껏 철기방과 악어와 악어새처럼 공생 관계에 있던 우리 관이 앞장서 철기방을 쳐야 하는 불가피한 이유지."

북궁연이 몸을 바로 세우며 진중히 물었다.

"자, 누가 괴물 사냥의 선봉에 설 텐가?"

"……"

누구도 대답하지 못했다. 어색한 침묵만 좌중을 휘감았다.

"이 수십 명의 고위 관리 중에!"

쾅!

북궁연이 갑자기 주먹으로 탁자를 후려치자 지방관들이 일제히 자라처럼 목을 움츠렸다.

"성내 삼십여 인에 이르는 지사와 부사와 현감들 중에 철기방을 향해 검을 뽑아 들 용장 하나가 없단 말인가? 그대들 모두 크든 작든 철기방과 관련돼 있다는 걸 알아! 하지만 우리가 지금 철기방을 잘라내지 못하면, 철기방의 본산(本山)이 위치한 우리 사천성 전체가 초토화될 거란 걸 왜 몰라?"

북궁연이 탄식처럼 중얼거렸지만, 지방관들은 여전히 고갤 떨구고 있을 뿐이었다.

누가 감히 나설 수 있단 말인가? 철기방은 관과 함께 성장한 강호 세력이다. 그들은 관이 직접 나설 수 없는 온갖 궂은일을 도맡아왔고, 관은 그들의 힘을 빌리는 대신 불법을 묵인해 주었다. 그들의 무력(武力)도 두려웠지만, 더욱 두려운 건 그들과 관이 함께 공유한 검은 비밀이었던 것이다.

한동안 더 관리들을 노려보던 북궁연도 마침내 포기한 것 같았다.

"좋아, 이해해. 백성들을 쥐어짜 제 뱃속 챙기기에 급급한 그대들로선 이런 위험한 싸움판에 끼어들고 싶지 않겠지."

이어진 북궁연의 말에 관리들이 흠칫흠칫 고개를 쳐들었다.

"내 그대들의 입장을 최대한 고려해 전혀 새로운 제삼의 인물을 내세우기로 했어. 철기방의 금력(金力)으로부터 완전히 자유로운 신임 즙포사신으로 말씀이야."

웅성웅성.

지방관들 사이로 낮은 소요가 일었다. 신임 즙포라니? 즙포사신이
비록 황제 폐하의 칙령을 받고 북경의 조정에서 파견된 사정관이긴 하
나 고작 정십삼품의 하위직에 불과했다. 중앙직 정삼품의 성주 대인은
물론이거니와, 정십품의 현감에도 훨씬 못 미치는 권한을 가지고 있을
뿐이었다. 철기방과의 싸움은 성내에 주둔 중인 오천여 명의 위군을
지휘하는 도지휘사사가 나서도 될까 말까 한 사안이었다.

"저, 성주님……."

유독 비대한 체형에 연신 흐르는 땀을 손수건으로 찍어내던 사하현
현감 상관홀이 조심스럽게 손을 들었다.

북궁연의 시선이 상관홀에게로 향했다.

"뭔가?"

"처, 철기방의 저력은 이미 구파일방에 버금갑니다. 일개 즙포사신
의 힘으로 철기방을 상대한다는 건 계란으로 바위를 치는 격으
로……."

"사하현 현감 상관홀, 그럼 당신이 맡을 텐가?"

"예에?"

볼 살에 눌려 실처럼 가늘어진 상관홀의 눈이 토끼처럼 부릅떠졌다.

상관홀이 정신없이 손사래를 쳤다.

"아닙니다! 아닙니다! 결코 그런 뜻은 아닙니다요!"

북궁연이 흐릿한 비웃음을 날리며 말했다.

"너무 걱정할 필요 없어. 신임이라곤 하지만 철기방 타도엔 가장 적
합한 인물이 있어. 그 친구, 부임 첫날부터 철기방의 당주 한 놈을 잡
아들였다더군. 성 전체가 무서워 벌벌 떠는 철기방을 상대로 홀로 전
쟁을 선포한 셈이지."

'철기방의 당주를 잡아들였다고?'

'언제 그런 일이 있었지?'

'지금쯤 철기방이 발칵 뒤집혔겠구먼.'

관리들이 휘둥그레진 눈으로 서로의 얼굴을 마주 보았다.

상관흘이 방금 전의 실수를 만회하려는 듯 주변 관리들을 둘러보며 호들갑을 떨었다.

"그런 일이 있었습니까? 히야~ 그 신임 즙포란 친구, 참으로 대단하군요. 대체 어느 현에 소속된 즙포일까요? 거기 진산현(嗔山縣)에 얼마 전 즙포사신이 새로이 부임하지 않았던가요?"

북궁연이 한심하다는 눈으로 상관흘을 보며 툭 내뱉었다.

"바로 상관흘 현감 밑으로 부임한 즙포 여린일세."

"아, 예. 예에?"

상관흘의 얼굴이 백지장처럼 창백해졌다.

"그, 그럴 리가? 언제 그런 일이? 한데 저는 왜 모르고 있었을까요?"

북궁연의 매서운 눈초리를 느끼고 상관흘이 고개를 팍 숙였다.

"윽!"

북궁연이 가슴을 쭉 펴며 당당하게 선언했다.

"난 그 대담한 친구를 믿어볼 생각이네. 물론 그에 합당한 권한도 부여할 작정이야."

누구도 북궁연의 말에 토를 달지 못했다. 하긴 자기들 대신 소낙비를 맞아주겠다는데 마다할 이유도 없었다.

별이 유난히 많은 밤하늘이었다.

성청 깊숙한 후원의 노송 아래 여린의 애마, 아니, 애당나귀 용마가 고삐도 묶이지 않은 채 홀로 꾸벅꾸벅 졸고 있었다.

푸르륵푸르륵!

그런 용마 옆쪽으로 늘씬하게 뻗은 검은 암말 한 필이 두 명의 종복에 의해 끌려가고 있었다. 자세히 보니 종복들이 말을 끌고 가는 게 아니라 간신히 고삐를 붙잡고 질질 끌려가는 형국이었다.

"무슨 암말이 이리 드세? 오늘도 조련사 하날 허리 병신으로 만들었다지?"

"서장의 유목민 부족장이 성주께 진상한 천리마라는데, 그럼 뭐 하나? 도무지 사람을 태우려 들질 않는걸."

질질 끌려가면서 종복들이 투덜거렸다.

암말이 갑자기 멈칫하더니 저쪽 나무 아래서 졸고 있는 용마를 휙 노려본다.

히히히힝!

"으아앗!"

"이, 이놈이 왜 또 이래? 어이쿠!"

말이 앞발을 한껏 치켜들고 요동치자 종복들이 좌우편으로 붕붕 팅겨 나갔다. 눈이 뒤집힌 말이 무서운 속도로 용마를 향해 돌진하기 시작했다.

"서! 거기 서, 이놈아!"

"무슨 암말이 수말도 아니고 수탕나귀를 보고 눈깔이 뒤집히냐?"

헐레벌떡 쫓아오는 종복들은 아랑곳하지 않고 내달려가는 암말은 흰자위를 희번덕이며 게거품을 물고 있어 발정이라도 난 듯이 보였다.

그제야 졸린 눈을 간신히 치뜬 용마가 자신을 향해 거구를 날려오는 암말을 발견했다. 용마는 놀라지도 않고 암말 쪽으로 스윽 엉덩이를 돌리는가 싶더니 허공을 향해 냅다 뒷발을 내질렀다.

뻐어억!

끼히히힝!

용마의 뒷발이 정확히 아랫배에 쑤셔 박히는 순간 말은 어울리지도 않게 돼지 울음을 내질렀다.

쿠아앙!

"히이익!"

"허거억!"

너울너울 날아온 암말이 땅바닥에 처박히자 쫓아오던 두 종복은 너무 놀라 서로를 와락 끌어안았다.

"무, 무슨 놈의 당나귀가 저렇게 힘이 세냐?"

"저거, 당나귀야, 호랑이야?"

푸르르륵!

전신의 털을 뻣뻣이 곤두세우고 시퍼런 안광을 폭사하며 앞발로 땅바닥을 파헤치고 있는 것은 분명 여린의 비루먹은 당나귀 용마였다.

용마가 본의 아니게 사고를 친 그 시각, 여린은 작은 월동문을 지나 흰 눈을 뒤집어쓴 아름드리 소나무들이 늘어선 정원으로 들어서고 있었다.

침엽수림 사이로 난 오솔길을 따라 한참을 걸어가자 작은 연못이 나타났다. 연못 한복판에 구름다리로 연결된 그림 같은 별채가 떠 있는 게 보였다. 여린은 산보라도 하듯 뒷짐을 지고 천천히 구름다리를 건넜다.

별채 툇마루 위 미닫이문 앞에는 아름다운 궁장 미녀 둘이 다소곳이 무릎을 꿇고 앉아 있었다.

"여린님이십니까?"

여린 쪽은 쳐다보지도 않고 궁장 미녀 둘이 입을 모아 물었다.

'훈련을 받은 여인들이로군.'

아마도 저 궁장 미복 안에 수십 개의 비도와 독질려 따위의 암기가 숨겨져 있으리라.

여린이 고개를 끄덕이자 두 궁장 미녀가 조용히 방문을 열어주며 다시 입을 모았다.

"듭시지요. 성주 대인께서 기다리고 계십니다."

"고맙소, 예쁜 소저들."

여린이 싱긋 웃으며 방문 안으로 들어갔다.

그 후에도 여린은 똑같은 자세의 궁장 미녀들과 똑같은 문답을 주고받으며 너댓 개의 방문을 더 지나야 했다. 아마도 자신이 지나는 마룻바닥과 천장 위엔 성주의 비밀 시위(侍衛)들이 숨죽인 채 자신의 일거수일투족을 살피고 있으리라.

"사하현의 줍포사신 여린님께서 입청하셨습니다."

마침내 마지막 문이 열리면서 여린은 널찍한 방 안으로 들어설 수 있었다.

방 아랫목, 흉포한 호랑이가 사슴의 목 줄기를 물어뜯는 맹군도(猛君圖) 병풍을 배경으로 따끈한 찻잔 두 개가 놓인 소반을 앞에 두고 앉아 있는 북궁연의 모습이 보였다.

"……."

한동안 숨 막히는 침묵 속에 여린은 북궁연의 얼굴을 뚫어지게 응시했다. 순간 그의 가슴 한 켠으로 서늘한 회한 같은 것이 스치고 지나갔다. 갈산악을 처음 보았을 때처럼 꾸역꾸역 치밀어 오르는 증오심을 억누르느라 여린은 피가 배어 나오도록 이를 깨물어야 했다.

"앉지."

북궁연이 자신의 맞은편 자리를 가리키며 말했다.

여린은 북궁연을 향해 포권을 취하며 허리부터 숙였다.

"소관 여린이 삼가 성주님께……."

"인사치례는 치우고 그냥 앉아."

북궁연이 신경질적으로 손사래를 치자 여린은 사양하지 않고 북궁연의 맞은편에 조용히 앉았다. 북궁연이 찻잔을 홀짝이며 예리한 눈으로 여린의 안색을 살폈다. 여린은 꼭 뱀의 혓바닥이 자신의 살갗을 훑는 것 같아 가늘게 진저리를 쳤다.

"자네, 갈산악이란 자를 구금하고 있다지? 외부와의 연락조차 금하고 있다던데, 사실인가?"

"사실입니다."

놀랍게도 여린은 지방 최고의 행정관이자 군 통수권자인 성주 앞에서도 태연히 웃음을 머금고 대답했다.

'이놈 봐라?'

어느 정도 예상은 했지만 저 정도 여유는 북궁연으로서도 의외였다.

북궁연은 여린을 바라보는 눈매에 좀 더 힘을 실었다.

"그것이 대명률에 어긋나는 불법 행위란 걸 모르진 않을 텐데?"

"알고 있습니다."

"그런데?"

"더 큰 불법을 막기 위해서라고 말씀드리겠습니다."

"자네, 위험한 발상을 하고 있군. 대철기방을 상대로 전쟁이라도 벌일 셈인가?"

"못할 것도 없다고 봅니다만……."

"……!"

오히려 북궁연의 안색이 변했다.

한동안 멍하니 여린을 응시하던 북궁연이 피식 실소를 흘렸다.

"닮았군. 그 눈빛하며 추상같은 기개가 내가 알고 있는 누군가와 꼭 빼닮았어."

그렇게 말하면서 북궁연이 넓은 소맷자락 안에서 호두 알 두 개를 끄집어냈다.

달그락달그락.

손 안의 호두 알을 뒹굴리며 북궁연이 한결 부드러워진 눈으로 여린을 보았다. 기분이 아주 좋거나 아주 나쁠 때 북궁연은 늘 이렇게 호두 알을 굴리는 버릇이 있었다.

여린의 눈이 그런 북궁연의 손에 고정되었다. 저 호두 알. 저렇게 버릇처럼 호두 알을 굴리던 손을 그는 아주 어려서도 본 적이 있었다. 그 손의 주인이 여린의 아버지를 사형이라고 부르고 자신을 조카라 부르며 귀여워해 주던 남자였다는 사실에 생각이 미치자 여린의 눈가로 서늘한 한광이 빠르게 스치고 지나갔다.

다행히 북궁연은 여린의 감정 변화를 알아차리지 못한 것 같았다.

"누굽니까?"

"응?"

"저와 닮았다는 그분… 누굴 말씀하시는 겁니까?"

"오래전 내가 자네처럼 즙포사신일 때 현감으로 모시던 선배님일세. 참으로 정대하고 용감한 관리의 표상 같은 분이셨지."

"그렇습니까?"

여린의 입가로 다시 어색한 웃음이 떠올랐다 힘없이 사그라들었다.

북궁연이 차를 한 모금 들이키며 여린을 향해 은근한 목소리로 물었다.

"내가 자네 손에 칼을 한 자루 쥐어주면… 그 칼로 철기방의 심장을 찌를 수 있겠는가?"

"두 가지 조건이 있습니다."

이 놀라운 제안에 여린은 일말의 동요도 없이 차분히 대답했다.

"조건?"

"첫째, 일체의 외압도 받지 않는 독자적인 조직이 필요합니다."

"일종의 특수어사대 형태를 말하는 거겠지. 소속 즙포사신은 몇 명이면 되겠는가?"

"저 하나면 족합니다."

북궁연이 오히려 놀라 눈을 크게 떴다.

"자네 혼자? 자네 철기방을 너무 우습게 보는 거 아닌가?"

"철기방이 얼마나 강한지는 잘 압니다. 그렇기 때문에 목숨을 걸 각오가 돼 있지 않은 조력자는 없느니만 못하다는 겁니다."

북궁연이 수긍하듯 고개를 끄덕였다.

"두 번째 조건을 들어볼까?"

"소속 포두들을 임의대로 보강, 교체할 수 있는 권한을 주십시오. 아주 강한 포두들이 필요합니다. 무뢰배들이 오히려 질려 버릴 정도의 독종들 말입니다."

"첫 번째 조건보다 훨씬 쉽군. 그렇게 하게."

그러다 북궁연이 갑자기 생각난 듯 말했다.

"참, 자네 집무실의 곽기풍 총관 말인데, 자네에게 불만을 갖고 있는 것 같더군. 갈산악 건도 그 친구가 성청 감찰부에 제보해 내 귀에까지 흘러들어 왔어. 역시 교체해야겠지?"

"함께 갈 생각입니다."

"왜지?"

"그만한 경륜을 가진 총관도 드무니까요. 독이란 쓰기에 따라 약이 될 수도 있다는 생각입니다."

북궁연이 새삼스런 눈으로 이제 갓 스물을 넘긴 당돌한 즙포의 얼굴을 바라보았다. 사실 그는 밑져야 본전이란 생각으로 부임하자마자 철기방 당주를 포박했다는 여린을 시험해 볼 작정이었다. 하지만 아무래도 그의 생각은 수정되어야 할 것 같았다. 이만하면 대철기방 타도의 선봉장으로 삼을 만하지 않은가.

"흐흐."

낮은 웃음을 흘리던 북궁연이 손바닥으로 무릎을 치며 호방하게 웃어젖혔다.

"핫하하! 곽가 그 너구리가 임자를 만난 게로군!"

기분이 좋아졌는지 북궁연은 오른손에 쥔 호두 알을 빠르게 굴렸다.

여린의 시선이 다시 그 손에 꽂히는 순간 그의 눈에는 다시 섬뜩한 살기가 스치고 지나갔다. 무릎 위에서 움켜쥔 주먹이 살의를 억누르느라 부르르 떨리고 있었다.

第三章

여린, 혈부(血斧)를 만나다

여린, 혈부(血斧)를 만나다

우린 곧 다시 만나게 될 거다
여린 놈아, 똑똑히 기억해 두거라

그날 묘시 무렵, 성청의 거대한 성문이 천천히 열리고 비실거리는 당나귀에 올라탄 한 남자가 밖으로 나왔다. 자욱한 밤 안개를 헤치고 천천히 소를 가로지르는 다리를 건너는 남자는 바로 여린이었다.

'봄이 멀지 않았는가?'

호수와 강이 많은 사천 땅은 겨울의 끝 자락에 기온이 급변하면 이렇듯 밤마다 짙은 안개가 끼곤 했다. 그래서 사천 사람들은 밤 안개를 봄의 전령사라 불렀다.

여린이 문득 고삐를 당겨 용마를 멈추게 하곤 몇몇 병사들이 지키고 있는 성곽 위를 돌아보았다. 아주 드물게도 그의 입가에선 웃음기가 완전히 사라져 있었다.

'다음번에 이 성문 안으로 들어설 때는……'

어금니를 지그시 깨물며 여린은 속으로 중얼거렸다.

여린이 꾸벅꾸벅 졸고 있는 용마의 옆구리를 냅다 걷어찼다.

"가자, 용마야! 오늘 밤은 미친 듯이 달려보자!"

푸히히힝!

우투투투투!

놀란 용마가 앞발을 치켜들고 크게 포효하더니 질풍처럼 내달리기 시작했다.

너무 늦은 시간인지라 텅 빈 관내를 광풍노도처럼 치달린 용마는 어느새 인가조차 뜸한 청도 외곽의 들판을 달렸다.

만월(滿月)이었다.

휘황한 달빛을 등지고 치달리는 용마의 속도가 아직도 만족스럽지 못한 듯 여린이 두어 번 더 용마의 옆구리를 걷어찼다. 속도를 높이는 용마의 목 줄기가 땀으로 흥건히 젖어들었다. 그래도 여린은 용마를 쉬게 해주지 않았다. 여기서 멈추면 가슴 깊숙한 곳에서 이글이글 끓어오르는 분노를 도저히 억누르지 못할 것 같았기 때문이다. 그러면 용마를 돌려세워 단숨에 성청으로 짓쳐 들어가게 되리라.

"우워어어억—!"

양팔을 활짝 벌리고 짐승 같은 괴성을 내지르며 여린이 보름달 아래 평원을 질주했다.

중량산을 근거로 활약하는 산적 두목 두칠의 별호는 불급견(不急犬)이다.

대충 풀이하면, 급하지 않은 개라는 뜻이 된다. 개란 별명이야 일단 걸려든 행인들은 남녀노소를 가리지 않고 무조건 대감도로 도륙내고, 젊은 아녀자는 강간하여 첩으로 들어앉히는 만행을 일삼으니 당연한 것인데, 급하지 않다는 불같은 성질이 활화산 같은 중년의 산적 두목 두칠에겐 도무지 어울리지 않았다.

원래 그의 별명은 광견(狂犬)이었다.

한데 그 화급한 성격이 늘 문제였다. 앞뒤 가리지 않고 중무장한 표사들이 철통처럼 지키고 있는 표물을 습격하거나, 자신을 토벌하러 온 관군을 성질을 이기지 못하고 무모하게 역습했다가 수하들이 떼죽음을 당하는 불상사가 빈발하자 스스로 성질을 억누르자는 의미에서 불급견이란 별호를 갖다 붙인 것이다.

하지만 그날 새벽 찬서리를 맞으며 용머리 고개를 넘어가는 손님을 기다리다가 두 시진 만에 붙잡은 늙은이가 빈털터리인 것을 알고 분풀이 삼아 한바탕 매질을 하고 있을 때, 갑자기 나타나 온갖 험악한 쌍욕 지거리를 쏟아내는 젊은 애송이 놈과 마주한 순간 불급견 두칠은 그만 뚜껑이 확 열리고 말았다.

"순순히 노인을 놓아준 후 무릎 꿇고 백배사죄함은 물론, 그에 상응하는 변상까지 해주지 않으면 한 놈도 남기지 않고 대갈통을 뽀개놓겠다."

온통 땀에 젖어 헥헥거리는 늙은 당나귀에 올라탄 청년이 두칠과 각기 창과 도끼 등을 꼬나 쥔 오십여 명이나 되는 수하들을 향해 쏟아낸 협박의 말이다.

두칠은 치밀어 오르는 노화를 가까스로 억누르며 다시 한 번 청년을 찬찬히 살폈다. 이런 상황에서 큰소릴 치는 인간은 딱 두 부류밖에 없다. 살짝 맛이 갔거나, 아님 두칠과 수하들쯤은 손짓 한 번만으로도 쓸어버릴 정도의 강호의 숨은 고수이거나.

하지만 계집처럼 희멀건한 얼굴에 불면 날아갈 듯 호리호리한 몸을 싸구려 단의로 휘감은 청년에게서 고수의 풍모 따윈 전혀 풍기지 않았다. 결국 두칠은 청년이 미쳤다고 확신했고, 그 순간 눌러왔던 분노가 용암처럼 뜨겁게 솟구쳤다.

두칠이 널찍한 대감도로 청년을 겨누며 씹어뱉었다.

"저놈을 끌어내려 산 채로 가죽을 벗겨!"

산적들이 먹잇감을 노리는 승냥이 떼처럼 일제히 창과 도끼를 찌르고 휘두르며 청년을 향해 덮쳐들었다. 선두에서 창자루를 꼬나 쥐고 달려들던 두 산적이 당나귀의 목을 노리고 사정없이 창을 찔렀다. 아마도 당나귀와 함께 청년을 패대기칠 심산인 듯했다.

푸히히힝!

"우왁!"

"케헤헥!"

순간 탈진한 듯 고개를 푹 숙이고 있던 당나귀가 갑자기 앞발을 번쩍 치켜드는가 싶더니 발굽으로 창날을 부러뜨리며 두 산적의 안면을 가차없이 내리찍어 버렸다. 산적들의 얼굴이 돌 맞은 늙은 호박처럼 박살나는 것과 동시에 허리춤의 목검을 뽑아 들며 용마의 등짝으로부터 단숨에 삼 장 높이까지 신형을 솟구치는 청년은 바로 여린이었다.

신법(身法)은 무인의 실력을 가늠할 수 있는 척도라 하지 않던가.

여린이 새벽 하늘로 날아오르는 걸 목격하며 두칠은 아차 싶었다. 하지만 이미 엎질러진 물이었다.

대감도로 여린을 가리키며 두칠이 필사적으로 소리쳤다.

"죽여! 수단 방법을 가리지 말고 놈을 죽여!"

십여 명의 산적이 허공 중에 떠 있는 여린을 노리고 일제히 창을 던졌다. 그리고 도끼를 꼬나 쥔 또 다른 십여 명의 산적이 창을 던진 동료들의 배후에 호위하듯 버티고 섰다. 일종의 합격진이다. 뜻하지 않은 무림의 고수와 조우할 경우를 대비해 두칠이 준비해 둔 필살기였다.

자신을 향해 날아오는 십여 자루의 창을 향해 머리부터 쏟아져 내리며 여린은 오른손의 목검을 고쳐 잡았다.

평소 같으면 두목 놈만 본보기로 치도곤을 내고 나머진 뿔뿔이 흩어져 달아나도록 했을 것이다. 하지만 사천성 성주 북궁연의 얼굴을 대면한 오늘은 정말이지 기분이 더러웠다. 가슴속에서 뜨거운 불길이 활활 타오르는 듯했고, 어떤 식으로든 이 불길을 꺼뜨리지 않으면 여린 자신이 미쳐 버릴 것만 같았다. 그때 마침 한 열흘쯤 굶은 듯 깡마른 노인을 개 패듯 패고 있는 두칠 일당이 눈에 띈 것이다.

"너의 가장 큰 장점은 인내심이다. 그 인내심이 너로 하여금 노부가 반백 년에 걸쳐 이룬 성과를 단 십 년 만에 이루도록 해주었다. 문제는 너의 인내라는 것이 화(火), 즉 분노에 기인했다는 데 있다. 늘 평정심을 유지하거라. 자칫 그 화 때문에 모든 것을 순식간에 잃을 수도 있느니."

사부인 당상학은 늘 이런 말로 여린의 속에 숨겨진 분노를 경계했다. 하지만 오늘 기어이 노사부의 염려가 현실로 나타났다.

빠바바박!

여린이 목검을 바람개비처럼 휘돌리자 창자루들이 분분히 부러져 튕겨 나갔다. 목검을 화악 치켜드는 여린의 눈앞으로 놀라 입을 쩍 벌린 애꾸눈 산적의 얼굴이 닥쳐 들었다.

빠가악!

비명조차 없었다.

가공할 힘이 실린 목검이 이마빡으로 쑤셔 박히는 순간 애꾸의 뇌수와 핏덩이가 뒤섞여 튀었다.

빠악!

빠악!

빠아악!

일격필살(一擊必殺)!

목검을 한 번 휘두를 때마다 정확히 산적 한 놈이 고꾸라졌다. 그렇게 순식간에 창을 던졌던 열 명의 산적이 머리 없는 고혼이 돼버렸다.

배후를 지키고 있던 도끼를 꼬나 쥔 산적들은 전신에 핏물을 뒤집어쓴 채 히쭉히쭉 웃으며 다가오는 여린을 멍하니 바라볼 뿐이었다. 마음속에선 끊임없이 도망치라며 소리치고 있었지만, 발이 땅바닥에 뿌리박힌 듯 꿈쩍도 할 수 없었다.

악에 받친 고함 소리가 들려온 건 바로 그때였다.

"죽여! 놈은 사람이 아니라 악귀다! 죽이지 않으면 우리가 죽는단 말이다, 병신들앗!"

대감도를 휘두르며 미친 듯 악을 써대는 것은 두목 두칠이었다. 다행히 두목의 목소리는 아직도 산적들에게 효력이 있었다.

어차피 이판사판이라고 작심한 산적들이 도끼를 휘두르며 여린을 향해 덤벼들었다.

하지만 불을 향해 날아드는 부나비들의 운명이야 어차피 뻔한 것이었다.

"끄아악!"

"케헤헥!"

"크헉!"

"우웨엑!"

여린이 목검을 두어 번 휘두르자 단숨에 산적 너댓의 머리통이 박살 났다. 이미 죽을 각오를 한 산적들이 기를 쓰고 도끼를 휘둘렀지만, 어찌 된 영문인지 허리만 살짝살짝 비트는 여린을 속절없이 스쳐 지날 뿐이었다. 그리곤 여지없이 날아드는, 처음엔 우습게 보였으나 이젠 저승사자의 육모 방망이처럼 느껴지는 여린의 목검.

퍼어억!

"끄허헉!"

마지막으로 두칠의 친동생이자 부두목인 두석의 콧잔등에 목검이 사정없이 처박혔다. 동시에 코 윗부분부터 두석의 머리통이 날아가며 피 분수가 터져 올랐다.

쿠앙!

자신의 발밑에까지 날아와 처박히는 동생의 처참한 시체를 내려다보며 두칠은 부르르 진저리를 쳤다. 칼자루를 고쳐 잡은 두칠이 스윽 고갤 들어 자신을 향해 다가오는 여린을 보았다. 여린의 얼굴과 상반신은 수하들의 피와 뇌수가 끈적하게 달라붙어 줄줄 흘러내리고 있었다. 창백한 얼굴에 두 눈만 고양이처럼 푸르게 빛나는 여린은 방금 지옥 문을 뛰쳐나온 야차처럼 보였다.

가장 무서운 것은 여린의 입.

오십여 명에 이르는 사람을 눈 깜짝할 사이에 쳐 죽여 놓고도 그 입은 여전히 웃고 있었다. 잔인성이라면 능히 강호제일을 자부하던 두칠조차 기가 질려 버리게 만드는 웃음이었다.

그래서였을 것이다, 두칠이 동생의 시체를 뒤로하고 달아날 수밖에 없었던 건.

오로지 도망쳐야 한다는 절박한 마음의 절규에 이끌려 두칠은 어두운 숲을 향해 미친 듯이 내달리기 시작했다.

여린이 차가운 눈으로 두칠의 뒷모습을 쫓았다.

부종피자 부살피자(不從避者 不殺避者). 달아나는 자를 쫓지 말고, 달아나는 자를 죽이지 말라는 사부의 가르침이었다. 하지만 가르침을 따르기엔 지금 그의 심장이 너무 뜨거웠다.

죽이리라. 죽이고야 말리라.

여린의 마음속에선 이미 두칠과 북궁연의 얼굴이 하나로 겹쳐져 있었다.

여린이 두칠의 뒷등을 노리고 혼신의 힘을 실어 목검을 던졌다.

쐐애애액!

공기를 찢어발기는 듯한 파공음에 두칠이 홱 고갤 돌렸다. 그의 눈앞으로 엄청난 기세를 내뿜으며 목검이 닥쳐 들었다.

"으아아!"

두칠이 반사적으로 신형을 돌려세우며 사력을 다해 대감도를 쳐 올렸다. 두칠은 직감적으로 자신의 힘으론 도저히 목검을 쳐낼 수 없음을 알았다. 아마도 곧 자신의 머리통은 어깨와 영영 이별을 고하고야 말리라. 두칠의 눈앞으로 살아온 지난날들이 주마등처럼 스치고 지나갔다. 생각해 보면 원없이 살아온 인생이었다. 그래도 이렇게 죽기에는 너무 억울했다. 세상엔 아직도 자빠뜨려 할 계집들이 얼마나 많은데……

따아앙!

이때 엉뚱한 곳에서 날아든 작은 돌맹이 하나가 두칠을 살렸다. 허공을 가르며 빠르게 날아든 돌맹이는 정확히 목검의 옆면을 때려 허공으로 힘없이 튕겨 오르도록 만들었다.

흠칫 놀란 여린이 재빨리 팔을 내뻗자 회전하며 되돌아온 목검이 손 안으로 빨려들었다. 목검을 잡은 여린이 스윽 고개를 돌리자 방금 전까지 산적들에게 죽도록 얻어맞던 노인이 히쭉히쭉 웃으며 서 있는 게 보였다.

여린은 비로소 노인을 자세히 살펴볼 수 있었다.

왜소한 체구였다. 게다가 등짝에 작은 박을 뒤집어놓은 듯 혹이 들러붙은 곱추였다. 한 보름은 굶은 사람처럼 앙상한 뼈에 살 한 점 없이 쭈글쭈글한 살가죽만 들러붙어 꼭 목내이(木乃伊)처럼 보이기도 했다.

게다가 축 늘어진 팔 자(八字) 눈썹 밑의 두 눈은 생기라곤 없어 썩은 옹이 구멍처럼 보였고, 커다란 매부리코에 강퍅해 보이는 얇은 입술, 온통 검버섯으로 뒤덮인 피부의 노인은 추물 중 상추물이었다.

옷차림 또한 요상했다. 염쟁이처럼 무릎까지 오는 황색 저고리를 걸쳤고, 한겨울임에도 나막신을 신었다. 머리에는 직사각형의 높다란 관(冠)을 덮어 썼는데, 검은색 관 정중앙엔 붉은 글씨로 큼직하게 '王'자가 새겨져 있었다.

노인의 우스꽝스런 모습과는 상관없이 여린의 눈에 긴장감이 스쳤다. 자신의 전력이 실린 목검을 돌맹이 하나로 튕겨낼 수 있다면, 결코 평범한 노인은 아니었다.

"으아아! 사람 살려! 두칠이 살려!"

여린이 홱 고개를 돌리자 막 울창한 숲 속으로 몸을 날리고 있는 두칠이 보였다.

여린이 두칠을 쫓으려 한 걸음 떼어놓은 순간, 노인의 칼칼한 음성이 들려왔다.

"놓아주어라! 분풀이라면 할 만큼 하지 않았느냐?"

대뜸 분풀이란다. 아마도 노인은 여린의 심리 상태를 정확히 꿰뚫고 있는 듯했다. 산적들에게 흠씬 얻어 터져 퉁퉁 부어터진 얼굴로 노인은 무엇이 그리 좋은지 싱글벙글 웃고 있다. 하지만 워낙 음산한 용모인지라 그 웃음조차 왠지 으스스하게 느껴졌다.

짧은 순간 여린은 망설였다. 노인의 충고대로 산적 두목을 놓아줄 것인가? 하지만 여린의 가슴속에선 아직도 불길이 타오르고 있었고, 마지막 남은 산적까지 죽여야 불길을 잡을 수 있을 것만 같았다.

노인을 지그시 바라보며 여린이 나직이 말했다.

"노인장을 죽이려 한 놈들입니다. 동정할 이유가 없습니다."

"매는 일부러 맞은 거야. 그러니 놈들의 잘못이 아니지. 오히려 네가 갑자기 끼어드는 바람에 나는 더 맞을 수 있는 좋은 기회를 놓치고 말았다."

노인이 귓구멍을 후비적거리며 태평하게 말했다.

"일부러 맞다뇨? 그게 말이 됩니까?"

"내 별명이 자타귀(自打鬼)야. 스스로 매를 청하는 늙은 귀신이란 뜻이지. 오늘처럼 기회가 있을 때마다 난 기꺼이 매질을 자청한다."

"왜입니까?"

"살아오는 동안 저지른 엄청난 죄과를 조금이라고 씻어내고 싶기 때문이다."

여린이 찬찬히 노인의 안색을 살폈다. 미친 노인 같진 않았다. 하지만 길게 말을 섞을 필요 또한 느끼지 못했다. 무엇보다 지금은 달아난 놈을 쫓는 게 급했다.

"어쨌든 난 산적 두목을 처치해야겠으니 간섭하지 마시오!"

여린이 두칠이 사라진 나무 숲을 향해 신형을 날렸다.

차차차차!

울창한 나무 숲을 헤치며 여린이 한줄기 광풍처럼 질주했다. 이를 악다문 여린의 시야에 저 멀리 달아나고 있는 두칠의 뒷모습이 보였다.

두칠 또한 사력을 다하고 있었지만 여린의 속도를 당해낼 순 없었다. 여린이 내뻗은 손이 어느새 두칠의 뒷덜미를 낚아채려는 찰나, 우레와도 같은 노호성이 울려 퍼졌다.

"멈추지 못할까?!"

여린이 홱 돌아보는 순간 허공을 밟듯이 내달려오며 손을 내뻗고 있는 노인의 신위가 닥쳐 들었다.

"방해하면 용서하지 않겠소!"

격분한 여린 또한 노인의 얼굴을 노리고 목검을 내찔렀다. 노인이 오른발로 검봉을 걷어차 버렸다. 단 한 번의 발길질로 목검을 잡은 손이 전류라도 통한 듯 찌르르 울려 여린은 하마터면 검을 놓칠 뻔했다.

'범상한 노인이 아니로구나.'

여린은 새삼 긴장하며 땅바닥을 힘차게 차고 도약했다.

"타하압!"

날카로운 기합성과 함께 재차 목검을 찔러오는 여린을 바라보며 노인은 그만 헛웃음을 흘렸다. 그럴 것이, 여린이 구사하고 있는 검초는 강호의 시정잡배들도 알고 있는 삼재검(三才劍) 중에서도 기본 중 기본이랄 수 있는 선인지로(仙人指路)였다.

'어린 놈이 실력 대신 주둥이만 키웠구나.'

노인이 쓰게 웃으며 목검의 검신을 낚아채려 손을 뻗었다.

끼우웅!

바로 그 순간 검신이 파르르 떨리는가 싶더니 검봉으로부터 단숨에 수십 가닥의 검영(劍影)이 뻗쳐 나와 거미줄처럼 노인의 사방을 압박했다.

파파파광!

당황한 노인이 양손을 마구잡이로 휘둘러 검영을 가까스로 팅겨냈다.

방심했다가 큰 낭패를 당할 뻔한 것이다. 강호의 온갖 풍상을 겪은 노인으로서도 여린의 검법은 도무지 이해할 수 없었다. 분명 삼재검의 몇 가지 기초적인 검초들을 혼합했을 뿐인데, 이상하게 변화가 막측하여 도무지 검로를 예측할 수가 없었다. 다행이라면 화려한 변화에 비해 아직 내공의 중후함이 달리는 정도라고나 할까?

하지만 노인의 안도는 오래가지 못했다. 여린이 검신일체(劍身一體)의 식으로 노인의 가슴을 노리고 목검을 찔러왔기 때문이다. 상대의 의표를 찌르는 전광석화 같은 기습이었으며, 동시에 자신의 안위 따윈 완전히 도외시한 무모한 수법이기도 했다.

단지 쓰레기 같은 산적 한 놈을 죽이기 위해 여린이 목숨까지 내던질 줄은 몰랐던 노인으로선 당황할 수밖에 없었다. 덕분에 여린의 목검은 보기 좋게 노인의 가슴패기를 찌를 수 있었다.

푸욱!

"허억!"

강렬한 통증을 느끼며 노인은 허공을 되밟아 십여 걸음이나 물러섰다. 본능적으로 호신강기를 끌어올리지 않았다면 치명상을 입었으리라. 노인의 얼굴에서 웃음기가 사라졌다.

부릅뜬 그의 눈에 두칠의 뒷등을 향해 목검을 찔러가는 여린의 모습이 들어왔다.

왜 저토록 죽이지 못해 안달일까? 이제 오기가 생긴 노인도 어떻게든 저 가련한(?) 산적을 살려낼 작정이었다. 썩은 옹이 구멍 같은 노인의 눈으로 섬뜩한 기광이 스치고 지나갔다.

"멈추지 않으면 죽인다!"

여린을 향해 쏜살같이 신형을 날리며 노인이 활짝 펼친 양손을 쭉 내질렀다. 노인의 손바닥으로부터 성명절학 중 하나인 암천부골장(暗天腐骨掌)이 쏟아졌다.

뒤통수 쪽에서 엄청난 압력을 느끼고 힐끗 고갤 돌린 여린은 암흑처럼 시커먼 장력이 노도와 같이 날아드는 것을 보았다. 하지만 그는 두칠의 뒤통수를 찔러가는 목검을 회수하지 않았다.

퍼억!

수박이 쪼개지는 소리와 함께 두칠의 머리통이 박살났다.

동시에 여린은 다급히 신형을 돌려세우며 목전으로 날아드는 장력을 향해 양손으로 잡은 목검을 쳐 올렸다.

꽈앙!

가까스로 장력의 방향을 바꿀 순 있었으나, 장력의 끝 자락이 왼쪽 어깨를 강타하는 것만은 막을 수 없었다. 엄청난 충격과 함께 여린은 뒤쪽으로 너울너울 튕겨 나갔다.

"괘씸한 놈! 목을 내놓아라!"

분이 풀리지 않은 노인이 갈고리 같은 오른손을 쳐들고 여린을 쫓았다.

히히힝!

이때 우렁찬 말 울음과 함께 그 울음소리와는 전혀 어울리지 않는 작은 당나귀 한 마리가 추락하는 여린을 향해 바람처럼 달려왔다. 여린이 정확하게 당나귀의 등짝에 엎어졌다.

투투투투투!

축 늘어진 여린을 태운 용마는 전설의 천리마(千里馬)보다도 빠른 속
도로 숲 속으로 달아났고, 두칠의 시체 옆으로 내려선 노인은 황당한
눈으로 멀어지는 용마의 뒷모습을 지켜볼 뿐이었다.

노화가 풀렸는지 노인이 피식 웃으며 중얼거렸다.

"그놈의 당나귀, 참으로 영물이로고."

노인이 힐끗 머리통이 박살나 숨져 있는 두칠을 내려다보았다.

한동안 씁쓸히 두칠을 내려다보던 노인이 갑자기 으스스하게 웃기
시작했다.

"크ㅎㅎ… ㅎㅎㅎㅎ……!"

축 처졌던 수염이 역팔 자로 치켜 올려지고 저도 모르게 끌어올린
공력 때문에 황색 저고리가 풍선처럼 부풀어 올랐다.

섬뜩한 귀기를 폭사하는 눈으로 여린과 용마가 사라진 숲 쪽을 응시
하며 노인이 음산하게 중얼거렸다.

"어쩌면 본좌가 애타게 찾아 헤매던 바로 그놈일지도 모르겠군. 우
린 곧 다시 만나게 될 게다. 어린 놈아, 똑똑히 기억해 두거라. 나는 천
하 사대비문(四大秘門) 중 일 문인 시문(屍門)의 수장 백골염왕(白骨閻
王) 소사청이라는 늙은이다."

아침 해가 눈부시게 떠오르며 아직 흰 눈을 한 아름씩 이고 있는 대
남문로(大南門路) 저택들의 지붕을 비추었다.

대남문로는 사하현에서도 고급 주택가로 유명한 곳으로, 주로 성공
한 상인이나 지주, 혹은 현청의 관원들이 모여 사는 지역이다.

명대 일반 서민들의 주택이 주로 사방에 담을 두른 후 그 안에 방을 들이고 가운데 빈 공간은 작은 정원으로 만드는 사합원(四合院)의 형태였던 반면, 대남문로의 저택들은 높다란 담장 너머 넓은 정원을 지나 서너 동의 큼직한 전각이 줄지어 서 있는 장원(莊園)이 대부분이었다.

그 장원들 틈으로 유독 거인들 틈에 낀 난쟁이처럼 낡고 허름한 사합원 하나가 보였다. 근동 장원들에서 마을 전체의 미관을 해친다며 항의가 빗발쳤지만, 사합원의 주인은 낡은 집을 허물고 새집을 지을 생각이 전혀 없는 것 같았다.

현청의 총관으로 알려진 집주인을 두고 마을 사람들은 사방팔방 꽉 막힌 꽁생원이라며 수군거렸지만 집주인은 요지부동이었다.

고집스런 집주인 곽기풍은 오늘 아침도 사합원의 좁은 툇마루에 작은 소반을 놓고 펑퍼짐한 아내와 한눈에도 궁색해 보이는 딸 항아, 아들 항소와 둘러앉아 아침 식사를 하는 중이었다. 늦둥이로 이제 갓 여덟 살이 된 항소는 별말이 없었지만, 어느새 방년 열다섯인 딸 항아는 늘 남루한 옷차림이 불만이었고, 친구들의 놀림감이 되고 있는 이 집을 허물고 근사한 새집을 짓는 게 소원이었다.

하지만 곽기풍의 대답은 늘 한결같았다.

"아비는 많은 토지를 소유한 지주도 아니고, 많은 재화를 쌓아둔 장사치도 아니다. 아비는 현청의 하급 관리로, 관리가 재물을 탐하면 백성들 중 반드시 피눈물을 흘리는 자가 생겨나니 아비가 어찌 좋은 옷과 넓은 집을 탐하겠느냐?"

근엄하게 타이르는 아버지가 가끔 우러러 보일 때도 있었지만, 그래도 역시 넓은 집이 좋은 항아였다.

항아는 맛없는 소면을 입 안 가득 넣고 우물거리며 아버지를 향해 말했다.

"우리 이사 가면 안 돼, 아버지? 친구들이 자꾸 토굴 같은 집에서 어찌 사느냐고 놀린단 말야."

곽기풍이 어두운 얼굴로 땅이 꺼져라 한숨을 푹 내쉬자 옆에 있던 아내가 딸내미를 향해 눈을 부라렸다.

"항아, 너 아버지한테 그런 말 말랬지? 아버지는 청빈한 관리이기 때문에 오히려 자랑스럽게 생각해야 한다고 몇 번을 말했어?"

"그래도……."

"이년이 그래도! 주둥이 못 닥쳐?"

아내가 빽 소리치자 항아의 눈에 눈물이 그렁하게 맺혔다.

곽기풍이 젓가락을 내려놓으며 점잖게 아내를 만류했다.

"관두구려. 애들이 뭘 알겠소? 오히려 애들 고생만 시키는 내가 못난 가장이오."

"무슨 말씀이세요. 전 그런 당신이 오히려 자랑스러운걸요."

"당신 덕에 내가 사오."

"집안 걱정은 마시고 백성들을 위해 더욱 노력해 주세요, 여보."

신뢰 가득한 눈으로 서로의 얼굴을 마주 보는 곽기풍과 그의 부인을 막 대문 안으로 들어서던 여린이 조용히 지켜보고 있었다. 소사청에게 당한 상처 때문에 여린은 왼쪽 어깨에 붕대를 친친 휘감고, 그 위에 위군의 장수들이 즐겨 입는 짙은 청색의 군령포(軍令布)를 걸치고 있었다.

'이상하군. 내가 사람을 잘못 본 건가?'

여린의 고개가 절로 갸웃거려졌다. 저 정도면 능히 청백리의 표본이라 할 만하지 않은가? 지금이라도 당장 도찰원에 상소를 올려 저런 홀

룽한 청백리는 최소한 대부나 승상은 시켜줘야 마땅한 일이었다. 그러나 여전히 의심은 남는다. 북경의 저잣거리에서 거지로 떠돌 때부터 여린은 사람을 알아보는 데 탁월한 재주를 보였다. 이놈은 꽤 많은 적선을 할 놈이라고 생각되면 반드시 빈 깡통에 엽전 몇 닢을 던져 넣었고, 이놈은 쪽박이나 걷어차지 않으면 다행이라고 생각되면 반드시 깡통을 걷어차며 패악을 부리곤 했던 것이다.

그가 아는 한 곽기풍은 너구리 같은 사내였다. 오직 제 뱃속만 채울 줄 알고, 남 배고픈 건 생각도 않는 이기적인 인간의 전형. 그래서 그는 곽기풍을 자신의 사람으로 만들고 싶었다. 저런 작자일수록 자신의 목적을 이루는 도구로 사용하기에 딱 알맞은 존재라고 생각했기 때문이다. 그런데 지금 눈앞에 펼쳐지고 있는 광경은 자신의 기대와는 너무도 다르지 않은가.

'좀 더 확인해 보면 알겠지.'

짝짝짝!

천천히 박수를 치며 여린이 곽기풍과 그의 가족들을 향해 다가갔다.

갑작스런 박수 소리에 곽기풍이 흠칫 놀라 여린 쪽을 돌아보았다. 그리곤 여린의 앞으로 맨발로 달려 나왔다.

"어이쿠, 여 즙포님 아니십니까? 누추한 저희 집까진 어인 행차십니까?"

툇마루 아래 서서 만면에 웃음을 머금고 여린이 말했다.

"훌륭하십니다, 정말 훌륭하십니다. 곽 총관께서 이토록 청빈한 생활을 하시는 줄은 정말 몰랐습니다."

여린은 곽기풍의 손부터 덥석 잡았다.

"그, 그렇게 말씀해 주시니 감사합니다. 그런데 저희 집엔 무슨 용무로……."

"부인과 자제 분들이십니까? 저는 곽 총관님과 함께 현청에서 근무
하게 된 신임 즙포 여린이라고 합니다."

여린이 대답 대신 눈을 동그랗게 뜨고 바라보는 곽기풍과 두 아이를
향해 밝게 웃으며 인사를 건넸다. 늦겨울 시린 아침 햇살만큼이나 여
린의 웃음은 청량한 느낌을 주었고, 곽기풍의 부인과 딸 항아는 밥숟갈
을 멍하니 들고 여린을 뚫어지게 바라보았다.

'딸년이나 여편네나 그저 멀끔하게 생긴 놈만 보면 환장을 하지.'

곽기풍은 그런 아내와 딸을 한 번 사납게 노려보곤 다시 여린에게로
시선을 옮겼다. 사실 그로선 여린의 갑작스런 방문이 눈물이 날 만큼
고마웠다. 아주 적당한 시간에 적당한 대화를 주고받고 있을 때 여린
이 등장해 준 것이다.

그의 기대대로 진심으로 감복했다는 표정의 여린이 정중히 포권을
취하며 말했다.

"주변 사람들에게 들었습니다. 곽 총관께선 중원에서 손꼽힐 만한
청백리의 표상이라고 말입니다. 명불허전, 과연 헛소문이 아니었군
요."

"부끄러울 뿐입니다. 자자, 드시지요. 소찬이나마 간단히 요기라도
하십시다."

곽기풍이 여린의 손을 잡아끌어 툇마루 위의 밥상 앞으로 인도했다.

곽기풍의 아내와 딸이 재빨리 냉큼 자릴 내주었고, 여린은 곽기풍과
나란히 앉았다.

곽기풍의 아내가 서둘러 부엌으로 달려가 여린의 몫으로 소면 한 대
접을 내왔다.

여린은 새삼스런 눈으로 소반 위를 훑었다. 소면 한 대접씩과 무채와 죽순 무침이 반찬의 전부였다. 현청 총관의 조반상치곤 참으로 소박하다 아니할 수 없었다. 여린이 다시 존경의 눈으로 곽기풍을 보았다. 곽기풍은 초탈한 사람처럼 웃으며 여린의 손에 젓가락을 쥐어주었다.

"제 마누라가 소면 국물 하나만은 끝내주게 우려낸답니다. 찬이 없어 민망합니다만, 부디 맛있게 드셔주십시오."

"웬 말씀을요. 왕후장상의 밥상보다 훌륭한 조반상입니다. 아무래도 제가 그간 총관님을 오해하고 있었던 듯싶습니다."

"아닙니다, 아닙니다. 모두가 제 부덕의 소치이지요."

한동안 더 곽기풍에 대한 찬탄의 단어들을 쏟아낸 후 여린이 마침내 젓가락을 들었다. 그리고 아주 맛있게 소면을 먹기 시작했다.

잠시 후, 여린은 곽기풍과 함께 좁은 서재의 탁자 앞에 마주 앉아 있었다.

탁자 위에는 은은한 향의 솔잎 차가 놓여 있었다. 차를 한 모금 음미한 여린이 좁지만 온갖 장서들이 사방 벽에 빽빽이 꽂힌 서재를 둘러보며 감탄스러운 듯 말했다.

"제가 오늘에야 진정한 군자를 만난 것 같군요."

"무슨 말씀이신지요?"

묵향이 배어 있는 서가를 둘러보며 여린이 빙긋 웃었다.

"저 많은 장서에 하나같이 총관님의 손때가 묻어 있으니, 총관님은 능히 군자라 불릴 만합니다. 게다가 차 맛까지 알고 계시니 더 더욱 군자십니다. 마지막으로 저를 향해 웃고 계시는 얼굴이 온화하고 맑으니 총관님이야말로 군자라 불려야 마땅합니다."

"허헛! 줍포께옵서 이 늙은일 부끄럽게 만드시는군요. 소관은 그저 부끄럽고 또 부끄러울 뿐입니다."

여린이 문득 정색하며 자리에서 일어났다.

그리고 정중한 포권과 함께 허릴 깊숙이 숙이며 읍을 했다.

"다시 한 번 정식으로 사죄드립니다. 미욱한 제가 총관님의 큰 뜻을 몰라뵙고 의심했던 것 같습니다. 부디 하해와 같은 이해심으로 용서해주십시오."

"아닙니다, 아닙니다. 저야말로 부덕하여 상관께 심려를 끼쳤습니다."

곽기풍도 여린과 똑같이 허릴 숙였다.

"아닙니다. 모두가 제 잘못입니다."

"아니요. 제 잘못이라니까요."

"아닙니다."

"아니라니까요."

"글쎄, 제 잘못이라니까요."

"어허, 제 잘못이라니까 그러신다."

쿠쿵!

경쟁적으로 허리를 낮추던 여린과 곽기풍이 그만 이마를 부딪치고 말았다. 한동안 벙찐 눈으로 서로의 얼굴을 쳐다보던 두 사람이 거의 동시에 대소를 터뜨렸다.

"음왓하하!"

"하하하하!"

누가 먼저랄 것도 없이 두 사람은 서로의 손을 힘주어 잡았다.

"총관님!"

"즙포님!"

만면에 웃음을 머금고 서로의 얼굴을 마주 보는 여린과 곽기풍의 눈으로 남자들끼리만 느낄 수 있는 신뢰와 온정이 흘렀다.

곽기풍이 여린의 손을 다정하게 잡아끌며 맞은편 자리를 가리켰다.

"자자, 앉으시죠. 차가 식습니다."

여린이 그런 곽기풍의 손을 가볍게 뿌리치며 서가로 걸음을 옮겼다.

"서가를 둘러봐도 괜찮겠지요?"

순간 유쾌하게 웃고 있던 곽기풍이 얼굴이 대번에 창백해졌다.

'설마?'

맞은편 서가 앞에 서서 곰곰이 서책들을 둘러보는 여린의 뒷모습을 지켜보며 곽기풍은 꿀꺽 마른침을 삼켰다.

아니야, 아닐 거야. 그는 여린이 문제의 서책을 뽑아내진 않을 거라며 스스로를 위로했다. 그의 간절한 바람과는 상관없이 여린의 손은 맞은편 서가 중에서도 우측 세 번째 열을 더듬기 시작했다.

'그럴 리가 없어. 아암, 그럴 리가 없고말고. 지가 귀신이 아닌 다음에야……'

곽기풍이 입술 한 귀퉁이를 일그러뜨리며 억지로 웃었다. 그러나 현실 세계에도 가끔 귀신이 출몰하는 법. 한동안 두터운 서책들을 더듬던 여린의 손이 '대당대자은사삼장법사전(大唐大慈恩寺三藏法師傳)' 이란 장문의 제목이 붙은 두터운 서책에서 멈췄다. 당나라 때의 유명한 승려 현장이 천축국에 불경을 구하러 가는 십칠 년 동안의 여정을 그의 구술을 토대로 제자 혜립 등이 기술한 여행기였다.

설마설마 하던 곽기풍이 입이 낮도깨비라도 만난 사람처럼 떡 벌어졌다.

어떻게든 제지해야겠다고 생각했지만 여린의 갑작스런 행동에 반쯤 넋이 나가 버린 그는 그저 '어어' 하고 신음성만 내뱉을 뿐이었다.

여린이 마침내 서책을 끄집어냈다.

크르르르르!

서책이 완전히 뽑히는 순간, 여린의 눈앞에 있던 서가가 짐승의 으르릉거림 같은 굉음을 내며 옆쪽으로 천천히 밀려났다. 그리고 어둑한 지하실로 통하는 계단이 나타났다.

오른손에 서책을 든 채 여린이 오히려 황당하다는 표정으로 곽기풍을 돌아보았다.

"신기하군요. 그 유명한 '대당대자은사삼장법사전'을 뽑는 순간 삼장의 애제자인 오공이 환술을 부린 것처럼 벽이 사라져 버렸지 뭡니까?"

"……."

곽기풍은 말을 잃었다.

도무지 현재의 상황을 이해할 수 없었던 것이다. 지하로 통하는 비밀 출구의 열쇠인 저 서책의 존재는 맹세코 자신과 아내밖엔 몰랐다. 아이들이 함부로 입을 놀릴까 두려워 지하실엔 한 번도 데리고 내려가지 않을 만큼 철저했던 그다. 그런데, 그런데 어떻게?

"여기 지하실이 있군요? 잠시 구경해도 되겠지요?"

여린이 지하로 통하는 계단을 밟고 내려서는 순간 곽기풍은 퍼뜩 정신을 차렸다.

더 늦기 전에 저 죽이고 싶도록 얄미운 작자와 타협을 하는 수밖에 없었다.

계단을 다 내려간 후 월동문처럼 생긴 출입구 안으로 들어서던 여린은 그만 놀라 입을 쩍 벌리고 말았다.

그의 눈앞에 천축에서 들여온 최고급 금강석이 깔린 넓은 석실이 펼쳐졌다.

땅 밑 석실 안은 땅 위 곽기풍의 초라한 사합원과는 판이하게 달랐다. 온갖 값비싼 가구들과 진귀한 장식구들이 꽉 들어차 있어 마치 황궁의 한 응접실을 옮겨놓은 듯했다.

일단 석실 한복판엔 운남의 밀림에서나 서식한다는 흑표범의 털가죽이 깔려 있었다. 그 위에 천산의 채석장에서만 채취된다는 청강석을 깎아 만든 원형 탁자가 놓였다. 탁자 주변으로 열 사람이 앉을 수 있는 안락의자가 놓여 있었는데, 그 아름다운 여인의 곡선 같은 의자의 틀은 벼락 맞아 죽은 벽오동을 통째로 깎아 만든 것이었다.

그 외에도 북만의 대수림(大樹林)에서 자란 백년송을 잘라 만든 스물두 칸짜리 벽장, 송대(宋代)의 유명한 서예가인 황정견의 일필휘지가 새겨진 열두 폭짜리 병풍, 그리고 억만금을 주고도 살 수 없다는 고려국(高麗國)의 청자, 아라사에서 황실로만 직수입되는 빙옥(氷玉)으로 만든 경대 등등 도무지 값을 메길 수 없는 진귀한 가구와 보물들로 꽉 들어차 있었다.

"원하는 건 무엇이든 말씀만 하십시오. 제 집에 있는 물건은 모두 사신님의 것입니다."

한동안 넋을 놓고 있던 여린은 등 뒤에서 들려오는 곽기풍의 낮은 음성에 퍼뜩 정신을 차렸다. 여린이 고갤 홱 돌렸다. 그의 바로 뒤쪽에서 콧잔등을 타고 흐르는 식은땀을 연신 손수건으로 찍어내고 있는 곽기풍의 얼굴이 보였다. 곽기풍은 여린을 향해 최대한 비굴하게 웃고 있었다. 하지만 안면 근육이 너무 딱딱하게 굳어 있어 오히려 우는 것처럼 보였다.

여린이 히쭉 웃었다.

"정말 대단하시군요. 친자식들까지 속여가며 땅 위와 땅속에 전혀 다른 두 개의 집을 지으셨습니다 그려."

"고변할 작정입니까?"

곽기풍이 겁먹은 어린애처럼 눈알을 굴렸다.

"……."

여린은 한동안 침묵했고, 그 침묵은 곽기풍을 숨 막히게 만들었다. 그래서였을 것이다. 곽기풍이 마지막 용기를 쥐어짜 여린을 한 번 더 찔러본 것은.

"막다른 골목에 몰리면 쥐도 고양이를 무는 법이지요. 다른 건 몰라도 저와 성주 대인이 돈독한 관계라는 사실만은 염두해 두셨으면 합니다."

"그렇습니까?"

여린이 싱긋 웃으며 품속에서 작은 서찰 한 통을 끄집어냈다.

"이걸 한번 봐주시겠습니까?"

여린이 내민 서찰을 펼쳐보던 곽기풍은 저도 모르게 숨을 훅 들이켰다.

서찰의 내용인즉, 누구든 사천성 내에서 신임 즙포 여린의 말을 거역하는 관리는 지위 고하를 막론하고 삭탈관직(削奪官職)해 버리겠다는 엄포로 서찰 맨 하단부엔 선명하게 '북궁연(北宮曣)'이란 성주 대인의 직인이 찍혀 있었다.

"이, 이럴 수가……? 어떻게 이런 일이……?!"

마지막 보루마저 힘없이 무너지자 곽기풍은 충격과 허탈감으로 비틀거렸다.

여린이 쐐기를 박았다.

"제가 화초랑을 통해 지난 공문서들을 좀 살펴봤습니다. 총관께서 사하현으로 부임하신 이후 철기방과 관련된 소장(訴狀)이 절반 이상 줄었더군요."

곽기풍의 얼굴이 대번에 해쓱해졌지만, 여린은 숨 쉴 틈조차 주지 않고 몰아붙였다.

"오 년 전 봄 철기방에서 대산표국의 주류 창고를 급습, 표사 둘을 살해하고 소홍주 등 값비싼 술들을 모조리 강탈했는데도 대산표국의 소(訴)를 이유없다고 기각했습니다. 그해 가을에는 철기방 곡현 당주와 수하들이 막 혼례를 올리려던 새 신부를 납치, 집단 강간한 후 살해하였는데 이 역시 기각했습니다. 작년만 해도 사소한 시비 끝에 철기방 문도들이 청성파의 제자 열둘을 백주대로에서 도륙했는데도 이 역시 조사조차 하지 않았습니다."

곽기풍은 완전히 얼이 빠져 버렸다.

대체 언제 이런 뒷조사를 했단 말인가?

'화초랑, 이 불여시 같은 것이……!'

여린을 바라볼 때마다 눈빛이 가물가물해지던 화초랑의 얼굴을 떠올리며 곽기풍은 뿌드득 이를 갈아붙였다.

여린이 씨익 웃으며 물었다.

"아직 많이 남아 있는데 계속할까요?"

"살려주십시오! 이제 막 현학에 입교한 늦둥이가 있습니다!"

곽기풍이 허물어지듯 무릎을 꿇으며 왈칵 눈물을 쏟았다.

남자들이 가족, 특히 아들을 언급하며 눈물을 흘릴 땐 진심을 의심하지 않아도 좋다. 그건 곧 완전한 굴복과 함께 오로지 상대의 동정만을 바란다는 의미이기 때문이다.

"선택을 해주셔야겠습니다, 총관님."

한동안 두툼한 어깨를 들썩이며 오열하던 곽기풍이 여린의 말에 번쩍 고개를 쳐들었다. 여린의 얼굴에선 어느새 웃음기가 싹 사라져 있었다.

곽기풍이 최대한 애처로운 표정을 지으며 물었다.

"선택이라뇨?"

"불명예스럽게 관복을 벗든지, 아님 내 유능한 총관이 되어 무조건 복종하든지 둘 중 하나의 선택을 해달라는 말입니다.

"하겠습니다. 기회만 주신다면 분골쇄신, 사신님을 보필하겠습니다."

전의를 완전히 상실한 곽기풍이 고개를 팍 숙이며 말했다.

여린의 입가에 다시 미소가 떠올랐다.

"그러실 줄 알았습니다. 총관님은 현명한 분이시니까요. 또 한 가지……."

"예?"

여린이 한동안 옆머리를 긁적긁적하며 쑥스럽게 웃었다.

무언가 곤란한 부탁이 있는 모양이었다. 이 마당에 못 들어줄 부탁이 무엇이겠는가?

곽기풍이 진심 어린 표정으로 말했다.

"분부만 하십시오. 하늘의 별을 따 오래도 따다 드리겠나이다."

"실은 제가 마땅히 머물 거처가 없습니다. 관사에 머물자니 매 끼니가 걱정이고……."

'이 작자가 설마?'

곽기풍이 황당한 눈으로 여린을 올려다보았다. 아무리 염치없는 인간이라도 그런 파렴치한 부탁은 하지 않으리라 믿었다. 하지만 자신의 눈치를 힐끔힐끔 살피는 여린에게서 애당초 염치 따윌 기대한다는 것 자체가 우스운 일 같았다.

"집 안에 남는 방이 있긴 합니다만, 너무 누추해서……."

"마침 잘됐군요. 허락하신다면 제가 그 방을 쓰겠습니다."

"하지만 너무 좁고, 폭우라도 쏟아지면 비가 새는 통에……."

"걱정 마십시오. 새벽같이 입청(入廳)했다가 밤늦게 퇴청(退廳)하여 죽은 듯 잠만 자겠습니다."

"그, 그럴 수야 있나요? 기왕 제 집에서 묵는다면 당연히 식사도 함께하셔야죠."

"그럼 그럴까요? 허허허!"

뻔뻔스럽게 웃는 여린의 얼굴을 올려다보며 곽기풍은 터져 나오는 욕지기를 간신히 집어삼켰다. 만약 석존께서 현신하시어 황금 백만 관과 저 얄미운 즙포 놈의 면상을 딱 한 대 후려 갈길 수 있는 기회 중 무엇을 택할 거냐고 물으신다면 당연히 후자를 택한다고 말할 것이다.

저 화상과 한 지붕 아래서 생활해야 한다니.

맹세컨대 늦둥이 아들 항소만 아니라면 당장 관복을 벗어던졌으리라.

그의 기분 따윈 아랑곳하지 않고 여린이 신이 나서 소리쳤다.

"자, 그럼 새 기분으로 첫 번째 임무를 마무리 짓도록 해볼까요?"

"첫 번째 임무요?"

곽기풍의 어깨를 힘주어 움켜잡으며 여린이 결연히 내뱉었다.

"갈산악을 완전히 보내 버리자는 겁니다."

곽기풍은 그만 눈앞이 아득해짐을 느꼈다.

현청 뇌옥에 갇혀 있다가 아침 해가 떠오르자마자 즙포사신의 내실 안으로 끌려온 갈산악은 기분이 좋았다. 정황으로 보아 너구리 곽 총관이 사천성 성주한테까지 압력을 넣은 게 분명했고, 그렇다면 자신이 풀려나는 것도 시간문제라는 생각 때문이었다. 그의 예측이 틀리지 않았는지 그를 데려온 포두 장숙과 단구는 팔목도 묶지 않았다.

잠시 후, 어제까지만 해도 서로를 잡아먹을 듯 으르렁거리던 곽기풍과 여린이 희희낙락하며 나란히 내실 문을 열고 들어서는 모습을 보며 그의 예측은 확신으로 바뀌었다. 그의 눈엔 여린이 곽기풍에게 굴복한 것처럼 보였던 것이다.

탁자 앞 의자에 비스듬히 앉아 자신 바로 앞으로 서는 여린을 여유 있게 올려다보는 갈산악이었다.

갈산악의 머리 속엔 오직 한 가지 생각뿐이었다. 저 얄미운 즙포 놈을 살려둘 것인가, 죽여 버릴 것인가.

놈이 무릎을 꿇고 애원한다면?

여기까지 상상하던 갈산악이 고개를 확확 가로저었다. 저 뺀질뺀질한 놈만은 살려둘 수가 없다. 그러기엔 지난 며칠간 받은 고통과 수모가 너무 크고, 너무 깊었다.

여린도 저 혼자 인상을 쓰고 고개를 가로젓는 갈산악을 내려다보고 있었다. 무엇 때문에 흥분을 했는지, 저 혼자 주먹을 그러쥐고 콧김을 펑펑 내뿜는 꼴이 우스꽝스러워 보였다. 여린이 양손으로 탁자 모서리를 짚으며 갈산악 쪽으로 상반신을 기울였다.

그리고 아주 친근한 목소리로 물었다.

"마음의 결정은 하셨소, 갈 당주? 독사성을 잡아먹을 묘책을 생각해 냈느냐 말이오?"

자신의 기대완 달리 엉뚱한 말이 튀어나오자 놀란 갈산악이 여린의 오른편에 서 있는 곽기풍을 홱 노려보았다.

"이게 뭔 개뼈다귀 씹는 소리다요, 썽님?"

"험험."

민망해진 곽기풍이 천장을 올려다보며 헛기침을 했다.

여린이 곽기풍을 대신해 대답했다.

"안됐지만 총관께선 더 이상 당신을 돌봐줄 수 없다고 하시는구 려."

"썽님!"

곽기풍이 갈산악을 향해 설득조로 말했다.

"다 끝났어, 이 친구야. 괜히 뻗대다 고생하지 말고 즙포님 말씀에 순순히 따르도록 해."

"익!"

갈산악의 눈이 범처럼 치켜떠졌다.

갈산악의 입을 통해 곽기풍에 대한 배신감과 분노가 여과없이 터져 나왔다.

"곽가, 이 육시럴 놈아! 나가 너한테 처먹인 돈이 얼만인디 이제와 나 몰라라 하는 것이여, 잉? 나가 죽으면 혼자 죽을 거 같어? 나가 죽으면 삶은 너구리 같은 네놈도 뒈진단 말이여! 알어?"

이쯤 되면 곽기풍도 이판사판이었다.

곽기풍이 갈산악을 향해 삿대질을 해대며 악을 썼다.

"이 빌어먹을 무뢰배 새끼가 누구한테 욕지거리야? 돈 먹었으면 내가 공짜로 먹었냐? 더 이상 늬들 사고 친 거 뒷바라지하다간 내 모가지가 날아가게 생겼어, 병신 새꺄!"

여린은 개와 원숭이처럼 으르렁거리는 곽기풍과 갈산악을 여유있게 지켜보았다. 드디어 그가 원하던 구도가 만들어진 셈이다. 갈산악은 아직도 막강한 철기방의 힘을 믿고 있는 것 같았다. 하지만 그는 자신이 있었다. 처음엔 그 믿음에 작은 구멍을 내고, 그 구멍을 조금씩 넓혀 마침내 절망의 물줄기가 굽이쳐 흐르도록 만들 자신 말이다.

여린이 씩씩거리는 갈산악을 향해 살갑게 웃었다.

"이제 당신을 도와줄 사람은 아무도 없는 것 같구려, 갈 당주."

증오와 실망감, 저주와 절망이 뒤섞인 복잡한 눈으로 갈산악이 여린을 노려보았다.

"크아아악!"

갑자기 갈산악이 여린을 향해 포박도 채우지 않은 양손을 활짝 벌리고 성난 곰처럼 덮쳐들었다. 미동도 않고 서 있는 여린의 목을 갈산악의 솥뚜껑만한 손과 손이 와락 움켜잡았다.

"죽일 거여! 죽일 거여! 너만은 죽이고야 말 거여!"

눈이 뒤집힌 갈산악을 곽기풍과 장숙, 단구까지 달려들어 필사적으로 뜯어말렸지만, 그는 손오공을 찍어누른 태산처럼 꿈쩍도 하지 않았다.

차앙!

곽기풍이 대뜸 장숙의 허리춤에 채워져 있던 군도를 뽑아 들었다. 날이 시퍼렇게 선 칼끝으로 갈산악의 관자놀이를 겨누며 곽기풍이 씹어뱉었다.

"떨어져, 새꺄!"

"흐흐."

그러나 낯빛이 시커멓게 죽어가기 시작한 여린의 목을 조르며 갈산악은 기괴하게 웃었다. 이미 제정신이 아닌 듯했다.

"떨어지라고 했잖아, 개자식아!"

성난 외침과 함께 곽기풍의 칼끝이 갈산악의 왼쪽 뺨을 후벼팠다.

"으아악!"

핏방울이 튀며 갈산악이 비로소 여린으로부터 떨어졌다. 한쪽 뺨을 감싸쥐고 바닥을 데굴데굴 구르는 갈산악을 내려다보며 곽기풍이 헉헉 숨을 몰아쉬었다.

총관이 된 이후 단 한 번도 칼을 써본 적이 없는 그다.

흉신악살 같은 수많은 흉악범들을 포박했지만, 그건 어디까지나 휘하의 포두나 포사들이 한 일이었다.

"고맙습니다, 총관님."

여린이 다가와 친근하게 어깨를 잡았을 때에야 곽기풍은 정신을 차렸다.

여린이 곽기풍을 향해 신뢰 가득한 미소를 보냈다.

"총관님 아니었으면 큰일날 뻔했습니다."

"무, 무슨 말씀을. 즙포님을 위해서라면 한목숨 기꺼이 바칠 준비가 돼 있습니다."

곽기풍이 군도를 쥔 손으로 가슴을 쿵 두드렸고, 장숙과 단구는 황당한 눈초리로 그런 곽기풍을 쳐다보았다.

곽기풍이 두 포두를 향해 버럭 소리쳤다.

"뭣들 하고 있어! 갈산악 이 새끼, 뇌옥에 처넣지 않고?!"

"너도 죽는당게, 곽기풍."

서늘한 목소리에 곽기풍이 고갤 휙 돌리는 순간, 무릎을 꿇고 앉은 채 왼쪽 볼에서 핏물을 줄줄 흘리며 자신을 섬뜩하게 노려보는 갈산악이 보였다.

갈산악이 원독에 찬 눈을 번뜩이며 씹어뱉었다.

"원래는 저 애송이 줍포 놈만 죽일 작정이었어. 하지만 이젠 생각이 바뀌었당게. 곽기풍, 너는 물론 네 마누라와 애새끼덜꺼정 싹 몰살시켜 버리기로 말이여."

"……."

한동안 아무 말 못하고 눈만 껌뻑껌뻑하고 있던 곽기풍의 눈꼬리가 점점 위쪽으로 치켜 올라갔다. 자신뿐이라면 몰라도 가족의 목숨 운운하는 건 도저히 참을 수 없는 노릇이었다.

"오, 오냐. 그전에 내가 널 죽여주마."

양손으로 잡은 군도를 화악 치켜들고 달려들던 곽기풍의 앞을 여린이 막아섰다.

"진정하십시오, 총관님. 제가 알아서 처리하겠습니다."

장숙과 단구에게 흥분한 곽기풍을 맡겨놓고 여린이 갈산악 쪽으로 빙글 돌아섰다. 무섭게 일그러진 갈산악의 얼굴이 꼭 사나운 짐승 같다고 여린은 생각했다. 그래봤자 어차피 우리 속에 갇혀 마지막 몸부림을 치는 가련한 짐승이라는 생각을 하며 여린이 갈산악을 향해 싱긋 웃었다.

"아무래도 갈 당주께선 우리에게 협조할 마음이 전혀 없는 것 같군요."

"그걸 말이라고 하냐, 병신아? 너 따위가 우리 철기방을 넘보다니,

지나가던 개가 하품할 노릇이랗게."

"그렇다면 할 수 없군요. 이제부턴 좀 더 극단적인 방법을 쓰겠습니다."

"쇠꼬챙이로 지지든, 채찍으로 치든 마음대로 혀. 고문을 견디는 일이라면 나도 일가견이 있는 사람이여."

"설마 그런 무식한 방법을 사용하겠습니까? 이곳은 대명률을 수호하는 사법 기관입니다."

여린이 손가락을 딱 튕기자 방문이 열리며 누군가 들어왔다.

"자넨 병참수 반철심 아닌가?"

곽기풍이 먼저 반철심을 알아보고는 눈을 둥그렇게 떴다.

반철심의 오른손엔 여린이 설계했고, 그 자신이 만들어 이름까지 붙인 '오안수포'가 들려 있었다.

여린이 반철심 쪽으로 돌아서며 반갑게 양팔을 벌렸다.

"오, 어서 오게, 병참수. 그래, 오안수포는 완성되었나?"

'저 작자가 언제 현청 병참수까지 구워삶았지? 정말 낮도깨비 같은 작자로군.'

곽기풍이 눈을 가늘게 뜨고 반철심을 맞는 여린을 바라보았다.

반철심이 여린에게 오안수포를 내밀었다.

깡통처럼 둥근 약실로부터 하나의 발사대가 뻗어 나와 있는 오안수포를 건네받으며 뿌듯한 무게감에 여린은 절로 기분이 상쾌해졌다.

철커덩!

약실을 개방하자 그 안에 그득 채워진 장약과 다섯 개의 사로(射路)에 장전돼 있는 짧은 화살들이 보였다.

약실을 다시 닫으며 여린이 반철심을 향해 만족스런 표정으로 말했다.

"좋군. 아주 완벽하게 만들었어."

"만들긴 만들었는데, 대체 어디에 쓰려고 그러십니까?"

반철심이 약간 불안하게 물었다.

만들어놓고 보니 오안수포의 살상력은 기대 이상이었다. 이 정도의 살상 병기라면 당연히 현감 영감에게 보고부터 하는 게 순서였던 것이다.

반철심의 염려 따윈 깨끗이 무시하고 여린이 갈산악 쪽으로 돌아서며 오안수포를 들어 보였다.

"이게 뭔지 아시오, 갈 당주?"

"그깟 고철덩이가 뭔지 나가 어찌 알겠냐? 헛수작 치우고 날 죽이든지 밖으로 내보내든지 둘 중 하나만……."

타아앙!

갈산악의 말이 채 끝나기도 전에 여린이 가차없이 오안수포의 방아쇠를 당겼다.

벼락같은 폭음과 함께 다섯 대의 화살 중 첫 번째 화살이 갈산악의 오른쪽 귀밑 살점을 뜯어내며 쏜살같이 날아가 뒤쪽 벽 깊숙이 처박혔다. 질린 듯 돌아보는 갈산악의 눈에 어른 손바닥만한 길이의 화살이 자취도 없이 벽을 뚫고 들어가 흰 포연만 모락모락 피어오르는 광경이 들어왔다.

여린이 그런 갈산악의 얼굴을 향해 오안수포를 겨눈 채 씩 웃었다.

"오안수포라는 병기입니다. 우리 현청이 자랑하는 병참수 반철심이 만든 휴대용 화포죠. 보시다시피 위력이 대단하여 아무리 막강한 강호의 초절정고수라도 십 장 안에만 들어오면 단숨에 심장을 꿰뚫을 수 있답니다."

"그, 그걸로 날 쏘겠다는 것이여? 혀, 형벌도 결정되지 않은 죄인을 죽이면 너도 무사하진 못할 것인디?"

갈산악이 억지로 웃었다.

대답도 없이 여린이 다시 천천히 방아쇠를 당겨갔다. 갈산악은 여린이 정말로 방아쇠를 당길 걸 알았다. 지금까지 겪은 여린의 행동 양식으로 보아 결코 허언을 입에 담을 리는 없었다.

식은땀을 줄줄 흘리며 자신을 향한 발사대를 뚫어지게 노려보던 갈산악이 더 이상 참지 못하고 손을 내뻗으며 소리쳤다.

"멈춰! 멈추란 말여, 미친 새꺄!"

타타타탕!

순간 천지를 진동하는 총포 소리와 함께 오안수포의 약실이 빠르게 회전하며 장전돼 있던 나머지 네 대의 화살을 연달아 발사했다.

네 줄기 섬광으로 날아든 화살들이 갈산악의 얼굴을 아슬아슬하게 스쳐 지나며 핏방울이 튀었다. 경악과 공포로 찢어질 듯 눈을 부릅뜬 갈산악은 비명조차 지르지 못했다. 이미 산 사람의 낯빛이 아니었다.

갈산악의 어깨 너머 벽면에 둥글게 뚫려 있는 다섯 개의 작은 구멍을 확인한 후 여린은 새삼스런 눈으로 반철심을 돌아보았다. 처음 설계도를 작성할 때만 해도 여린 자신조차 이 정도의 위력은 상상하지 못했던 것이다.

'목적을 이루기 위해선 저 반철심이란 친구를 꼭 내 사람으로 만들어야겠군. 잘 훈련된 무사 백보다 어쩌면 저 친구 하나가 더 유용할지도 몰라.'

반철심은 그저 뚱한 눈으로 여린의 의미심장한 눈빛을 받아낼 뿐이었다.

여린이 이번엔 매에 쫓긴 꿩처럼 방구석에 얼굴을 처박고 넙죽 엎드린 곽기풍과 장숙, 단구의 엉덩짝을 보았다.

'저 한심한 작자들도 제대로 써먹으려면 아마도 혹독한 지옥 훈련을 거쳐야겠지.'

여린의 시선이 다시 갈산악에게로 향했다. 갈산악에게 시선을 박은 채 여린이 품속에서 대못 하나를 꺼냈다.

약실을 개방하고 다섯 개의 사로 중 한 곳에 화살 대신 못을 끼워 넣으며 여린은 갈산악을 향해 웃었다.

"오안수포는 참 편리한 병기입니다. 화살이 떨어졌을 경우 이렇게 대용품을 사용하면 되니까요."

촤르르륵!

그렇게 말하며 여린이 본체로 밀어 넣은 약실을 핑그르르 회전시켰다. 이제 몇 번째 사로에서 못이 발사될지 여린 자신조차 모르게 된 것이다. 그런 여린을 올려다보며 갈산악은 저도 모르게 꿀꺽 마른침을 삼켰다. 저 골통이 또 무슨 미친 짓을 할지 불안하기만 했다.

갈산악의 불길한 예상은 적중했다.

여린이 갑자기 발사대를 자신의 이마에 갖다 대며 이렇게 말했던 것이다.

"내가 일방적으로 갈 당주님을 쏴 죽인다면 그건 살인이 되겠지요. 그래서 내기란 걸 해보려고 합니다. 오안수포 다섯 개의 사로 중 어디에 못이 장전돼 있는지 모르는 상태에서 나와 갈 당주님의 이마에 차례로 발사대를 겨누고 방아쇠를 당기는 겁니다."

"……"

갈산악은 도대체 저 골통이 무슨 헛소리를 하는지 알아들을 수 없었다.

여린이 악귀처럼 웃으며 말을 이었을 때에야 비로소 골통 즙포의 의도를 알아차릴 수 있었다.

"결국 방아쇠를 다섯 번 당기기 전에 저나 갈 당주님 둘 중 하나는 반드시 이마에 바람 구멍이 뚫리고 말겠지요. 목숨을 담보로 운을 시험해 보자는 겁니다."

"누, 누가 그따위 미친 내기를 한다고 했어?"

갈산악이 강력히 항의했다.

여린이 그런 갈산악을 깨끗이 무시한 채 멍한 표정의 곽기풍과 장숙, 단구와 반철심을 돌아보며 말했다.

"갈 당주님이 기꺼이 내기를 받아들이겠다고 하는 소리 똑똑히 들으셨죠? 만약의 경우, 여러분이 증인이 되어주십시오."

"내가 언제 한다고 했어? 이건 사기여, 사기!"

갈산악이 고래고래 악을 써대거나 말거나 여린이 오안수포의 발사대를 제 이마에 틀어박은 채 천천히 방아쇠를 당겨갔다.

못 땡길 것이여. 암, 지가 아무리 천하의 상독종이라 해도 저걸 땡길 수는 없을 것이여.

갈산악이 애써 웃으며 여린의 얼굴을 뚫어지게 응시했다.

타아앙!

고막을 찢는 폭음과 함께 오안수포에서 희뿌연 폭연이 풀썩 터져 나왔다.

"으악!"

동시에 갈산악이 양팔로 머리통을 감싸 안으며 죽어라 비명을 내질렀다.

"땡겼당게. 저 미친놈이 진짜로 땡기고 말았당게."

공포. 사하현의 미친 호랑이라 불리우며 숱한 사람들을 공포의 도가니로 몰아넣었던 갈산악 자신이 똑같은 공포에 질려 정신없이 소리치고 있었다. 한동안 머리통을 감싼 채 와들와들 떨고 있던 갈산악이 천천히 고개를 들었다. 다행인지 불행인지 못은 발사되지 않았고, 여린은 아직 태연히 웃으며 서 있었다.

쿠욱!

이번엔 오안수포의 발사대가 갈산악의 이마에 박혔다.

"시, 싫어! 나, 나는 절대로……!"

타아앙!

미처 뭐라고 말하기도 전에 여린이 방아쇠를 당겼다. 장약이 터지면서 뿜어지는 매캐한 폭연 때문에 갈산악은 눈을 질끈 감을 수밖에 없었다.

"콜록콜록콜록!"

뱉은 기침을 토해내면서도 갈산악은 양손으로 정신없이 제 이마를 비벼 댔다. 다행히 못이 박힌 것 같지는 않았다.

"너, 너, 이 골통 새끼!"

진물이 줄줄 흐르는 눈을 간신히 치뜨고 갈산악이 뿌드득 이를 갈아붙였다.

여린은 다시 발사대를 제 이마에 갖다 대는 중이었다.

"축하하오. 갈 당주께서도 퍽 운이 좋은 편이구려. 내게도 행운을 빌어주시오."

갈산악으로선 더 이상 제지할 힘도 없었다. 그저 여린을 향해 손을 내뻗은 채 끅끅 숨 넘어가는 신음성만 내뱉을 뿐이었다.

타아아앙!

다시 방아쇠가 당겨졌다. 여린은 이번에도 무사했다. 이제 남은 건 단 두 개의 사로, 둘 중 하나에선 틀림없이 대못이 발사돼 여린과 갈산악, 둘 중 한 사람의 이마를 꿰뚫으리라.

"행운을 빕니다, 갈 당주."

여린이 야차처럼 웃으며 오안수포의 발사대를 갈산악의 이마에 갖다 댔다. 갈산악은 딱딱딱 이를 맞부딪치며 오뉴월 개처럼 떨었다.

'저 인간, 정상이 아냐. 지가 죽든 갈산악이 죽든 결판을 내고 말 거야. 말리긴 말려야 하는데…….'

곽기풍 역시 긴장으로 눈을 부릅뜬 채 여린을 주시하고 있었다. 어떻게든 말려야 한다고 생각했지만, 여린의 서슬에 질려 옴짝달싹할 수가 없었다. 장숙이나 단구, 반철심도 비슷한 상태인 것 같았다.

"자, 그럼 갑니다."

끼리릭!

여린이 음산하게 내뱉으며 천천히 방아쇠를 당겨갔다.

바로 그 순간 갈산악이 여린의 허리를 와락 끌어안았다.

"할게! 할게! 시키는 대로 다 할게! 그러니 제발 그 총포 좀 치우란 말이여, 개자식아! 으허허헝~"

어린애처럼 울부짖는 갈산악의 사타구니 사이로 오줌이 흥건히 흘러내리고 있었다. 여린이 비로소 오안수포를 거두었다.

"쯔쯧~ 일단 목욕부터 해야 할 것 같군요. 그간 고생하셨습니다, 갈 당주님."

여린이 투정 부리는 어린애를 달래듯 갈산악의 어깨를 토닥였다.

곽기풍과 장숙, 단구와 반철심은 그저 입을 쩍 벌린 채 여린과 여린의 허리에 매달려 엉엉 우는 갈산악을 지켜볼 뿐이었다.

사천성과 섬서성의 경계에는 검문산이 있다. 험산으로 유명한 검문산 중에서도 두 영웅이 기세를 다투듯 마주 선 봉우리가 대검봉과 소검봉이다. 두 봉우리 사이를 가로지르는 좁은 협로가 한 가닥 나 있는데, 이 잔도가 바로 그 옛날 촉의 군사(軍師) 제갈량이 조조의 위군과 싸우기 위해 설치한 잔도(棧道)이다.

폭이 이 장(丈) 정도밖에 되지 않고, 깎아지른 듯한 천애의 절벽 위에 저 홀로 둥실 떠 있는 것 같은 잔도 위로 노을이 시뻘겋게 물드는 광경은 장관 중의 장관이었다.

잔도 역시 관도인지라 가끔 사천과 섬서를 오가는 표물 행렬이나 서북 변방으로 원정을 떠나는 금군 병사들이 지나가곤 했다. 그러나 겨울철이면 더욱 위험한 험로인데다 가끔 도적들까지 출몰하는 터라 일반인들이 잔도를 이용하는 경우는 드물었다.

하지만 어디에나 이런 으슥한 장소를 선호하는 족속들이 있기 마련.

오늘도 서녘 하늘 전체가 활활 타오르는 듯한 노을을 배경으로 잔도 한구석에는 말 두 필이 끄는 마차가 한 대 세워져 있었다. 두꺼운 참나무로 벽을 만들고, 그 위에 값비싼 금박을 입힌 것으로 보아 돈푼 깨나 있는 작자의 마차임이 분명했다.

"아이잉~ 왜 이러세요, 대인? 설봉이는 부끄럽사옵니다."

"가, 가만히 좀 있어보거라. 말만 잘 들으면 내 너를 왕후 부럽지 않게 만들어주겠노라 약조하지 않았더냐?"

"분명 약속하셨지요, 대인?"

"그렇다니까. 그러니 제발 속곳 벗기게 엉덩이 좀 들어주라, 응?"

마차 안에서 들려오는 남녀의 코맹맹이 소리가 심상치 않다.

마차 안에는 과연 이미 땀투성이가 된 중년의 뚱보 사내와 이제 갓 스물을 넘긴 꽃다운 아가씨가 두 마리 뱀이 똬리를 튼 자세로 엉겨붙어 있었다. 양 볼에 탐욕이 덕지덕지 들러붙은 뚱보는 아가씨의 희멀건한 젖통을 빨아 대는 한편, 속옷을 끌어내리려 사력을 다하는 중이었다. 마침내 뚱보가 완전히 알몸을 만든 아가씨를 마차 좌석에 반듯이 눕히고 다리 사이에 자리를 잡고 앉았다.

"흐흐."

뚱보의 입가로 절로 웃음이 흘렀다.

지난 석 달간의 온갖 감언이설과 선물 공세가 결실을 맺는 순간이었다.

꽈앙!

여자의 희고 기다란 다리를 자신의 어깨에 걸치고 비부에 막 성난 하초를 밀어 넣으려던 뚱보가 굉음에 놀라 홱 고개를 돌렸다. 순간 마차의 좁은 창문을 뚫고 쑤셔 박힌 시퍼런 도끼 날이 닥쳐 들었다.

"으헉! 비, 비적(匪賊)?!"

"꺄아악! 무서워요, 대인!"

놀란 여자가 뚱보의 목을 와락 끌어안고 매달렸다. 그런 여자를 뚱보는 거칠게 밀쳐 마차 바닥에 패대기쳐 버렸다. 계집이고 나발이고 일단은 목숨이 중요했다.

벌컥!

마차 앞문을 박차고 마부석으로 뛰쳐나오던 뚱보가 순간적으로 멈칫했다. 허연 콧김을 핑핑 내뿜는 말에 올라탄 다섯 명의 비적이 흉흉하게 웃으며 마차를 에워싸고 있는 모습이 눈에 들어왔기 때문이다.

비적들의 손에 쥐어진 시퍼렇게 날 선 도끼와 대감도 등이 뚱보를 아 찔하게 만들었다.

"한창 재미보는 중인데 미안하게 됐구먼."

"미안하긴 뭐가 미안해. 얼마 전, 이 도끼로 대갈통을 박살 낸 연놈은 한창 교접 중일 때 덮쳤는걸."

"미안하지만 죽어줘야겠다, 늙은이. 물론 그전에 마차와 계집은 우리에게 인수인계해 줘야겠지?"

히히힝!

뚱보가 마부석으로 뛰어들며 긴 채찍으로 마차에 매어진 두 마리 말의 엉덩짝을 후려갈겼다. 놀란 말들이 성난 울부짖음과 함께 튀어나가자 앞을 가로막고 있던 두 명의 비적이 얼결에 길을 터주고 말았다.

그러나 비적들은 조금도 당황하지 않고 눈가루를 흩날리며 잔도 저쪽으로 달아나는 마차를 향해 천천히 말머리를 돌렸다.

"흐흐! 꽤나 급하셨군."

"좋아, 힘껏 달려봐. 달리는 거라면 우리도 꽤 자신있거든."

"특히 이 잔도에서의 질주는 아주 짜릿하단 말씀이야?"

비적들이 박차를 가하자 다섯 필의 말이 일제히 치달리기 시작했다. 잔도에 익숙한 비적들의 말은 이내 마차를 따라잡았다.

마차 옆으로 따라붙는 비적들의 험악한 얼굴을 발견한 뚱보는 대번에 사색이 되었다. 다급한 뚱보의 채찍이 말들의 등짝으로 사정없이 떨어졌다.

철썩철썩!

"달려! 달려! 달리란 말이다, 느림보들아!"

잡히면 곱게 죽지 못하리라. 채찍을 움켜쥔 손아귀에서 핏물이 흥건히 배어 나왔지만 뚱보는 아픔을 느끼지도 못했다.

'부처님, 제발… 이번 한 번만 살려주시면, 다시는 색(色)을 밝히지 않겠습니다. 이번만 봐주시면 맹세코……'

얼마 전 마누라와 함께 사찰을 찾았을 때 영험한 불력(佛力)으로 소문이 짜한 주지가 그런 예언을 했던 것이다.

더 이상 안사람 속 썩이지 말고 색을 멀리하시오. 그러지 않으면 천 길 낭떠러지로 떨어져 시체도 찾지 못할 점괘이외다.

주지의 예언이 정확히 들어맞고 있었다. 새삼 노승의 고언을 귓등으로 흘려보낸 스스로가 죽이도록 미워지는 뚱보였다.

양옆으로 바싹 따라붙은 비적들이 손을 내뻗어 마차를 붙잡기 일보 직적이었다.

마차에 올라타기만 하면 당장 저 뚱보 늙은이를 쳐 죽이고 계집을 빼앗으리라. 야들야들한 계집의 얼굴을 떠올린 비적들의 입 안 가득 끈적한 침이 고였다.

"멈추거라―!"

검문산을 통째로 무너뜨려 버릴 듯한 폭갈성이 들려온 건 바로 그때 였다.

막 마차에 뛰어오르려던 비적들이 흠칫흠칫 뒤를 돌아보았다.

비적들의 눈에 방금 자신들이 달려온 잔도 저편에서 거대한 흑마에 올라탄 채 양손으로 거대한 도끼를 휘두르며 짓쳐 오는 거인의 모습이 들어왔다.

비적들은 일단 말의 덩치에 놀랐다. 시뻘건 갈기를 깃발처럼 흩날리는 새까만 흑마는 덩치가 작은 코끼리만했다. 붉게 충혈된 눈을 부릅뜨고 콧김을 핑핑 내뿜으며 짓쳐 오는 모습이 꼭 초패왕의 명마 '추가 현신한 것 같았다. 하지만 그 위에 올라탄 거인의 덩치가 얼마나 대단한지 흑마는 오히려 보통 말보다 약간 작아 보이기까지 했다.

도끼 날의 너비만 족히 반 장은 될 듯한 거대한 도끼를 가볍게 휘돌리고 있는 장한의 얼굴은 딱 호랑이 상이었다. 역팔 자로 치켜 올려진 짙은 눈썹, 투박하고 널찍한 코, 굳게 다문 입술, 그리고 얼굴 전체를 뒤덮은 돼지털처럼 뻣뻣한 구레나룻까지.

전신을 흑빛 갑주로 휘감고 철심이 박힌 군화까지 신은 장한은 금군의 장수인지, 비적인지 구분조차 힘들었다.

그래서 비적들은 망설였다.

금군이라면 당연히 맞서 싸워야 할 것이고, 동업자라면 타협이 우선이었다. 비적들이 채 생각을 정리하기도 전에 장한은 어느새 그들 사이로 파고들고 있었다.

양옆의 비적들을 사나운 눈초리로 돌아보며 장한이 짧게 명령했다.

"검문현 현청의 포두 하우영이다! 순순히 포박을 받으라!"

비적들이 가소롭다는 눈으로 서로의 얼굴을 마주 보았다. 한낱 포두 따위가 검문산을 호령하는 질풍오랑(疾風五狼)을 핍박하다니…….

"네놈이 서란다고 우리가 설 사람들로 보이냐?"

비적 한 놈이 하우영 포두의 머릴 노리고 냅다 도끼를 후려쳤다.

카앙!

하우영이 오른손 도끼를 슬쩍 들어 올리자 두 개의 도끼 날이 충돌했다. 하지만 하우영의 도끼가 비적의 도끼보다 세 배는 컸다. 결국 비적의 도끼가 속절없이 튕겨 나가 버렸다.

후우웅!

연이어 하우영이 왼손 도끼를 가볍게 휘두르자 비적의 머리통이 어깨로부터 분리되어 튀어올랐다. 잘린 목에서 피 분수가 솟구쳤고, 그 핏물이 하우영의 상반신으로 화악 끼얹어졌다. 그런데도 하우영은 눈썹 하나 까딱하지 않았다.

"으아아! 죽어라, 살인마!"

"동도의 혈채를 받아내라!"

하우영의 좌측과 바로 뒤쪽에서 달리던 비적들이 각각 도끼를 휘두르고 창을 찔러왔다. 하우영은 말에 올라탄 채 허리를 비틀며 양손 도끼를 한꺼번에 휘둘렀다.

"크악!"

"으아악!"

하우영의 거대한 도끼 날이 비적들의 도끼 자루와 창날은 물론 그들의 목까지 함께 날려 버렸다.

하우영보다 약간 앞서 달리던 마지막 두 비적이 경악의 시선으로 하우영을 돌아보았다. 머리끝에서부터 핏물을 뒤집어쓰고 지옥의 야차처럼 흉포한 혈광을 폭사하는 하우영은 아직도 피에 굶주렸다는 듯 붕붕 쌍도끼를 휘둘렀다.

"끼랴! 끼랴! 끼랴!"

우투투투투!

투투투투투투!

비로소 자신들이 저승사자와 맞닥뜨렸음을 깨달은 두 비적은 말 창자가 터지도록 박차를 가하며 달아나기 시작했다.

"쫓아라, 흑풍!"

푸히히힝!

하우영이 짧게 명령하자 그의 애마 흑풍이 앞발을 치켜들고 크게 한 번 포효했다. 그리곤 비호처럼 마지막 두 비적을 뒤쫓았다.

천 길 낭떠러지를 가로지르는 협로가 끝나면 잔도는 가파른 산허리를 구불구불 휘감아 도는 언덕길로 이어진다.

그 언덕길을 두 명의 비적이 말과 함께 구르듯 달려 내려오고 있었다. 산허리를 끼고 도는 굽은 길이 나타났지만 속도를 늦추지도 않았다. 천길 낭떠러지 아래로 추락하는 것보다 하우영의 도끼 날이 훨씬 무서웠기 때문이다.

막 또 한 번의 굽은 길을 통과한 비적들이 힐끗 뒤를 돌아보았다. 다행히 추적자는 보이지 않았다. 아무리 기마술이 뛰어난 작자라도 구절양장 같은 이 언덕길을 마음껏 달려 내려올 순 없으리라. 비적들은 비로소 안도하며 서로의 얼굴을 마주 보았다.

"어허헉!"

"으허헉!"

동시에 두 비적의 두 눈이 왕방울만해졌다. 두 사람 사이로 거대한 검은 그림자가 쏜살같이 파고들었기 때문이다. 바로 흑풍과 하우영이었다.

쩌걱!

첫 번째 도끼 날이 왼쪽 비적의 이마를 쪼개놓았다.

"항복! 항복! 무조건 항복!"

홀로 남은 비적이 들고 있던 창까지 던져 버리고 양팔을 번쩍 들었다.

그를 향해 도끼를 휘두르던 하우영이 순간적으로 멈칫했다.

비적이 하우영을 향해 비굴하게 웃으며 내뱉었다.

"과, 관원이 무장조차 하지 않은 사람을 죽이진⋯⋯."

퍼억!

비적은 말을 끝마칠 수 없었다. 하우영의 도끼 날이 콧잔등에 쑤셔 박혔기 때문이다. 입과 코로 선혈을 흩뿌리며 뒤쪽으로 붕 튕겨 나간 비적이 땅바닥을 정신없이 나뒹굴자 주인 잃은 말은 저 혼자 죽어라 내달렸다.

푸르륵푸르륵!

아직 몸도 채 못 풀었다는 듯 앞발로 땅바닥을 긁으며 거칠게 투레질하는 흑풍 위에서 하우영은 싸늘한 눈초리로 비적의 시체를 내려다보았다.

그가 낮고 무감동하게 내뱉었다.

"무장을 안 했다고? 사람 자체가 흉기란 것도 모르나, 멍청아?"

"그렇다면 당신이야말로 가장 무서운 흉기로군."

갑작스런 음성에 하우영이 언덕 아래쪽을 홱 돌아보았다. 마지막 비적을 태우고 달리던 말이 줄행랑을 친 방향으로 웬 비루먹은 당나귀에 올라탄 미청년 하나가 보였다. 청년의 허리춤엔 빨래방망이 같은 목검이 덜렁거리고 있었다. 하우영이 못마땅한 눈으로 사람을 깔보는 듯한 미소를 머금은 청년의 얼굴을 뚫어지게 응시했다.

용마에 올라탄 채 여린도 하우영을 관찰하고 있었다. 하우영의 짙은 눈썹이 위쪽으로 조금씩 치켜 올라가는 것으로 보아, 아마도 자신을 별로 마음에 들어하지 않는 것 같다고 여린은 생각했다. 그러거나 말거나 여린은 계속 실실 웃으며 하우영의 사나운 시선을 피하지 않았다. 아마도 담이 약한 사람이 지금의 하우영과 맞닥뜨렸다면 지레 심장이 뒤집혀 급사라고 말았으리라.

'타고난 용장이다. 역발산(力拔山)의 초패왕이 현신한 듯하구나.'

여린은 웬지 가슴이 뿌듯해짐을 느꼈다. 오랜 세월을 애타게 찾아 헤매던 보물을 찾아낸 기분이라고나 할까? 여린의 시선이 포두 하우영의 별호를 사파의 거두나 녹림의 총표파자에게나 어울릴 법한 혈부(血斧)로 만들어준 거대한 쌍도끼에 꽂혔다. 얼마나 많은 피를 머금었는지 도끼 날은 거무죽죽한 흑적색을 띠고 있었다.

일악일살(一惡一殺)!

악인은 끝까지 추적하여 저 무지막지한 도끼로 반드시 응징하고야 만다는 하우영의 또 다른 별칭이 여린은 특히 마음에 들었다. 다만 문제라면 호의에서 비롯된 여린의 웃음이 하우영의 눈에는 비웃음으로 비친다는 정도랄까?

"너도 비적의 일당이냐?"

하우영이 오른손 도끼로 여린을 겨누며 으르렁거렸다.

여린은 대답도 없이 그저 빙글빙글 웃을 뿐이었다.

"대답이 없는 걸 보니 비적이 틀림없구나!"

여린은 자신의 신분을 밝힐까 하다가 일단은 하우영을 좀 더 자극해 보기로 했다. 한 번 성이 나면 태산도 밀어버린다는 그의 포악함에 대한 소문을 직접 확인해 보고 싶었던 것이다.

여린이 노골적인 조소를 흘리며 말했다.

"내가 누구인지 당신이 알 필요도 없고, 나 또한 당신에게 내가 누구인지 알려줄 의무도 없소. 내가 비적인지 아닌지는 직접 붙잡아 추국해 보면 알 일이나 당신의 둔한 말에게 그만한 능력이 있는지는 의문이외다."

그렇게 하우영의 속을 확 뒤집어놓고 여린은 천천히 용마의 머리를 돌려 언덕 아래로 걸음을 옮기기 시작했다.

하우영의 눈에서 시퍼런 불꽃이 튀었다.

"크아아! 죽고 싶어 환장한 놈이로구나!"

폭갈성과 함께 하우영이 쌍도끼를 휘두르며 짓쳐 나왔다.

여린이 용마의 옆구리를 가볍게 걷어차며 나직이 내뱉었다.

"가자, 용마야. 저것들에게 진짜 달린다는 게 어떤 것인지 보여주자 꾸나."

여린의 말을 알아들었는지 사나흘 굶은 듯이 힘이 없던 용마가 앞발을 번쩍 쳐들더니 땅바닥을 차고 무서운 기세로 달리기 시작했다. 코 평수를 한껏 넓힌 채 씨근덕거리며 언덕길을 달려 내려오는 용마의 속도는 실로 무서웠다.

저깟 당나귀쯤이야 하고 우습게 여겼던 하우영도 당황했다. 어금니를 질끈 깨물고 발뒤꿈치로 연신 흑풍의 옆구리를 걷어찼지만 거리는 쉽게 좁혀지지 않았다.

우투투투투투!

투투투투투투!

지축을 울리는 말발굽 소리와 함께 막 어둠이 깔리기 시작한 좁은 언덕길을 여린과 하우영이 삼, 사 장 정도의 간격을 두고 질풍처럼 내달렸다. 언덕 아래는 그야말로 천길 낭떠러지. 누구든 굽은 길에서 균형을 잃으면 곧장 황천행이다. 그러나 두 사람은 속도를 늦출 생각을 하지 않았다.

두 사람은 사내로서의 자존심을 걸고 한판 대결을 벌이는 중이었고, 그건 용마와 흑풍도 마찬가지였다.

하우영은 또 하나의 굽은 길을 돌아 사라져 가는 용마의 뒷모습을 노려보며 어금니를 질끈 물었다. 도무지 이해할 수가 없었다. 흑풍은 섬서 땅에서 가장 유명한 녹평마장(綠萍馬場)에서도 혈통이 가장 우수한 군마였다. 그런 흑풍이 당나귀를 따라잡을 수 없다니 누군들 믿겠는가.

"달려라, 흑풍! 당나귀를 잡지 못하면 널 통째로 구워먹어 버릴 테다!"

하우영이 퍼런 안광을 폭사하며 으르렁거렸다.

그 말을 알아들었는지 굽은 길모퉁이에서 흑풍이 오히려 속도를 높였다. 엄청난 반발력 때문에 하우영의 신형이 낭떠러지 쪽으로 반 넘게 쏠렸다. 낭떠러지 아래를 힐끗 내려다보는 순간 괴물처럼 아가리를 쩍 벌린 시커먼 어둠이 닥쳐 들었다. 그래도 하우영은 고삐를 당기거나 하지 않았다.

'잡는다! 꼭 잡고야 만다!'

하우영의 그 유명한 오기가 발동하고 만 것이다.

생명을 담보로 한 아찔한 모험 덕분에 하우영은 두 마신(馬身) 정도의 거리까지 여린을 따라잡을 수 있었다. 이제 조금만 더! 하우영의 입가로 회심의 미소가 걸렸다.

그때 여린이 힐끗 하우영을 돌아보며 픽 웃었다. 예의 그 사람을 조롱하는 듯한 기분 나쁜 웃음.

'잡히기만 해봐라. 주둥이부터 찢어놓을 테다.'

하우영이 거대한 쌍도끼를 붕붕 휘둘렀다.

아마도 그 때문이었으리라.

방금 스쳐 지나간 바위 면에 새겨진 '단도(斷道).출입엄금(出入嚴禁)'이란 경고문을 보지 못한 것은.

하우영과 여린은 방금 전의 갈림길에서 좌측 편으로 치달렸고, 그

길은 며칠 전 내린 폭설 때문에 완전히 끊겨 버렸다는 걸 하우영 자신이 누구보다 잘 알고 있었다. 하지만 그는 얄미운 당나귀와 그 주인 때문에 뻔한 사실을 기억해 내지 못했다.

마침내 여린의 뒤통수가 손에 잡힐 듯 다가들었다.

여린의 목을 노리고 오른손 도끼를 휘두르며 하우영이 득의롭게 소리쳤다.

"목 없는 귀신으로 만들어주마!"

동시에 여린이 있는 힘껏 용마의 고삐를 잡아당기며 허리를 눕히듯 젖혔다. 도끼 날이 아슬아슬하게 여린의 콧잔등을 스치고 지나갔다.

"이, 이놈!"

당황한 하우영도 재빨리 고삐를 당겨 흑풍을 멈추려 했으나 그럴 수가 없었다. 그의 눈앞으로 막 어둠에 물들기 시작한 검푸른 하늘과 까마득한 낭떠러지 아래를 굽이쳐 흐르는 시퍼런 강물이 확 닥쳐 들었다. 네 발을 마구 내젓는 흑풍과 함께 허공으로 부우웅 날아오르며 하우영은 비로소 이 길이 이런 식으로 끊겨 있음을 깨달았다.

"으아아아! 이 불여우 같은 놈아ㅡ!"

원독에 찬 비명이 메아리가 되어 협곡 사이를 휘돌았다.

풍더엉!

살얼음이 낀 수면을 깨고 엄청난 물보라와 함께 하우영과 흑풍이 처박혔다.

푸힝! 푸히힝!

절벽 저 아래쪽, 정신없이 헤엄치는 하우영과 흑마를 내려다보며 용마가 사람처럼 웃었다.

第四章

여린, 독사성을 잡아들이다

여린, 독사성을 잡아들이다

난 첩기방을 치기 위해
십 년을 준비했어!

"잘했다. 잘했어, 용마."

땀에 흥건히 젖은 용마의 목덜미를 쓰다듬으며 여린은 강변에 서서 하우영을 기다렸다.

"끄으응!"

잠시 후, 물에 흠씬 젖은 산만한 덩치에서 자욱한 김을 내뿜으며 하우영이 흑풍을 끌고 강변 위로 기어나왔다.

"허억… 허억… 허억……!"

탈진한 듯 흑풍과 나란히 주저앉아 더운 숨을 몰아쉬는 하우영을 여린이 빙글빙글 웃으며 바라보았다. 저 무거운 갑주를 입고 강을 헤엄쳐 나오기란 쉬운 일이 아니었을 것이다. 하우영 정도의 신력을 타고난 장사가 아니라면 이미 물귀신이 되었으리라.

하우영 쪽으로 한 걸음 다가서며 여린이 장난스런 표정으로 툭 내뱉었다.

"시원하시겠습니다?"

비로소 여린을 발견한 하우영은 피가 거꾸로 도는 것 같았다.

"이 갈아 마셔도 시원찮은……!"

여린은 아예 하우영을 약 올리기로 작정한 듯했다.

"달밤의 체조가 몸에 좋다고들 합니다만, 엄동설한에 찬 강물로 뛰어드는 건 좀 지나친 처사 같습니다."

"널 살려두면 내가 혈부가 아니다!"

모래 바닥에 떨어져 있던 쌍도끼를 움켜잡고 달려 나오는 하우영을 바라보며 여린이 빙긋이 웃었다. 하우영이 그가 바라던 대로 움직여주고 있었던 것이다.

하우영 본인은 모르지만, 여린은 이미 하우영의 내력에 대해 꽤 많은 걸 조사해 두고 있었다. 하우영은 원래 청성(靑城)의 제자라고 했다. 나이 열둘에 독실한 도교(道敎) 신자였던 조부의 손에 이끌려 청성파에 입문했다. 어려서부터 힘이 장사였던 그는 또래들 사이에서도 두각을 나타내 청성의 열두 장로 중 하나인 벽산 진인 밑에서 제대로 된 무학을 수련받을 수 있었다.

청성에는 천성검법(天星劍法), 유성검법(流星劍法), 유운검법(流雲劍法), 송풍검법(松風劍法), 칠성검법(七星劍法) 등 모두 다섯 개의 독문 검법이 있는데 신력을 타고난 하우영에게 그의 사부는 청성이 자랑하는 자오신공(子午神功)과 함께 쾌(快)보다는 역(力)에 중점을 둔 칠성검법을 사사했다. 나이 스물이 되기 전에 청성파 제일의 기재로 인정받았고, 스물다섯을 넘기 전에는 서북 지방 제일의 후기지수란 칭송을 받았다

호사다마라고 했던가?

그의 스승 벽산 진인이 늘 걱정해 마지않던 그의 불같은 성정이 문제였다.

어느 날 친우들과 어울려 주루에서 술을 마시다가 청성파를 남색이나 밝히는 늙은 말코도사들의 호굴이라고 떠벌리는 철기방의 향주란 작자와 시비가 붙었다. 말다툼은 칼부림으로 번졌고, 하우영은 그 자리에서 철기방 향주와 그의 수하 열 명을 때려 죽여 버렸다.

당연히 청성파는 발칵 뒤집혔다. 당시 철기방은 욱일승천의 기세로 세력을 확장하는 중이었고, 비록 구파일방의 말석에 명패를 올려놓곤 있으나 오랜 세월 중원의 바람막이가 되어 새외(塞外) 이민족의 침탈을 막아내느라 가세가 기울대로 기운 청성으로선 하우영을 보호할 여력조차 남아 있지 않았다.

이틀 밤낮을 이어진 장로회의에서 내린 결론이란 게 지난 수십 년 이래 가장 발군인 후기지수를 단신으로 철기방으로 보내 처분을 맡긴다는 것이었다. 하우영은 절망했다. 아니, 분노했다. 이따위 유약한 문파 따윈 필요없다며 스스로 파문장(破門章)을 내던지고 한달음에 철기방으로 달려갔다. 일당백의 각오로 철기방과 싸우다 장렬히 산화할 작정이었다.

그러나 그가 철기방의 대문을 박차고 뛰쳐들어 갔을 땐 그의 사부 벽산 진인이 이미 연무장에 꿇어앉아 애제자의 죄를 대신하여 목숨으로서 용서를 구하는 중이었다.

스스로 가슴에 칼을 꽂고 죽어가면서 사부가 마지막으로 남긴 유언은 살아남으라는 것이었다. 무슨 일이 있어도 살아남아라. 개처럼 네 발로 철기방도의 사타구니 사이를 기더라도 살아남아라. 사부의 유훈

대로 그는 살아남았다. 그러나 청성의 이름은 버렸다. 청성에서 물려받은 검법도 버리기로 했다. 그래서 검 대신 이 거대한 도끼를 직접 주조해 독문 병기로 사용하기 시작했다.

모든 걸 버리기로 했지만 어려서부터 배운 무공마저 버릴 순 없었다.

결국 청성에서 물려받은 칠성검법이 두 자루의 도끼를 통해 시전되었다. 본래 힘을 바탕으로 하는 검법인지라 대표적인 중병(重兵)인 도끼와도 썩 잘 어울렸다.

쾌애애애애액!

여린이 여기까지 하우영의 내력에 대해 생각했을 때 하우영의 애병인 두 자루 도끼가 날아들었다. 칠성검법의 초식 그대로 여린의 열 걸음 앞에서 도끼는 각각 일곱 개씩 총 열네 개의 잔영을 그리며 날아왔다. 삼엄한 기세를 내뿜으며 여린의 주변을 에워싸듯 날아드는 도끼날에 의해 여린의 몸뚱이가 금방 갈가리 찢어질 것 같았다.

여린은 저항할 의지도, 능력도 없어 보였다. 하지만 그의 입가엔 여전히 웃음이 걸렸다. 여린이 허리춤의 목검을 천천히 뽑아 들었다. 열네 가닥의 도끼 날이 목전까지 닥쳐 드는 찰나, 여린이 목검을 좌우로 가볍게 흔들었다.

빠바바바박!

순간 굉렬한 폭음과 함께 열네 가닥의 도끼 날이 철벽에라도 가로막힌 듯 분분히 터져 나가기 시작했다.

하우영의 눈이 경악으로 부릅떠졌다.

여린이 구사한 검초는 저자에서 단돈 석 푼이면 살 수 있는 삼재검이란 비급 중에서도 가장 기초적인 청룡출수(靑龍出水)의 수법이었던 것이다.

청룡출수. 청룡출수 따위에 나의 칠성검법이 가로막히다니…….

하우영은 눈앞에서 벌어지고 있는 광경을 도저히 현실로 받아들일 수 없었다.

빠르게 되돌아온 두 자루 도끼를 움켜쥐며 하우영은 핏발 선 눈을 치떴다. 스스로에 대한 믿음과 여린에 대한 불신이 극렬한 분노로 이어졌다.

"목을 내놓아라, 이놈!"

허공으로 삼 장이나 뛰어오른 하우영이 두 자루 도끼를 땅바닥을 향해 내던졌다. 도끼가 땅바닥 깊숙이 쑤셔 박히는가 싶더니 곧이어 땅 밑으로 커다란 두더지 두 마리가 기어가듯 두 줄기 고랑이 여린을 향해 쏘아졌다.

쌍성암혼(雙星暗混)!

도끼라는 병장기의 특징을 최대한 살리기 위해 하우영이 유성검법의 절초를 변형하여 만들어낸 회심의 일초였다.

여린은 지진이라도 난 것처럼 땅바닥을 두 갈래로 가르며 쏘아져 오는 막강한 경기를 덤덤히 지켜보았다. 겉으론 태연했지만 내심 그도 긴장하고 있었다. 눈에 보이지 않는다는 것은 그만큼 방어하기 어렵다는 뜻. 거기에 역발산의 기세까지 실렸다면 따로 말할 필요조차 없었다.

여린이 양손으로 잡은 목검을 눈높이로 천천히 들어 올렸다. 그리고 검봉으로 발밑을 강하게 찍었다. 동시에 여린의 혼신이 실린 경력이 검봉을 통해 땅 밑으로 흘러들었다.

쿠콰콰쾅!

여린의 경력과 하우영의 자오신공이 정면 충돌하며 땅바닥이 맹렬히 터져 올랐다. 전신을 갈가리 찢어발길 듯한 폭발의 압력을 피해 여린은 재빨리 신형을 날렸다. 허공 높이 날아오른 여린은 칠판교(七板橋)의 수법으로 순식간에 일곱 번이나 신형을 뒤집으며 사방에서 날아드는 파편들을 튕겨냈다.

남루한 단의 곳곳이 찢어진 채 간신히 땅바닥으로 내려서는 여린을 향해 숨 쉴 틈조차 주지 않고 하우영이 일도양단의 기세로 쌍도끼를 휘두르며 덮쳐들었다. 허리를 팍 숙여 도끼 날을 피한 여린이 오히려 하우영의 품속으로 파고들었다. 숱한 악인들의 피를 머금은 도끼 날이 좌우에서 여린의 얼굴을 으스러뜨리려는 순간, 여린이 섬전처럼 하우영의 목전에 즙포사신의 영패를 디밀었다.

여린의 얼굴과 일 푼(分) 정도의 간격을 두고 도끼 날이 아슬아슬하게 멈췄다.

한동안 눈을 부릅뜨고 영패를 들여다보던 하우영이 맥없이 물었다.

"즙포?"

여린이 히죽 웃었다.

"사하현 현청으로 부임한 신임 즙포 여린이오."

"카아악~ 퉤엣!"

상관에게 예를 표하는 대신 하우영이 땅바닥에 걸쭉한 가래침을 뱉었다.

그리곤 홱 돌아서서 미련없이 걸음을 옮겼다.

"망할, 지난밤 꿈자리가 개차반이더니만. 조심하슈, 즙포 양반. 그 잘난 영패를 내보이기도 전에 목 없는 귀신이 될 수도 있수다."

"하우영 포두."

자신의 이름을 부르자 하우영이 멈칫했다.

엄청 불쾌한 표정으로 돌아보는 하우영을 향해 여린이 씨익 웃으며
말했다.

"청성의 직전제자였다가 사부인 벽산 진인이 철기방에 의해 피살당
한 이후 무관으로 임관, 검문현 현청에서 십여 년간이나 철기방 타도의
선봉에 섰다가 무리한 수사로 오히려 탄핵을 받고 이 외진 잔도에서
좀도둑이나 쫓는 처량한 신세가 된 하우영 포두 맞습니까?"

"주둥이 함부로 놀리지 마라! 내 혈부는 지위 고하를 가리지 않는
다!"

하우영이 도끼 날로 여린의 얼굴을 겨누며 낮게 으르렁거렸다.

그 정도 위협에 물러설 여린이 아니었다.

"무가(武家)의 허울을 빌어 온갖 악행을 일삼는 철기방 무뢰배들의
목을 썩은 무 썰 듯 잘라내 얻었다는 일악일살이란 별호가 특히 마음
에 들더군요."

하우영은 새삼 이채를 띠고 여린의 얼굴을 살폈다. 저 뺀질거리는
젊은 관원 놈이 자신의 뒷조사를 하고 다닌 게 분명했다. 대체 무슨 목
적으로?

여린 쪽으로 한 걸음 성큼 다가서며 하우영이 물었다.

"너, 뭐 하는 놈이냐?"

"당신과 같은 목적을 가진 사람."

"……."

하우영이 핏발 선 눈을 치뜨고 여린의 얼굴을 뚫어지게 노려보았다.

"내 목적이 뭔데?"

여린이 은은한 안광을 내뿜으며 낮고 결연히 내뱉었다.

"다시 철기방을 칩시다. 나와 손을 잡으면 절대 실패하지 않을 겁니다."

한동안 벙찐 표정으로 여린을 바라보던 하우영이 피식 실소를 흘렸다.

"큭큭! 제발 사람 좀 그만 웃기시오, 신임 즙포 양반."

"농담이 아니오. 난 내 혼을 팔아서라도 철기방을 멸문시킬 작정이오."

하우영이 웃음을 뚝 그치며 발작적으로 소리쳤다.

"주둥일 찢어놓기 전에 닥쳐, 애송이 새끼야! 나보고 관원을 믿으라는 거냐? 너희 관원 놈들이 조금만 도와줬어도 난 진작에 철기방을 궤멸시킬 수 있었어?!"

지나친 흥분으로 헉헉 가쁜 숨을 몰아쉬는 하우영의 얼굴을 여린은 조용히 들여다볼 뿐이었다. 하우영에게선 상처받은 효웅의 애잔함이 느껴졌다.

하우영을 끌어안아 주고 싶다는 생각을 하며 여린이 나직이 말했다.

"나는 다르오."

"다르시다? 뭐가 어떻게 다른데?"

하우영이 여린의 멱살을 와락 움켜잡으며 얼굴을 바싹 들이밀었다.

"즙포사신이 어떤 족속들인지 얘기해 줄까? 응? 한 일 년쯤 철기방에 대한 내사를 진행하다가 조그만 외압이 들어오거나 사건을 무마하기 위해 윗선에서 좀 더 나은 자릴 제시하면, 이 날파리 같은 것들은 뒤도 안 돌아보고 보따리를 싸더군. 남은 사람은 죽거나 살거나 신경도 쓰지 않고 말씀이야. 너희 즙포들은 자존심도 없고, 사명감도 없어. 오로지 쇳가루를 긁어모아 북경의 고관대작들에게 줄을 댄 후 중앙 직으로 영전되는 꿈이 있을 뿐이지."

"난 다르다고 했소."

"그러시겠지. 하지만 내가 모셨던 잘난 즙포님들도 처음엔 똑같은 소릴 했어. 내가 아는 한 즙포사신은 딱 두 부류밖에 없어. 겁쟁이거나… 거짓말쟁이거나."

하우영이 입술을 비틀며 비릿한 조소를 흘렸다.

그런 하우영의 얼굴을 바라보는 여린의 얼굴에서 갑자기 웃음기가 싹 사라졌다. 그는 자신의 폐부 깊숙한 곳에 숨겨두었던 분노와 회한을 끌어올렸다. 여린이 하우영의 손을 뿌리치며 버럭 소리쳤다.

"난 철기방을 치기 위해 십 년을 준비했어!"

"이제 막 부임한 초짜 즙포께서 타도 철기방을 위해 십 년간이나 안배를 해오셨다? 당신, 도대체 몇 살이야?"

여린의 안색이 무섭게 일그러졌다. 여린이 입을 꾹 다물고 하우영을 무섭게 노려보았다. 하우영도 눈에 힘을 주면서 두 사람의 시선이 얽히는 지점에선 당장이라도 불꽃이 튀길 것 같았다.

한참을 그렇게 하우영을 노려보던 여린이 마침내 입을 열기 시작했다. 그리고 지난 십 년간 사부 당상학을 제외하곤 그 누구에게도 발설하지 않았던 자신의 원한에 대해 털어놓기 시작했다.

어느새 밤하늘로 반 동강난 달이 떠올랐다. 반달 아래 겨울 바람이 휩쓸고 지나가는 강변에 여린과 하우영은 석상처럼 마주 서 있었다. 여린이 낮은 목소리로 털어놓는 참혹한 과거를 하우영은 한마디도 놓치지 않으려는 듯 신중히 듣고 있었다. 여린의 긴 고백이 모두 끝났을 때 하우영이 여린을 와락 끌어안았다.

여린이 하우영을 만나고 있던 그날 새벽, 총관 곽기풍과 그의 심복(?) 장숙과 단구는 천화루 길 건너편에 서서 영업이 끝나고 불이 완전히 꺼진 천화루를 노려보고 있었다.

이 추운 새벽 곽기풍이 장숙, 단구와 함께 허리춤에 군도까지 꿰차고 행차한 이유는 간단했다.

"한주 향주인 독사성 대형을 잡고 싶으면, 일단 천화루 마 대인부터 족치시오."

신임 줍포사신 앞에서 오줌까지 지린 갈산악이 생을 완전히 포기한 얼굴로 그렇게 자복했기 때문이다.

'복잡해. 일이 아주 복잡하게 꼬이고 있어.'

속으로 끌끌 혀를 차며 곽기풍은 천화루의 굳게 닫힌 대문을 쳐다보았다.

이때 대문이 빼꼼히 열리더니 꼭 쥐 삶아놓은 것처럼 생긴 점소이 한 놈이 얼굴을 내밀었다. 주위를 휘휘 둘러본 놈이 재빨리 길을 건너 담 모퉁이에 숨어 있는 곽기풍 앞으로 왔다.

"알아봤어?"

얼마 전, 아편을 피우다가 장숙과 단구에게 직빵으로 걸린 점소이를 향해 곽기풍이 눈을 부라리며 물었다.

"마 대인께선 이층 특실에 머물고 계십니다. 우리 주루에서 가장 이쁜 녹주와 함께."

"아편은?"

"……"

점소이가 잠시 말을 멈추고 곽기풍의 눈치를 살폈다.

이런 개잡놈이 감히 누구 앞에서?

철퍼덕!

곽기풍의 널찍한 손바닥이 점소이의 뒤통수를 후려갈겼다.

"똑바로 못 불어, 새꺄? 현청으로 끌려가 치도곤을 당해봐야 정신 차릴래?"

그제야 점소이가 눈물을 찔끔거리며 말했다.

"아편도 넣어드렸어요. 자그마치 스무 근씩이나."

"앞으로 어른이 물으면 잔머리 굴리지 말고 또박또박 대답해라, 응? 그래야 착한 어린이다, 응?"

점소이의 머리통을 두어 번 더 쥐어박은 후 곽기풍은 장숙과 단구를 거느리고 서둘러 천화루의 대문 안으로 들어섰다.

의자를 올려놓은 수십 개의 탁자를 벽 쪽으로 밀어놓아 더욱 넓어 보이는 천화루 일층을 지나 이층으로 통하는 계단을 오르면서 곽기풍은 저도 모르게 허리춤의 군도를 쓰다듬었다.

'제발 이 칼을 뽑는 일만은 없어야 할 텐데.'

위세가 하늘을 찌르는 현청의 총관 나으리께서 고작 주루의 주인장을 포박하면서 이렇듯 긴장하는 이유는 간단했다. 갈산악의 오른팔로서 유흥가로 유명한 주작동을 꽉 잡고 있는 부당주 사문기 때문이었다.

사문기의 별호는 독지주(毒蜘蛛)다.

독을 뿜는 왕거미처럼 자신이 쳐놓은 거미줄에 걸려든 사람은 누구든 머리통부터 으적으적 씹어먹는다 하여 붙여진 별호였다.

갈산악은 여린과의 술자리를 위해 이곳 천화루로 왔다가 얼결에 현청으로 끌려간 상태였다. 지금쯤이면 갈산악의 최심복인 사문기 역시 눈에 불을 켜고 갈산악의 행방을 찾고 있을 게 뻔했다. 그러니 평소 병장기 두르는 걸 뱀을 품는 것보다 싫어하는 곽기풍이 스스로 군도까지

차고 나설 수밖에.

"어헉… 어헉… 어헉……!"

"아아~ 아아아~ 아아~"

이층 복도 맨 끝 미닫이 방문 안쪽에서 남녀의 숨가쁜 교성이 흘러
나오고 있었다.

문 옆에 찰싹 달라붙어 동정을 살피던 곽기풍이 장숙과 단구를 향해
고개를 끄덕였다.

"꼼짝 마!"

"현청에서 나온 포두다!"

우장창!

장숙과 단구가 문짝을 박살 내며 들이닥쳤다.

방 안은 온통 뿌연 아편 연기로 가득했다. 그 환각의 안개 너머 넓은
침상 위에서 개구리처럼 배가 볼록 나온 마 대인과 눈처럼 흰 피부에
젖통과 엉덩이가 터질 듯 탱탱한 젊은 기녀가 알몸으로 뒤엉켜 있는
게 보였다.

어찌나 아편을 빨아 댔는지 포두들이 들이닥쳤는데도 눈이 뒤집힌
둘은 떨어질 줄을 몰랐다.

"붙어도 아주 제대로 붙었군. 끓는 물이라도 끼얹어야 떨어지겠어."

손수건으로 코를 틀어막은 곽기풍이 멍청히 서 있는 장숙과 단구 사
이로 걸어 들어왔다.

기녀의 다리 사이에 하반신을 밀어 넣은 채 연신 엉덩방아를 찧어대
는 마 대인을 한심하다는 듯 내려다보며 곽기풍이 다급히 말했다.

"빨랑 끌어내! 시간이 없다!"

"헤헤."

알몸 위에 헐렁한 장포만 걸친 채 개침을 줄줄 흘리는 마 대인을 양 옆에서 붙잡고 끌고 오는 장숙과 단구에 앞장서 걸으며 곽기풍은 황망히 천화루 복도를 빠져나오고 있었다.

"으허헉!"

막 복도 모퉁이를 돌아 나오던 곽기풍은 귀신을 만난 사람처럼 질겁했다. 그 유명한 독거미 사문기가 낭아곤을 꼬나 쥔 십여 명의 철기방 문도들을 거느린 채 떡하니 버티고 서 있었기 때문이다.

갈산악과는 대조적으로 사문기는 오 척이 약간 넘는 작은 키에 삐쩍 마른 체형이었다.

작은 고추가 맵다고 했던가. 볼품없는 체구에서 오히려 섬뜩한 잔혹성이 풍기는 사문기였다.

너무 놀라 입을 헤벌리고 있는 곽기풍과 그 너머 장숙과 단구에게 팔이 붙잡힌 채 축 늘어져 있는 마 대인을 사문기가 재빨리 일별했다.

사문기가 곽기풍을 향해 살갑게 인사를 건넸다.

"현청의 곽 총관님 아니십니까?"

"허허허, 오랜만이로군. 그간 잘 지냈는가?"

곽기풍이 손수건으로 이마의 땀을 닦으며 억지로 웃었다.

"뭐, 염려해 주신 덕분에……."

교활하게 빛나는 사문기의 시선이 다시 마 대인에게로 향했다.

"한데 마 대인은 무슨 일로 포박한 겁니까?"

"포박한 게 아닐세. 실은 마 대인이 아편질을 좀 했었나 봐. 고변이 들어왔으니 조사를 아니할 수도 없고 해서 일단 현청으로 데려가 소명서라도 한 장 쓰게 하려는 게야."

곽기풍이 열심히 설명했지만, 사문기는 믿는 눈치가 아니었다.

"그렇습니까? 하지만 지금은 저희 갈 당주님께서 외유 중이십니다. 이럴 때 중요한 고객인 마 대인을 현청에서 데려가면 오해가 생길 수도 있으니 나중에 다시 방문해 주시지요."

"갈 당주에겐 내 따로 연통을 넣도록 하지. 형식적인 조사니까 너무 염려할 필요 없다네."

사람 좋게 웃으며 곽기풍이 사문기를 스쳐 걸어나가려고 했다.

그런 곽기풍의 앞을 막아서며 사문기가 눈을 치떴다.

"당주께서 돌아오시기 전까진 안 된다고 말씀드렸습니다만……."

"허어, 답답한 친구들을 봤나? 자네들, 이게 다 공무집행 방해란 거 모르나? 그거 무지 큰 죄야."

스르릉!

곽기풍의 말이 끝나기가 무섭게 사문기가 등 뒤에 메고 있던 폭이 좁은 첨예도를 뽑아 겨누었다.

곽기풍이 질겁하며 물러섰다.

"왜, 왜 이러나? 어서 그 칼 거두시게."

"우린 어려운 말 잘 몰라. 그저 이 칼을 믿을 뿐이지."

사문기가 눈을 퍼렇게 빛내자 병풍처럼 둘러선 십여 명의 수하도 낭아곤을 치켜 올리며 자욱한 살기를 내뿜기 시작했다.

"이거야 원 참, 곤란하게 됐구먼."

곽기풍이 뒤쪽 장숙과 단구를 돌아보며 난감한 표정을 지었다. 이건 세 사람이 정한 하나의 신호였다.

장숙이 품속에서 재빨리 병참수 반철심의 역작 폭구를 끄집어내자 단구가 군도 칼등으로 그것을 힘껏 내려쳤다. 장숙의 손에 들려 있던 폭구가 어느새 곽기풍의 손으로 넘어왔고, 곽기풍은 그걸 사문기의 머리 위로 던졌다.

"조심해! 벽력탄이다!"

퍼어엉!

곽기풍의 급박한 외침과 함께 사문기의 머리 위에서 폭구가 폭발했다.

좁은 복도가 온통 시커먼 연기로 뒤덮이며 사문기의 급박한 외침이 터져 나왔다.

"콜록콜록! 과, 곽가를 붙잡아! 놈이 마 대인을 데려가지 못하게 해!"

그러나 곽기풍 등은 이미 자취를 감춘 후였다.

"끼럇! 끼럇!"

투투투투투!

길 모퉁이에 숨겨둔 마차를 전속력으로 몰고 달아나는 마차 안에서 곽기풍은 새삼 반철심의 재능에 혀를 내둘렀다.

사문기 일당을 걱정하는 곽기풍에게 병참수 반철심이 작은 쇠 구슬을 내밀며 급박한 순간에 이걸 터뜨리면 활로가 뚫릴 것이라고 귀띔했던 것이다. 폭구 안 화약의 양을 절반으로 줄이는 대신 그 안에 회분(灰分)을 채워서 폭발력은 줄이고, 검은 연기만 터져 나오게 만든 건 반철심 자신만이 아는 비밀이었다.

폭구란 이름 대신 폭연(爆煙)이란 별칭을 붙여둔 것도.

천화루 대문 앞에 서서 멀어지는 마차 뒷꽁무니를 노려보며 사문기는 으드득 이를 갈아붙였다.

"이제 보니 우리 당주님도 저놈들이 끌고 간 것 같구나."

"쫓을까요?"

"병신 같은!"

퍼억!

사문기의 노화가 엉뚱한 수하에게로 쏠렸다.

벌겋게 부어오른 뺨을 감싸쥔 수하를 노려보며 사문기가 씹어뱉었다.

"이게 우리끼리 해결할 문제냐? 어서 한주 향주이신 독사성 대형께 전서구를 띄워!"

삐이이—!

잠시 후, 아직 어둑한 새벽 하늘 위로 전서를 매단 매 한 마리가 울음소리를 길게 내지르며 날아올랐다.

사천성 한주는 예향(藝鄕)의 고장이다.

남으론 만현(萬縣)과 같은 장강 하류의 발달된 항구 도시가 있고, 북으로는 성적사(聖積寺)와 같은 천 년 고찰들이 밀집해 성내의 많은 부호들이 여름 별장을 짓고 그들의 환심을 사려는 많은 문호들과 화백, 악극단원들이 한주로 몰려들었다.

그중에서도 한주는 특히 경극(京劇)의 중심지였다.

경극은 원래 북경 지방에서 유래되었다. 전통적인 가곡(歌曲)에 연기 양식을 혼합한 형태로 초패왕과 애첩 우미인을 주인공으로 한 패왕별희(覇王別姬)처럼 주로 왕후장상의 영웅담이나 애정 행각을 소재로 다루었다.

이 무렵, 혼탁한 정치 상황과 맞물려 사회 전체가 퇴폐화되면서 경극은 부호들이 베푸는 각종 주연에서 발가벗은 선남선녀들이 등장하여 노골적인 성애를 묘사하는 기형극으로 변질되고 있었다. 극을 한 번 벌일 때마다 황금 수십 관씩을 벌어들이자, 늘 새로운 수입원을 찾고 있던 강호의 제 방파들은 인기있는 경극단을 서로 차지하기 위해 칼부림까지 벌였다.

이런 한주에서도 가장 권위를 인정받는 경극원(京劇院)이 바로 백학예원(白鶴藝院)이었다.

경극원이란 규모에 따라 수 개, 혹은 수십 개의 경극단을 거느리고 각지에서 경극을 벌여 막대한 수입을 벌어들이는 일종의 구락부 형태의 경극 집단을 의미한다.

수만 호에 이르는 기와집들과 그 사이를 가로지르는 잘 닦인 관도로 이루어진 한주 번화가 한복판에 백학예원은 자리하고 있었다.

백학예원을 처음 방문한 사람은 일단 그 어머어마한 규모에 입이 떡 벌어진다.

커다란 날개를 활짝 펴고 비상하는 두 마리 백학이 새겨진 성문 같은 대문을 지나면 무릉도원인 듯 인공 호수까지 갖춰진 정원이 드넓게 펼쳐진다. 정원 너머에는 어느 왕야의 대장원 부럽지 않게 수많은 고루거각들이 즐비했다.

그 고루거각들 한복판에 자리잡은 육층짜리 거대한 누각이 방문자들의 시선을 단번에 사로잡는다. 전각의 처마 밑엔 일필휘지의 필체로 '선학대전(仙鶴大殿)'이라 쓴 현판이 보인다.

선학대전 맨 꼭대기 층 넓은 대전 안에 다섯 명의 장년인이 일렬로 죽 놓인 의자에 앉아 있었다. 장년인들은 하나같이 값비싼 비단 장포 차림이었다. 그중에서도 가운데 앉은 장년인은 비단 중에서도 가장 귀

하다는 홍화금라(紅花錦羅)를 입었는데, 분위기로 보아 장년인들의 수
좌임을 알 수 있었다.

사십을 훌쩍 넘긴 장년인은 피부가 팽팽하고 낯빛이 청수해서 이제
갓 서른을 넘긴 듯 보였다. 깊은 눈매와 시원한 콧날, 늘 온화한 미소
를 머금은 입술 등으로 해서 사내는 오랜 세월 초야에 묻혀 학문만을
연구한 대학사처럼 보였다. 그래서 장년인의 별호는 예학사(藝學士)였
다.

하지만 사내의 주변에 앉은 네 명의 심복은 예학사란 고고한 이름으
로 불리우는 장년인이 일단 한 번 화를 내면 어떤 사단이 벌어지는지
잘 알고 있었다. 각각 명망 높은 경극단 단장들로 백학예원에 흡수된
자신들 같은 예인(藝人)들은 벌레처럼 밟아 죽이고 말리라.

장년인의 본명은 독사성.

그가 바로 철기방의 방주 철태산의 열두 의제(義弟) 중 한 명으로,
한주의 향주를 맡고 있는 인물이었다.

독사성은 만면에 미소를 머금고 새로이 조직된 경극단 여배우들의
악극 시연을 감상하고 있었다.

朝辭白帝彩雲間
아침 백제성의 아롱진 구름 사이를 떠나,
千里江陵一日還
천 리 길 강릉을 하루 만에 돌아왔네.
兩岸猿聲啼不住
양 기슭에선 잔나비 울음 그치지 않는데,

輕舟已過萬重山

가벼운 배는 벌써 만 겹의 산중을 지났다네.

세월의 덧없음을 노래한 이백의 시 '조발백제성(早發白帝城)'에 음을 붙여 악극으로 개사한 곡이었다. 이제 갓 열여덟이나 되었을까? 세 명의 꽃다운 처녀가 잠자리 날개처럼 속살이 훤히 비치는 얇은 화의를 입고 너울너울 춤추며 노랠 부르고 있었다.

저들이 세월이란 말의 의미를 알기나 할까?

짐짓 한탄스럽다는 표정으로 노랠 불러 젖히는 처녀들을 바라보며 독사성은 절로 웃음이 배어 나왔다.

이제 경극 배우는 가난에 지친 어염집 여식들에겐 인생을 역전시킬 수 있는 최고의 기회로 여겨졌다. 꿈을 이루기 위해 그들은 기꺼이 가려린 몸뚱일 내던질 준비가 돼 있었다.

세 처녀 중 가운데 서서 자신을 향해 유독 방긋방긋 웃는 앳된 처녀의 얼굴을 바라보며 독사성은 새삼 십여 년 전 자신의 결정이 참으로 현명했다는 생각을 하고 있었다.

사천이 어떤 땅인가?

구대문파 중에서도 청성, 점창, 아미가 득세하고, 오대세가 중 가장 악랄하다는 당문의 근거지가 사천이다. 이 틈바구니에서 이권을 챙기자니 당연히 하루가 멀다 하고 살이 터지고 뼈가 부러지는 혈전의 연속이었다.

강호의 제 방파들이 하나같이 무(武)와 협(俠)을 기치로 내걸고 있으나, 결국 본질은 돈이었다. 금력이 있어야 무력을 유지할 수 있고, 금력을 바탕으로 훌륭한 제자들을 키워야 사문의 이름을 떨칠 수 있다.

그의 사형이자 대철기방의 방주이신 철혈대제(鐵血大帝)께옵서도 전장에서 선두를 지키는 용장보다 조용히 시전(市廛)에 묻혀 방의 살림살이에 도움을 주는 지장을 더 어여삐 여긴다고 하지 않으셨던가?

그래서 독사성도 냉혼흉살(冷魂凶殺)이란 표독스런 별호를 버리고 예학사란 점잖은 별호를 얻었다. 물론 예능을 숭상하는 학사란 별호를 얻기까지 그가 들인 공과 시간이 적지 않았음은 물론이다.

각고의 노력 끝에 건설한 백학예원은 일 년에 수천 관의 황금을 벌어들여 다른 방파들과의 이권 다툼이 끊이지 않는 저자의 기루나 상점 수백 개를 합한 것보다 나았다. 당연히 방 내에서 독사성의 위치가 공고해질 수밖에 없었다.

꽃밭을 헤매는 나비인 듯 너울너울 춤추던 세 처녀의 노래도 모두 끝나고, 처녀들이 독사성을 향해 정중히 허릴 숙이며 인사했다. 독사성의 음흉한 시선이 가운데 처녀의 희고 풍성한 젖무덤에 꽂혔다.

"어떻습니까, 원주님?"

독사성 우측편에 앉은 염소수염의 장년인이 손바닥을 비비며 물었다.

"좋군. 내일부터 극에 배치시키도록 하지."

독사성이 짧게 답하며 자리에서 일어섰다.

장년인들이 재빨리 따라 일어나 우르르 독사성을 따랐다.

"아참."

독사성이 문득 멈칫하며 염소수염을 돌아보았다.

염소수염이 허릴 직각으로 꺾었다.

"하명하소서."

"방금 가운데 서서 노래 부르던 아이 이름이 뭐라고 했지?"

"예? 아, 예. 하연이라고……."

"하연(夏緣). 여름에 만난 인연이란 뜻인가? 하긴 이 지루한 겨울에 여름을 만나보는 것도 괜찮겠지."

피식 웃으며 독사성이 돌아섰다. 나머지 세 장년인이 재빨리 독사성을 수행했다. 홀로 남은 염소수염이 한동안 눈을 껌뻑껌뻑하다가 스윽 뒤를 돌아보았다. 긴장이 풀렸는지 호호거리며 수다를 떨어 대는 처녀들 중 유독 색기가 넘쳐 보이는 하연이란 계집아이의 얼굴이 눈에 들어왔다.

하연은 방문을 열고 칠흑처럼 어두운 방 안으로 들어섰다.

쿵!

방문이 저절로 닫히며 그녀는 어둠 한복판에 갇히게 되었다. 한동안 눈을 홉뜨고 방 안을 둘러보았지만 너무 어두워 아무것도 보이지 않았다.

더럭 겁이 난 그녀는 방 안쪽을 향해 간신히 중얼거렸다.

"워, 원주님, 하연이에요, 원주님. 찾으신다는 말씀을 전해 듣고 왔는데요."

"벗어."

방 안쪽에서 낮고 음산한 목소리가 들렸다.

하연은 소리 나는 방향으로 시선을 모았다. 그러자 한 장년인의 모습이 아주 흐릿하게 보이기 시작했다. 방 안쪽 널찍한 책상 위에 걸터앉은 장년인은 놀랍게도 완전 알몸이었다. 경극 배우를 꿈꾸는 모든 여인들이 흠모해 마지않는 예학사 독사성이 먹잇감을 노리고 어둠 속에 도사린 야수처럼 하연을 쏘아보고 있었다.

약간 말랐지만 근육질로 똘똘 뭉쳐진 독사성의 전신은 아비규환의 전장을 누빈 장수처럼 크고 작은 칼자국으로 뒤덮여 있었다. 한 마리 푸른 용이 그의 사타구니에서부터 꿈틀꿈틀 기어올라 와 가슴 한복판에서 시뻘건 불꽃을 토해내는 문신이 무시무시했다.

하연은 지금 자신이 처한 상황이 혼란스럽기만 했다. 어쨌든 한 가지는 확실했다. 자신이나 친구들이 예학사 독사성에 대해 몰라도 너무 몰랐다는 것.

사지를 벌벌 떨며 하연이 간신히 입을 달싹였다.

"방금 뭐라고 하셨는지……?"

"벗으라고 했다."

일말의 감정도 담기지 않은 독사성의 음성에 하연은 그만 눈물이 나려고 했다.

물론 서북삼성 모든 예인들의 대부인 독사성에게 의도적으로 추파를 던진 것도 사실이고, 이 방으로 불려 들어오면서 십팔 년간 고이 간직해 온 처녀를 바치게 될 것이란 각오도 했다. 하지만 이런 살풍경은 전혀 예상치 못했다. 부유하고 경험 많은 중년인의 따스한 위로와 부드러운 손놀림을 기대했던 그녀였다.

"벗으라는 말이 안 들리나?"

독사성이 퍼런 안광을 폭사하며 다시 명령했다.

하연은 벌벌 떨리는 손을 간신히 놀려 천천히 얇은 겉옷을 벗기 시작했다.

그녀는 곧 가슴과 사타구니만 가린 부끄러운 모습으로 서게 되었다.

"속옷도 마저 벗어야지."

독사성은 그녀의 마지막 자존심 따윈 아랑곳하지 않았다.

포기한 하연은 가슴 가리개를 풀어 희고 풍만한 가슴을 완전히 드러 낸 후 천천히 속곳마저 끌어내려 작은 체구에 비해 유난히 큰 엉덩이 까지 드러냈다.

독사성의 뱀 같은 눈이 그녀의 알몸을 천천히 음미했다. 마치 끈적 한 혓바닥이 살갗을 훑고 지나가는 것만 같아 그녀는 부르르 진저리를 쳤다.

독사성이 책상 위에서 천천히 일어나 하연 바로 앞으로 다가왔다.

오른손으로 하연의 턱을 잡아 슬쩍 들어 올리며 독사성이 차갑게 물 었다.

"사람을 죽여본 적 있나?"

"예… 예?"

"사람을 죽여본 적 있느냐고?"

"어, 없는데요."

"그럴 테지. 살인이란 그리 흔한 경험이 아니니까."

독사성의 눈이 비정상적으로 번들거렸다.

하연은 거미줄에 걸려든 나비처럼 심장이 파닥거림을 느꼈다. 그녀 를 옭아맨 거미줄은 너무 질기고 튼튼해서 도저히 빠져나갈 방법이 없 어 보였다.

독사성이 그녀의 턱을 바싹 끌어당기며 낮고 음산하게 중얼거렸다.

"난 열여섯에 첫 살인을 했다. 내가 자란 흑수(黑水)의 빈민촌에 불 곰이란 퇴물 무뢰배 놈이 살았는데, 그 마을에서만은 제왕처럼 군림하 던 작자였지. 이놈이 하루는 보호비를 내지 않는다며 우리 어머니의 좌판을 박살 냈지 뭐냐? 내가 놈을 어떻게 했을 것 같아? 응?"

"……."

"그날 밤 불곰의 집 앞에 숨어 있다가 술에 취해 기어들어 오는 놈의 배때기에 칼을 쑤셔 박았지. 불신, 분노, 고통, 비탄. 온갖 복잡한 감정들이 죽어가는 놈의 눈 속에 마구 뒤엉켜 있더군. 하지만 최후에 남는 건 역시 공포였어. 그 진저리쳐지도록 흉포했던 놈이 공포에 떨며 죽어가는 모습을 보며 난 그만 사정을 해버리고 말았어. 그때 처음 알았지. 나란 인간에겐 살인 충동과 성욕이 동시에 일어난다는 사실을 말야."

콰악!

"윽!"

독사성이 갑자기 수밀도 같은 젖가슴을 으스러져라 움켜잡자 하연은 신음을 삼켰다.

독사성이 그녀의 희고 긴 목덜미를 핥으며 말했다.

"그래서 지금 난 고민 중이야. 너와 정사를 즐겨야 할지, 아니면 네가 고통스럽게 죽어가는 모습을 지켜보는 희열을 맛봐야 할지."

하연의 눈에서 굵은 눈물 방울이 주르륵 흘렀다. 너무 무서워 숨조차 쉴 수 없었다.

"무서운가?"

독사성이 그녀의 입술을 빨며 다시 묻는다.

"사, 살려주세요. 제발……."

"걱정 말거라, 얘야. 이대로 죽이기에 넌 너무 아까운 몸을 가졌구나."

"허어억!"

다시 책상 위에 엉덩이를 걸친 독사성이 무릎 위에 앉힌 하연의 어린 비부에 인정사정없이 하초를 밀어 올렸다. 하연은 극심한 고통에 찢어질 듯 입을 벌렸다. 허벅지를 타고 그녀가 처녀임을 증명하는 선명한 핏줄기가 흘렀다. 하지만 독사성은 멈추지 않았다.

숨 한 번 흐트러지지 않는 태연한 얼굴의 독사성이 힘차게 허릴 튕길 때마다 하연은 악악 고통에 찬 비명을 질러 대며 엉덩방아를 찧어 댈 뿐이었다.

고통을 이기지 못하고 허릴 비틀려는 하연의 엉덩이를 독사성의 양손이 우악스럽게 움켜잡았다. 그 상태에서 미친 듯 허리를 튕겨 올리는 독사성의 모습은 마치 커다란 뱀 한 마리가 연약한 학을 친친 휘감고 통째로 집어삼키려는 것처럼 보였다.

"끄으으윽……!"

갑자기 하체가 불에 달군 듯 뜨거워짐을 느끼며 하연은 눈을 허옇게 까뒤집었다.

온몸의 기력이 쭉 빠져나가며 정신이 혼미해졌다. 독사성의 흉물스런 하초가 들락거리는 그녀의 사타구니 쪽에서 서너 가닥의 검고 사이한 연기가 피어오르기 시작했다. 그녀의 척추를 타고 굵은 핏줄이 터질 듯 돌출되었고, 사타구니와 연결된 그 핏줄을 타고 아직 앳된 처녀의 진원진기(眞元眞氣)가 독사성의 하초로 꾸역꾸역 흘러들고 있었다.

채음보양술(採陰保養術).

순리(順理)를 따르지 않고 역리(逆理)를 쫓는 사공(邪功)인 독사성의 소녀신공(小女神功)은 이런 사악한 방법으로 연성되고 있었던 것이다.

풀썩!

생기를 모두 빼앗기고 할망구처럼 쭈글쭈글해진 하연이 방바닥에 힘없이 널브러졌다.

"호호."

그런 하연의 시체 너머로 우람한 하초를 곧추세우고 서서 독사성이 음험하게 웃었다.

"저… 향주님."

조심스럽게 부르는 소리에 독사성이 방문 쪽을 휙 노려보았다. 거기에는 사하현의 부당주인 사문기가 보지 말아야 할 광경을 훔쳐본 어린 애처럼 겁에 질려 서 있었다.

사문기는 정말 보지 말아야 할 광경을 보고 말았다.

독사성처럼 사이한 마공이나 음공을 익히는 고수들일수록 수련 과정을 타인에게 보이는 걸 극도로 꺼려했고, 심한 경우 살인멸구(殺人滅口)해 버리는 경우도 허다했다.

독사성의 사나운 눈초리와 딱 마주치는 순간 사문기가 넙죽 엎드렸다.

"죽을 죄를 지었습니다, 향주님! 원하신다면 이 손으로 제 눈알을 뽑아버리겠습니다!"

"무단으로 나의 침소를 범할 만큼 화급한 용무가 아니라면 눈이 아니라 목을 뽑아야 할 일이다."

사문기가 꿀꺽 마른침을 삼키곤 간신히 말을 이었다.

"실은 사하현 현청의 신임 즙포란 작자가 저희 당주님을 납치했기에 이렇듯 달려왔습니다."

독사성의 미간이 씰룩했다.

사실이라면 보통 일이 아니다. 오랜 세월 철기방과 협력 관계였던 관은 영왕의 역모 사건이 터지면서 심상찮은 조짐을 보이기 시작했다. 관과의 갈등은 자칫 무림 세가의 멸문과 직결될 수 있는 심각한 문제였다.

한동안 곰곰이 머리를 굴리던 독사성이 사문기를 향해 툭 내뱉었다.

"사하현이라면 우리에게 협력하는 총관 곽기풍이 있지 않나? 그에게 정보를 캐내면 될 것이다."

사문기가 번쩍 고갤 쳐들며 분하다는 표정으로 말했다.

"바로 그 작자가 제 눈앞에서 천화루 마 대인을 포박해 갔습니다. 아마도 갈 당주를 엮어 넣기 위한 증거를 수집하려는 것 같습니다."

"곽기풍 그 소심한 위인이?"

독사성은 직감적으로 사태가 심각함을 깨달았다. 철기방이 관을 짓눌러 온 무기는 공포와 금력 두 가지였다. 그중에서도 공포라는 압박 수단이 사라졌다면 이는 보통 문제가 아니었다.

누군가 대단한 세력이 그 겁쟁이 총관에게 자신들보다 더욱 무서운 공포를 안겨줬으리라.

공포가 사라졌다면 두 가지 방법뿐이다. 더 많은 황금으로 매수하거나 무시무시한 힘으로 응징을 가해 다시 치떨리는 공포를 심어주거나.

지금은 후자를 선택할 시점이었다.

독사성의 심중을 헤아린 사문기가 주먹을 불끈 쥐어 보이며 위맹하게 소리쳤다.

"명령만 내려주십쇼. 당장 달려가 신임 즙포사신과 너구리 같은 곽가 놈을 요절내 버리겠습니다."

"영왕 전하의 문제가 터지면서 예기치 못한 돌발 사태가 발생할지도 모른다는 방주님의 당부가 슬슬 현실로 나타나는구나. 이쯤에서 한 번 경고를 해두는 것도 의미가 있겠지."

독사성이 조용히 중얼거리자 말뜻을 알아들은 사문기가 독랄하게 웃었다.

"잘 알겠습니다, 향주님. 내일 밤 즙포사신과 총관 놈의 시체가 흑수에 떠오를 것입니다."

"내가 너에게 그리 말하더냐?"

독사성의 싸늘한 물음에 사문기가 흠칫했다.

"예?"

"내가 너에게 관원을 죽이라고 명령하더란 말이냐?"

독사성의 눈가로 섬뜩한 한광이 스쳤다.

한동안 눈을 껌뻑껌뻑하며 독사성의 급변한 안색을 살피던 사문기가 비로소 알아들었다는 듯 방바닥에 쿵쿵 이마를 짓찧었다.

"천부당만부당한 말씀입니다. 향주님께서 그런 지시를 내리실 리가 있겠습니까?"

"제대로 봤다. 난 이미 그 옛날의 냉혼흉살이 아니야. 예학사로 불리우며 모든 예인들의 존경을 한 몸에 받는 명망가란 말이다."

독사성이 으스스한 눈으로 사문기를 쏘아보며 쐐기를 박았다.

"난 오늘 널 만난 적도, 얘길 나눈 적도 없다. 알아들었으면 가보거라."

"명심, 또 명심하겠습니다."

다시 밤이 찾아왔다. 현청 본관 오층, 여린의 집무실 창에는 오늘도 불이 환하게 밝혀져 있었다.

"으하아암~"

집무실 자신들 책상 앞에 나란히 앉아 장숙과 단구가 늘어지게 하품을 했다. 맞은편에 앉은 화초랑도 두 사람을 따라 절로 기지개를 켰다. 신임 즙포사신이 부임한 이후 계속된 강행군으로 세 사람 모두 피곤에 지쳐 있었던 것이다.

장숙이 쩝쩝 입맛을 다시며 투덜거렸다.

"못해먹겠군. 신임 즙포께서 부임하신 이후 하루가 멀다 하고 야근이니 원."

단구도 맞장구를 쳤다.

"누가 아니래? 마누라 방댕이 구경 못한 지 벌써 나흘째야. 이러단 쫓겨나게 생겼어."

"그나저나 지난 이틀 동안 즙포님은 왜 입청조차 않으시는 걸까요? 혹시 몸살이라도 나신 건 아닐까요? 처소라도 알면 달려가 간병을 해드리겠구먼. 왜 날 부르지 않고 엉뚱한 총관님만 불러내신 걸까요?"

화초랑이 깍지 낀 양손 손등 위에 턱을 괴고 몽롱하게 중얼거렸다.

"너……."

"설마……."

장숙과 단구가 의심의 눈초리로 화초랑을 쏘아보았다.

"뭐, 뭐요?"

"즙포사신님을 연모하는 거냐?"

"무, 무슨 헛소리예요? 누가 누굴 연모한다고?"

황망히 변명하는 화초랑의 얼굴이 홍시처럼 발개졌다.

평소 현청의 여장부로 통하며, 웬만한 사내들은 발가락의 때만큼도 여기지 않던 그녀이다. 그런 그녀가 농 한마디에 얼굴을 붉히다니…….

'이거 앞으로 재밌어지겠는걸.'

장숙과 단구가 서로의 얼굴을 마주 보며 의미심장하게 웃었다.

"그 웃음의 의미는 뭐죠? 왜 사람을 바보로 만들어요?"

화초랑이 주먹으로 책상을 후려치며 박차고 일어섰다.

"무슨 일 있습니까?"

이때 여린이 자신보다 목 하나쯤 더 큰 하우영을 거느리고 들어섰다.

여전히 흑빛 갑주 차림의 하우영의 등짝엔 거대한 쌍도끼가 메어져 있어 보는 사람으로 하여금 절로 위압감을 느끼도록 만들었다.

"무슨 일은요, 그냥 두 분 포두님과 담소를 나누고 있었답니다. 호호홍."

여린 앞으로 뽀르르 달려온 화초랑이 간살스럽게 웃으며 몸을 배배 꼬았다.

여린이 화초랑을 향해 친근하게 웃었다.

"초랑까지 야근을 한 겁니까? 이거, 여러분께 너무 미안하군요."

"무슨 섭섭한 말씀이세요? 저흰 즙포님과 함께라면 지옥의 불길 속이라도 뛰어들 준비가 돼 있답니다. 그러니 제발 서운한 말씀일랑은 마세요."

화초랑이 여린의 가슴에 살포시 머릴 기대며 말했다.

뒤이어 책상 밖으로 걸어 나온 장숙과 단구의 시선이 하우영에게 쏠렸다. 명색이 무관들인지라 하우영의 범상치 않은 기세에 절로 긴장감을 느낀 것이다.

장숙이 여린을 향해 조심스럽게 물었다.

"한데 함께 오신 분은……?"

여린이 옆쪽으로 한 걸음 물러서며 하우영을 가리켰다.

"인사들 나누십시오. 오늘부터 한식구가 된 하우영 포두요."

"혀, 혈부 하우영?"

"검문현의 살인 도끼!'

장숙과 단구가 동시에 눈을 부릅떴다. 두 사람의 눈에 하우영의 등 짝에 메여 있는 흑적색 쌍도끼가 새삼스럽게 들어왔다.

"반가워요, 하우 포두님. 전 줍포사신 집무실의 홍일점 화초랑이라 고 해요."

하우영이란 이름 석 자를 들어본 적도 없고, 여린이 소개하는 사람 과는 무조건 친해지고 싶은 화초랑이 반갑게 손을 내밀었다. 하지만 하우영은 무덤히 화초랑을 내려다볼 뿐이었다.

"호호, 손을 내민 건 악수를 하자는 뜻이고, 악수를 하자는 건 앞으 로 잘 지내보자는 뜻인데……."

민망해진 화초랑이 내밀었던 손바닥을 들여다보며 어색하게 웃었 다.

듣던 대로 안하무인이로군. 사람을 깔보는 듯한 하우영의 태도에 장 숙과 단구의 표정이 험악해졌다. 서로를 뚫어지게 노려보는 장숙, 단 구와 하우영의 얼굴을 번갈아 쳐다보던 여린이 어색한 분위기를 깨려 는 듯 화초랑을 향해 물었다.

"그런데 곽 총관께서 보이질 않는군요."

화초랑이 고개를 갸웃하며 반문했다.

"무슨 말씀이세요? 총관님은 줍포님의 심부름으로 달려온 마부를 따라 나가셨는데요. 마부가 말하길 줍포님께서 총관님을 급히 모셔오 랬다고……."

"어디요?'

여린이 갑자기 화초랑의 어깨를 우악스럽게 움켜잡았다.

"뭐, 뭐가요?'

"그 마부란 작자가 곽 총관님을 어디로 데려갔느냔 말이오?"

"그냥 흑수 근처라고만……."

"갑시다!"

여린이 하우영과 함께 찬바람을 일으키며 집무실을 빠져나갔다.

흑수는 사하현 외곽에 위치한 작은 호수다.

원래는 푸른 물빛을 자랑한다 하여 청랑호(靑浪湖)라고 불리웠으나 주변에 유민들이 하나둘씩 누추한 초막을 짓고 살기 시작하면서 빈민촌이 형성됐다. 수많은 유민들이 호숫가에서 밥을 짓고 빨래를 하고 또한 뒷간으로까지 이용하면서 호수는 심하게 오염되었다. 그래서 청랑호는 흑수로 바뀌고 말았다.

유명한 우범 지대인지라 해가 지면 행인조차 뜸한 흑수변을 영업용 마차 한 대가 천천히 지나가고 있었다. 늙은 말 한 필이 끄는 초라한 마차 마부석에는 남루한 차림에 텁석부리인 마부가 앉아 있었다.

마차의 창문이 열리면서 짜증스런 곽기풍의 얼굴이 나타났다.

"어이, 마부, 즙포사신은 어디에 있는 거야?"

"이제 거의 다 왔습니다요."

선량한 인상의 텁석부리가 곽기풍을 돌아보며 누런 이를 드러냈다.

"도대체가 말야, 새파란 놈이 추운 밤에 늙은이를 오라 가라 하고 말야. 내가 지깟 놈한테 머리 한 번 숙였기로 이 곽기풍이를 아예 물로 보는 거야, 뭐야?"

아직 겨울임에도 유민들이 내다 버린 온갖 음식 찌꺼기와 똥덩이가 둥둥 떠다니는 흑수로부터 역한 구린내가 풍겨왔다. 구린내가 간신히 억누르고 있던 곽기풍의 노화에 불을 질렀다.

심하게 앓고 있다는 말에 서둘러 달려오긴 했지만, 생각해 보니 이 건 어디까지나 사적인 문제였다. 사적인 일 때문에 불려 다니기 시작한다면 어디까지 요구를 들어줘야 할지 알 수 없다. 더구나 여린은 곽기풍 자신의 집에서 숙식까지 해결하겠다고 공언하지 않았던가?

그것만은 하늘이 무너져도 막을 테다.

곽기풍이 어금니를 지그시 물며 새삼 결의를 다질 때에 마차가 멈추었다.

"고생하셨습니다. 이제 다 왔습니다."

텁석부리가 마차 문을 열어주며 살갑게 웃었다.

마차 아래로 내려서며 곽기풍이 퉁명스럽게 물었다.

"어디냐?"

"저쪽입니다."

텁석부리가 한쪽 송림(松林)을 가리켰다.

"저기 뭐가 있다고?"

곽기풍이 고갤 갸웃하자 텁석부리가 재빨리 대답했다.

"잘 모르시겠지만 저 송림 안에 작은 기루가 하나 있습니다. 유랑민의 어린 딸년들을 싼값에 품을 수 있는지라 주머니 사정이 여의치 않은 분들이나 어린것들을 밝히는 분들이 종종 찾아주곤 합죠."

"이놈의 인간이 발랑 까져 가지곤. 꼭 겉으로 정인군자입네 하는 작자들이 똥구멍으로 호박씨를 까더구만."

곽기풍이 툴툴거리며 마부를 따라 송림 쪽으로 걸음을 옮겼다.

한참을 송림 쪽으로 걸어가던 곽기풍이 문득 멈칫했다. 이제 십여 장 정도로 가까워진 소나무 숲 뒤편으로 서너 개의 인영이 어른거리는 것을 보았기 때문이다. 그중에서 한둘은 분명 손에 병장기를 든 것 같았다.

"왜 그러십니까?"

텁석부리가 곽기풍을 돌아보며 히쭉 웃었다.

곽기풍은 오랜 경험으로 그 웃음 속에 숨겨진 살의를 간파했다.

곽기풍이 똥 마려운 강아지새끼처럼 주춤주춤 뒷걸음질을 치며 말했다.

"가, 갑자기 급한 약속이 생각나서 말야. 즙포께는 새벽녘에 다시 오겠노라 전해주시게."

"여기까지 와서 그럴 수야 없지요. 거의 다 왔으니 잠깐이라도 들렀다 가십시오."

뒷걸음질치는 곽기풍을 텁석부리가 빙글빙글 웃으며 따라왔다.

"으아아! 사람 살려!"

곽기풍이 홱 돌아서서 저쪽에 세워진 마차를 향해 냅다 달리기 시작했다.

"모두 나와라! 교활한 돼지 놈이 매복을 눈치챘다!"

곽기풍을 뒤쫓으며 텁석부리가 소리쳤다.

"와아아!"

소나무 뒤쪽에 숨어 있던 이십여 명의 철기방 문도들이 낭아곤을 휘두르며 짓쳐 나왔다.

"잡아! 돼지 놈을 붙잡아서 산 채로 껍질을 벗겨!"

문도들의 선두에서 폭이 좁은 첨예도를 휘두르며 악을 써 대는 것은 바로 사문기였다.

'부처님 맙소사!'

사문기의 얼굴을 발견한 곽기풍은 하늘이 무너지는 절망감을 맛보았다.

잡히면 죽어도 곱게 죽지 못하리라. 곽기풍은 적을 생포하면 직접 불에 달군 쇠꼬챙이로 산적을 만들어 버린다는 사문기의 잔혹성을 익히 알고 있었다. 무공에 있어서도 사문기는 당주 갈산악에 비해 결코 뒤지지 않는다고 알려졌다. 다만 어려서부터 자신을 거두고 키워준 갈산악에 대한 충성심 때문에 스스로 부당주를 맡았다고 했다.

절대 잡히지 않겠다는 생각으로 곽기풍은 두 다리를 더욱 잽싸게 놀렸다. 하지만 너무 비대한 몸뚱이에 비해 그의 다리는 너무 가늘었다. 결국 다리가 몸을 이기지 못하게 되면서 곽기풍은 균형을 잃고 땅바닥에 고꾸라졌다.

얼굴에 흙을 잔뜩 묻힌 곽기풍이 후닥닥 일어나 앉았을 땐 이미 사문기를 비롯한 이십여 명의 철기방 문도에게 에워싸인 후였다.

사문기가 첨예도를 움켜쥔 손을 번쩍 쳐들며 짐짓 반가운 척을 했다.

"여어~ 요즘 들어 부쩍 자주 보게 됩니다, 곽 총관님?"

곽기풍이 사문기의 다리를 와락 끌어안고 매달렸다.

"이보게, 문기! 나 좀 살려주게! 우리 서로 모르는 사이도 아니잖은가?"

사문기가 그런 곽기풍의 머리채를 우악스럽게 움켜잡으며 으르렁거렸다.

"염치없는 인간아, 그 개지랄을 떨어놓고 살려달란 소리가 나오냐?"

"끄흐흑! 난 시키는 대로 했을 뿐이야. 그 독사 같은 즙포 놈 때문에 어쩔 수 없었다고."

"그거야 네 사정이지. 그걸 왜 나한테 얘기하니, 응? 응?"

철썩철썩!

사문기가 자기보다 열 살은 더 많은 곽기풍의 **뺨**을 사정없이 때리며 잔혹하게 이죽거렸다.

몸을 일으킨 사문기가 수하들을 둘러보며 명령했다.

"포를 떠서 호수에 처넣어."

"아, 안 돼! 제발 살려줘!"

돌아서는 사문기를 향해 무릎걸음으로 기어가는 곽기풍의 앞을 낭아곤을 꼬나 쥔 수하들이 가로막았다.

"흐흐, 들었지?"

"우리 부당주님께서 포를 떠버리라는구먼."

"자, 어디부터 떠줄까? 응?"

"살려주라. 한 번만 살려주라. 너희가 시키는 일이라면 무엇이든 할게. 죽으라면 죽는 시늉이라도 하고, 개가 되라면 진짜 똥개새끼가 될게. 그러니 제발 살려주라. 이제 막 현학에 입학한 어린 아들놈이 있어, 야. 으허허헝!"

손바닥을 싹싹 빌어대고 눈물, 콧물을 질질 흘리며 곽기풍은 애원했다. 그러거나 말거나 선두에 선 수하 한 놈이 흉악하게 웃으며 양손으로 잡은 낭아곤을 머리 위로 천천히 쳐들었다.

이제 곧 저 무지막지한 낭아곤에 머리통이 박살나리라.

늙은 총관의 머리 속으로 살아온 지난날들이 주마등처럼 스치고 지나갔다.

나이 마흔이 넘어 낳은 아들 항소의 얼굴이 떠오르자 곽기풍의 눈에선 둑이라도 터진 듯 눈물이 펑펑 쏟아졌다.

그런 곽기풍의 미간으로 낭아곤이 벼락처럼 떨어졌다.

퍼어억!

자신의 머리통이 박살나는 끔찍한 소리를 들으며 곽기풍은 정신이 아득해짐을 느꼈다. 이상한 건 아프지도 않고, 피도 흐르지 않는다는 것이었다.

곽기풍이 천천히 눈을 떴을 때, 바로 눈앞에 멈춰진 낭아곤의 삐죽삐죽한 침들이 보였다. 낭아곤은 그의 머리를 후려칠 수 없었다.

왜냐하면 밤 공기를 가르며 날아든 한 자루의 커다란 도끼가 낭아곤을 잡은 주인의 목을 날려 버렸기 때문이다.

쿠웅!

목이 날아간 철기방 문도가 널브러지자 주변에 있던 나머지 문도들이 흠칫흠칫 전방을 응시했다.

우투투투투!

되돌아온 도끼를 움켜잡으며 질풍처럼 흑풍을 몰아오는 하우영의 신위가 닥쳐 들었다. 그들도 흑빛 갑주를 입고 거대한 쌍도끼를 휘두르는 무식한 포두에 대해선 익히 들어 알고 있었다. 투쟁심만 있을 뿐 공포라곤 모르는 철기방 문도들에게도 오직 하나 두려운 존재가 있었으니, 그건 바로 혈부! 문도들 사이에서 지옥 야차로 통하는 혈부 하우영이었다.

"혀, 혈부다!"

"혈부가 나타났다!"

"지옥 야차가 우릴 잡으러 왔다!"

호들갑스럽게 소리치면서도 이십여 명의 문도들은 재빨리 수비 진영을 갖췄다. 오랜 시간 동안의 고련이 문도들을 본능적으로 움직이도록 만들었다.

"용기가 가상하구나!"

우렁찬 외침과 함께 하우영이 두 자루 도끼를 힘차게 흩뿌렸다. 좌우로 길게 포물선을 그리며 도끼는 낭아곤을 치켜들고 이열횡대 대형으로 늘어선 문도들을 향해 날아갔다.

앞 열 중앙에 포진하고 있던 네 명의 문도가 빠르게 회전하며 날아드는 도끼를 노리고 일제히 낭아곤을 휘둘렀다.

"맞부딪치면 안 돼, 멍청이들아!"

뒤늦게 사태를 파악한 사문기가 수하들을 향해 달려오며 소리쳤지만, 때는 늦었다.

빠바바박!

낭아곤은 정확히 도끼 날을 때렸지만 도끼에 실린 강력한 내력과 회전력을 이기지 못하고 통째로 박살나고 말았다. 오히려 낭아곤의 파편에 눈을 상한 문도들을 향해 두 번째 도끼가 더욱 빠르게 회전하며 덮쳐들었다.

"크아악!"

"우와악!"

"케헤헤헥!"

처절한 비명과 함께 문도 너댓 명의 머리통이 허공으로 튀었다.

살아남은 수하들의 등을 떠밀어 흩어놓으며 사문기가 필사적으로 외쳤다.

"병신들아, 회전하는 병기를 향해 한데 뭉쳐 있으면 어떡해? 흩어져! 일단 흩어져!"

차아앙!

수하들을 흩어놓자마자 사문기는 등 뒤의 첨예도를 뽑아 들었다. 혈부라면 그로서도 긴장해야 할 상대다.

하지만 오늘 밤 첨예도로 저 포악무도한 놈의 목을 꿰뚫을 수만 있다면 독지주의 명성은 철기방의 전설이 되리라.

새삼 칼자루를 고쳐 쥐며 사문기가 혈부를 노려보았다.

혈부는 혼자가 아니었다. 웬 비루먹은 당나귀에 올라탄 비리비리한 청년이 혈부와 나란히 서 있었다.

혈부와 청년이 말과 당나귀에서 내려섰다. 그리고 사문기와 수하들 쪽으로 천천히 걸어왔다.

십여 걸음을 두고 마주 선 양측은 한동안 팽팽한 긴장감 속에 서로를 노려보았다.

숨막히는 대치 상황을 깬 건 바로 곽기풍이었다.

"아이고오~ 즙포님! 저 좀 살려주십시오, 즙포님!"

사문기 등의 감시가 소홀해진 틈을 타 곽기풍이 죽는 소릴 내지르며 여린 쪽으로 후닥닥 기어왔던 것이다.

곽기풍이 여린의 다리를 끌어안으며 어린애처럼 펑펑 울었다.

"으허어헝~ 저 무도한 놈들에게 맞아 죽는 줄만 알았습니다."

"즙포사신? 그렇다면 네놈이?"

핏발 선 사문기의 눈이 여린에게 꽂혔다.

여린이 히쭉 웃으며 가볍게 고개를 까닥였다.

"여린이라 하오."

"네놈이 우리 갈산악 당주님을 납치한 그 애송이 즙포사신 놈이 맞냐?"

"맞긴 맞는데 납치가 아니라 정당한 포박이었소. 당신네 당주께서 공무 집행을 방해한 것은 물론이고 뇌물까지 공여하려 했거든."

"간을 내어 씹고 말 테다, 놈."

사문기의 눈에서 퍼런 불꽃이 튀었다. 오른손으로 겨눈 첨예도 끝이 파르르 떨렸다.

사문기의 흥분하는 모습을 지켜보며 여린은 가벼운 흥분을 느꼈다. 먹음직스런 사냥감을 앞에 둔 맹수처럼 전신의 신경이 곤두서는 것을 느끼며 여린이 하우영을 힐끗 돌아보았다.

"어느 쪽을 맡겠소?"

"졸다구는 졸다구끼리, 대가리는 대가리끼리. 이리 오너라, 아그들아."

묵직하게 내뱉으며 하우영이 사문기를 싹 무시하고 살아남은 열서너 명의 철기방 문도들을 향해 성큼성큼 다가갔다.

"이놈이!"

발끈한 사문기가 하우영과 맞서려 했으나, 어느새 목검을 꼬나 쥔 여린이 막아섰다.

"대가리는 대가리끼리라고 하지 않소."

여린이 빙글빙글 웃으며 말했다.

상대를 깔보는 듯한 그 웃음이 사문기를 분노케 했다.

사문기가 첨예도 끝으로 여린의 얼굴을 겨누며 이를 앙다문 소리로 말했다.

"오냐, 이놈. 네놈의 간이 얼마나 큰지 직접 꺼내 확인해 주마."

"오른손 손목뼈, 늑골 한쪽, 갈비뼈 세 대, 그리고 무릎뼈에 복숭아뼈까지."

여린이 목검으로 사문기의 신체 부위를 차례로 가리키며 태연히 주절거렸다.

"무슨 소리냐?"

"내가 부러뜨릴 당신의 뼈다귀들을 헤아려 봤소. 그 정도는 돼야 철기방의 개가 된 걸 평생 후회하며 살 것 아니오?"

거기까지가 사문기의 인내의 한계였다.

"그깟 목검 따위로 말이냐?"

폭갈과 함께 사문기가 여린의 얼굴을 노리고 첨예도 끝을 섬전처럼 찔러갔다. 여린이 반사적으로 고개를 비틀었으나 너무 빠른 칼끝이 뺨을 스치며 핏방울이 튀었다.

슈슈슈슉!

뒤쪽으로 빠르게 물러서는 여린을 뒤쫓으며 사문기가 첨예도를 속사포처럼 내질렀다.

독망살포(毒網撒布). 독거미가 먹이를 향해 거미줄을 살포하는 모양에서 연유했다는 사문기의 독문검법이었다.

그 이름에 걸맞게 수십 가닥의 허연 검광이 여린을 에워쌌다. 사방이 검광이요, 팔방이 검영이었다. 여린은 마치 독지주의 거미줄에 걸린 가련한 벌레처럼 빠져나갈 활로를 찾을 수 없었다.

뒷걸음질만 치던 여린이 자포자기라도 했는지 갑자기 검광 속으로 뛰어들었다. 그리고 북두칠성의 방위에 따라 빠르게 발을 놀려 검광들을 피하기 시작했다.

처음 대여섯 개의 검광은 어렵지 않게 피했지만, 일곱 번째 검광이 여린의 옆구리를 베고 지나가며 깊은 자상을 남겼다. 연이어 몇 개의 검광이 여린의 허벅지와 팔뚝과 어깨를 스치고 지나갔다. 오래지 않아 여린의 전신은 피범벅이 되었다. 다행히 모두 치명상은 아니었다. 여린은 정신없이 발을 놀려 검광을 아슬아슬하게 흘려보내며 사문기를 향해 아주 조금씩 접근하고 있었다.

'칠성보법······. 고작 칠성보법으로······?'

사문기는 순간적으로 멍한 표정이 되었다.

칠성보는 시정의 잡배조차 밟을 수 있는 최하급의 보법이었다. 그런 시답잖은 보법으로 자신의 독문검법을 파훼하고 있는 여린이 도저히 믿어지지 않았던 것이다.

"이제 그만 간을 내놓아!"

격분한 사문기가 더욱 빠르게 첨예도를 내찔렀다.

쉬이이익!

첫 번째보다 수십, 수백 배로 늘어난 검광이 분수처럼 밤하늘을 수놓았다가 여린의 머리 위로 폭포수처럼 쏟아졌다.

드디어 독망살포 중에서도 가장 무서운 독망만천하(毒網滿天下)가 펼쳐지는 순간이었다. 이미 피투성이가 된 여린이 흠칫 고개를 쳐들었다. 한밤중이었지만 머리 위 하늘은 검화가 만발한 듯 휘황했다.

그래도 여린은 태연히 웃으며 오른손 목검을 검광 한복판으로 스윽 밀어 올렸다.

우웅!

목검 끝이 미세하게 떨리는가 싶더니 검신 주변으로 아주 희미한 검영 몇 개가 어른거리기 시작했다. 사문기의 검광에 비하면 여린의 검영은 너무도 미약해서 월광 앞의 반딧불처럼 보였다.

퍼퍼퍼퍼펑!

뚝배기보단 장맛이라고 했던가? 사문기의 검광이 여린의 목검과 부딪치는 순간 예상을 깨고 놀라운 광경이 펼쳐졌다. 마치 자석에 끌리듯 목검 끝으로 몰려든 검광이 폭죽처럼 분분히 터져 나가는 게 아닌가?

빛에 취한 수천, 수만 마리의 나방이 호롱불에 다가갔다가 터져 나가는 모양 같았다. 여린은 허공으로 내뻗은 목검을 가볍게 흔들어주고 있을 뿐인데 검광이 스스로 날아와 요란하게 터졌다.

"설마… 백사토신이냐?"

사문기의 입술 사이로 헛바람이 새어 나왔다.

백사토신이라면 칠성보보다 더 흔한 삼재검 중에서도 가장 하류에 속하는 검초였다. 칠성보와 백사토신 따위에 독망만천하가 깨어지다니…….

'나의 무공이 이것밖에 되지 않았던가?'

걷잡을 수 없는 회의가 밀려들었다.

사문기는 어금니를 질끈 깨물며 첨예도를 고쳐 잡았다. 어차피 이 모든 의구심을 끝장내려면 저 즙포사신을 죽이는 수밖에 없었다.

"이노옴!"

분노의 일갈과 함께 사문기가 신형을 땅바닥과 수평이 되게 하는 육지비행(陸地飛行)의 신법으로 여린의 심장을 향해 똑바로 첨예도를 찔러갔다. 여린 역시 목검을 내지르며 날아왔다.

'네가 약간의 꼼수를 숨겨둔 모양이다만 내공만큼은 날 당할 수 없을 것이다, 절대로.'

여린과의 정면 충돌을 앞두고 사문기는 득의했다.

나이로 보나 연륜으로 보나 애송이 즙포사신과의 내공 대결만큼은 자신이 있었던 것이다.

쩌어엉!

두 사람의 칼끝이 정확히 부딪치며 날카로운 쇳소리가 났다. 순간 사문기는 칼자루를 잡은 손아귀에 신속히 내력을 불어넣었다. 이대로 여린의 심장을 터뜨려 죽여 버릴 심산이었다. 한데 어찌 된 영문인지 내력은 칼자루를 통해 검신으로 주입되지 않고, 오히려 자신의 손아귀를 통해 팔뚝으로 역류해 들어오는 것 아닌가?

'위험하다!'

사문기는 본능적으로 위험을 감지했다. 그러나 힘을 거둬들이기엔 이미 늦었다.

"크아악!"

감당하기 힘든 힘이 가슴뼈를 으스러뜨리는 것을 느끼며 사문기는 뒤쪽으로 부우웅 튕겨 나갔다. 그의 입과 코에선 검붉은 핏물이 꾸역꾸역 흘러나오고 있었다.

"크악!"

"으아악!"

"우웨엑!"

"피, 피해! 저건 사람이 아니다! 커억!"

하우영은 일방적인 도륙을 하고 있었다. 몇몇 철기방 문도들이 용기를 쥐어짜 덤벼들었으나 눈먼 도끼 날에 목 없는 귀신이 되고 말았다.

살아남은 자들은 저항보단 도주를 선택했다. 하우영은 그들을 뒤쫓으며 차례로 머리통을 쪼개거나 목을 날려 버렸다.

잠시 후, 철기방 문도들은 하나같이 목 없는 시체가 되어 흥건한 핏물 속에 드러눕게 되었다. 흑빛 갑주에 문도들의 피를 흠씬 뒤집어쓴 하우영이 무감동한 눈으로 시체들을 내려다보며 서 있었다.

하우영이 힐끗 고개를 돌렸다.

예상대로 이미 사문기를 눕혀놓고 그 얼굴 위에서 목검을 장난스럽게 핑글핑글 돌리고 있는 여린의 모습이 보였다. 하우영이 희미하게 웃으며 여린 쪽으로 다가갔다.

터억!

아직도 시퍼런 살기를 내뿜으며 일어나려고 버둥거리는 사문기의 복숭아뼈에 목검이 대어졌다. 사문기가 흠칫하며 여린을 올려다보았다.

"이제 약속을 지켜야지? 먼저 복숭아뼈부터."

"미친 새끼, 지랄하고 자빠졌네."

사문기에겐 한 가닥 믿는 구석이 있었다. 어쨌든 여린은 관원이다. 관원이 이미 저항할 힘을 상실한 사람에게 위해를 가하진 못하리라는 믿음. 그러나 그 믿음이 얼마나 순진한 것이었는지 사문기는 곧 깨달았다.

빠악!

"우워어억!"

여린의 목검이 복숭아뼈를 으스러뜨리는 순간 사문기는 끔찍한 비명을 내질렀다.

비명이 채 끝나기도 전에 목검이 이번엔 사문기의 무릎에 대어졌다.

"이번엔 무릎뼈."

"이, 이 미친 새끼! 네가 이러고도 관원이라고……."

빠악!

"끄아아악!"

더 이상 말이 필요없었다. 옳고 그름을 따질 겨를도 없었다. 마치 장난감을 부수는 어린아이처럼 여린의 손속엔 일말의 망설임이나 죄책감도 없었다. 한동안 무릎을 감싸쥐고 데굴데굴 구르던 사문기가 사지를 활짝 벌리고 드러누워 헉헉 가쁜 숨을 몰아쉬었다.

"이번엔 갈비뼈던가?"

목검이 옆구리에 대어지는 것을 느끼며 사문기가 용수철처럼 튀어 일어났다. 그리고 여린의 다리를 붙잡고 늘어졌다.

"사, 살려줘! 내가 잘못했으니 제발 살려줘!"

"쯔쯧, 왜 이러실까? 독지주라 불리우는 우리 부당주님까지 날 실망시키면 난 무슨 재미로 철기방을 때려잡나, 응?"

그렇게 이죽거리며 여린이 발바닥을 사문기의 이마에 대었다.

퍼억!

여린의 발에 떠밀려 사문기는 다시 땅바닥에 뒤통수를 처박았다.

"아무리 생각해도 모르겠네? 갈비뼈가 먼저든가, 손목뼈가 먼저든가?"

사문기의 옆구리와 손목에 차례로 목검을 대어보며 여린이 고개를 갸웃했다.

"부탁이 있소."

하우영이 여린을 향해 불쑥 말했다.

'혹시?'

사문기가 한 가닥 희망을 품고 하우영을 올려다보았다. 그래도 명색이 법을 집행한다는 포두 아닌가? 어쩌면 저 우직한 놈이 상관의 불법 행위에 일침을 가하려는 건지도 모른다.

그러나 이어진 하우영의 말에 사문기는 억장이 무너짐을 느꼈다.

"그 목검 한 번만 빌립시다. 옆에서 보니 꽤 재밌어 보이더군. 내 도끼를 사용하면 모조리 죽어버려서 말이야."

여린이 아주아주 아쉽다는 표정으로 하우영에게 목검을 건넸다.

"딱 한 번이오."

"한 번은 왠지 정나미가 떨어지니 두 번만 쓰겠소."

"아쉽지만 할 수 없지요."

"어딜 때리면 좋을까? 뭐니뭐니 해도 늑골이 가장 아프겠지?"

빠아악!

"크아악!"

다시 둔탁한 타격음과 함께 사문기의 처절한 비명 소리가 울려 퍼졌다. 늑골이 부러진 것이다.

이후에도 여린과 하우영은 번갈아가며 사문기를 후려 팼고, 그때마다 새로운 뼈 몇 대씩이 부러져 나갔다.

약간 떨어진 땅바닥에 주저앉은 곽기풍은 멍한 눈으로 두 사람을 지켜보고 있었다. 사문기는 아마도 혀를 깨물고 자결하는 게 나을 것이다. 살아남는다 해도 전신 관절 뼈가 모조리 으스러져 평생 굼벵이처럼 땅바닥을 기며 살아가야 할 테니 말이다.

여린과 하우영은 서로 한 대라도 더 때리겠다며 나중엔 돈까지 주고받는 악랄함을 보였다.

'인간이 아니야. 저것들, 절대로 인간이 아니야.'

곽기풍은 부르르 진저리를 쳤다.

사문기가 더 이상 견디지 못하고 게거품을 물고 혼절해 버리자 홍미를 잃은 여린과 하우영이 곽기풍 쪽으로 다가왔다.

여린이 곽기풍을 향해 손을 내밀며 싱긋 웃었다.

"고생하셨습니다, 총관님."

"고, 고생은요? 덕분에 목숨을 보존할 수 있었습니다."

여린의 손을 잡고 일어서며 곽기풍이 억지로 웃었다.

곽기풍의 시선이 여린 옆에 서 있는 하우영에게로 향했다.

"검문현의 하우 포두 아닙니까? 저 친구가 왜 이곳에……?"

"오늘부터 저희와 함께 일하게 됐습니다. 총관님께서 여러 가지로 잘 지도해 주십시오."

곽기풍이 떨떠름한 눈으로 전신에 피 칠을 한 하우영을 보았다. 하우영이 움켜쥔 도끼 날에선 아직도 검붉은 핏물이 뚝뚝 떨어져 내렸다.

'이건 아냐. 이건 내가 속한 세계가 아니야.'

곽기풍이 눈을 질끈 감으며 고개를 절레절레 흔들었다.

천천히 눈을 뜬 그가 여린을 향해 조심스럽게 말했다.

"조용히 말씀 좀 나눌 수 있을까요?"

"그러시죠."

"일단 저희 집으로 가시죠. 기왕이면 집에서 얘길 나누고 싶습니다."

"그렇게 하시지요."

한동안 곽기풍의 안색을 살피던 여린이 고개를 끄덕였다.

여린이 하우영을 돌아보며 말했다.

"곧 포사들이 도착할 테니 이곳을 좀 정리해 주시겠습니까, 하우 포두님?"

"그럽시다."

퉁명스럽게 대답하는 하우영을 뒤로하고 여린과 곽기풍은 나란히 걸음을 옮겼다. 여린은 문득 고개를 들어 별이 쏟아질 듯한 밤하늘을 보았다. 시린 겨울바람 속에서 희미하게 봄 내음이 느껴졌다.

꼭두새벽에 잠이 깬 곽기풍의 부인은 졸린 눈을 비비며 남편과 남편의 상관을 위해 술상을 차려야 했다. 유쾌할 리 없었으나 서방의 말이라면 팥으로 메주를 쑨다 해도 믿는 우직한 성격인지라 군소리는 없었다.

급한 대로 말려둔 생선포를 구워내고, 얼마 전 딸아이의 생일날 먹다 남은 오리 다리 두 개와 함께 죽엽청을 올렸다.

툇마루 위에 술상을 놓고 마주 앉은 여린과 곽기풍은 한동안 묵묵히 술잔만 기울였다.

두 사람 옆에 다소곳이 앉은 곽기풍의 부인은 새삼 여린의 얼굴을 찬찬히 살폈다. 아무리 봐도 미남이었다. 아주 묘한 매력을 풍기는 얼굴로 이미 폐경을 맞은 아줌씨의 가슴까지 쿵쿵거리게 만들었다.

"가서 항소 좀 데려오지."

남편의 갑작스런 말에 부인이 흠칫 정신을 차렸다.

"갑자기 항소는 왜요?"

"데려오라면 데려와."

"깊이 잠들었을 텐데……."

"데려오라면 데려오지 웬 말이 많아, 여편네야!"

곽기풍이 주먹으로 술상을 후려치며 버럭 소리쳤다.

잔뜩 겁을 집어먹은 부인이 황급히 아이들 방으로 달려가 졸린 눈을 비비는 아들을 데리고 나왔다.

칭얼거리는 아들을 무릎 위에 앉히며 곽기풍이 부인에게 명령했다.

"당신은 그만 들어가 자."

여린을 향해 꾸벅 인사를 하곤 퉁퉁 부은 얼굴의 부인이 안방으로 물러갔다.

조용히 술잔을 기울이며 여린은 졸린다며 투덜거리는 아들의 뺨을 말없이 쓰다듬어 주는 곽기풍을 지켜보았다. 곽기풍의 얼굴에서 아들의 장래를 염려하는 아비의 애잔함이 느껴지자 여린은 왠지 마음이 좋지 않았다. 쓸데없는 감정의 찌꺼기들을 떨쳐 내려 여린이 서둘러 술을 털어 넣었다. 독한 죽엽청이 목을 따끔거리게 하며 들어가자 가슴이 훈훈해졌다.

곽기풍이 아들 항소의 얼굴에 시선을 박은 채 나직이 입을 열었다.

"즙포사신님께서 무슨 일을 하시려는 건지 도무지 모르겠고, 알고 싶지도 않습니다. 하지만 전 빼주십시오. 보다시피 제겐 지켜야 할 가족이 있습니다."

"……."

여린은 아무 대답도 하지 않았다.

곽기풍이 갑자기 아들을 밀쳐 놓고 여린 앞에 털썩 무릎을 꿇었다.

"이렇게 애원합니다. 불쌍한 늙은이 하나 살려주는 셈치고 제발 빼주십시오. 오늘 밤은 운이 좋아 살았지만 다음 번에도 운이 좋으리란 보장은 없습니다. 두 번 다시 그런 끔찍한 악몽은 경험하고 싶지 않습니다."

이마를 마룻바닥에 붙이고 곽기풍이 어깨를 들썩이며 흐느꼈다.

덩달아 서러워진 아들 녀석이 아버지의 팔을 잡아당기며 여린을 독하게 노려보았다.

"왜 그래, 아빠? 아빠가 뭘 잘못했다고 그래? 아저씨 미워!"

여린이 그런 아이를 향해 빙그레 웃었다.

"항소야, 아버지와 아저씨는 긴히 나눌 얘기가 있으니 그만 방으로 가줄래?"

"우리 아부지 때리지 않을 거지?"

손등으로 눈물을 훔치며 아이가 묻는다. 그런 아이가 여린은 기특했다.

"물론이지."

"약속했다."

어깨를 축 늘어뜨리고 방으로 들어가는 아이의 뒷모습을 지켜보는 여린의 입가로 절로 미소가 번졌다. 하지만 마룻바닥에 이마를 박고 있는 곽기풍의 뒤통수로 시선이 돌아왔을 때 여린의 표정은 이미 얼음장처럼 차가워져 있었다.

"주사위는 던져졌습니다."

냉랭한 목소리에 곽기풍이 흠칫 고개를 쳐들었다.

여린이 곽기풍에게 얼굴을 바싹 들이밀며 나직이 내뱉었다.

"우린 이미 강을 건넜습니다. 한데 폭우가 쏟아져 다리가 떠내려가 버렸습니다. 돌아가고 싶어도 갈 수가 없다는 뜻이지요."

"하지만……."

"총관님이 현청을 떠난다 해도 철기방은 결코 총관님을 잊지 않을 겁니다. 결국 총관님에겐 둘 중 하나의 선택이 있을 뿐입니다. 죽거나… 죽이거나!"

여린은 참혹하게 일그러지는 곽기풍의 얼굴을 한동안 무섭게 노려보았다. 늙은 총관의 얼굴로 체념의 빛이 스치고 지나는 것을 확인한 여린은 표정을 풀며 히쭉 웃었다.

"어느 방을 쓸까요?"

"예?"

"기왕 여기까지 왔으니 오늘부터 아예 총관님 댁에서 묵고 싶습니다. 박봉이나마 방 값은 꼬박꼬박 지불할 테니 염려 마십시오."

'지금 이 상황에서 그런 뻔뻔스런 말이 나오냐, 웬수야?'

여린의 주둥이를 찢어놓고 싶은 충동을 억누르느라 곽기풍이 어금니를 지그시 깨물었다.

새벽 안개가 자욱한 흑수 주변 잡목 숲을 벌레처럼 엉금엉금 기어가는 한 사내가 있었다.

호수변이라 축축한 진흙 밭을 부러진 다리와 부러진 팔을 간신히 움직여 벌레처럼 꿈틀꿈틀 기어가는 사내는 바로 사문기였다.

사문기의 몰골은 참혹했다. 손목과 발목은 물론 늑골과 무릎까지 부러졌다. 갈비뼈 여섯 대가 나가고, 광대뼈가 무너지고, 앞니도 몽창 부러져 피범벅이 된 그는 긴 머리채까지 산발해 그야말로 미친 도깨비처럼 보였다.

그래도 사문기는 운이 좋다고 생각했다.

저 악마 같은 혈부와 즙포 놈의 손아귀에서 이렇게나마 빠져나올 수 있었던 건 큰 행운이 아닐 수 없었다.

"끄흐흐흑."

갑자기 부러진 앞니 사이로 서러운 울음이 새어 나왔다.

죽이리라. 죽여도 그냥은 죽이지 않으리라. 살점을 한 점 한 점 발라내다가 기름이 펄펄 끓는 가마솥에 처넣어 버리고 말리라. 영혼을 팔아서라도 여린과 하우영, 네놈들만은 반드시……

원독으로 눈을 빛내던 사문기가 순간 멈칫했다.

얼굴 앞 땅바닥으로 하나의 인영이 길게 드리워졌기 때문이다. 혹시 혈부나 즙포 놈이 쫓아온 것인가 하여 겁에 질린 눈을 쳐드는 순간 요상한 차림새의 꼽추 노인이 시야에 들어왔다.

목내이처럼 삐쩍 마른 노인은 무릎까지 내려오는 황색 저고리를 걸쳤고, 초생달 모양으로 휘어진 당화를 신었으며, 머리에는 '王' 자가 큼직하게 새겨진 직사각형의 관을 썼다. 강퍅한 매부리코에 검버섯으로 뒤덮인 얼굴엔 썩은 옹이 구멍 같은 두 눈이 기분 나쁘게 빛나고 있었다.

노인이 가래 끓는 소리로 물었다.

"진심이냐?"

"뭐, 뭐가 말요?"

"혼을 팔아서라도 복수하겠다는 다짐 말이다."

"마음속으로 한 다짐을 영감이 어떻게 알지? 영감, 점쟁이야?"

"그건 중요치 않단다, 아이야."

터억!

음산하게 중얼거리며 괴노인 소사청이 앙상하고 기다란 다섯 손가락으로 사문기의 이마를 짚었다.

"무슨 짓이야? 더러운 손 치워, 영감탱이!"

사문기가 악을 써댔지만 소사청의 손을 떨쳐 낼 순 없었다. 늑골이 부러져 고개조차 함부로 내저을 수 없었기 때문이다.

소사청의 손바닥이 닿은 앞이마가 불에 달군 듯 뜨거워짐을 느끼며 사문기는 비로소 노인이 보통 인물이 아님을 깨달았다.

"존장은 뉘시오?"

대답 대신 소사청의 앙상한 팔뚝을 타고 굵은 핏줄이 불끈불끈 돌출되기 시작했다. 사문기의 이마에 대어진 손바닥 사이로 검은 연기 몇 가닥이 향처럼 은은히 피어올랐다. 동시에 사문기가 덜컥 고개를 젖히며 눈을 까뒤집었다.

소사청의 눈이 벌겋게 충혈되었다. 사문기의 이마에 댄 팔을 부들부들 떨며 소사청의 입에서는 알아듣기 힘든 주문이 흘러나오기 시작했다.

"바라마라바하~ 사라바마얌~ 옴바니시바옴~ 라히임바라~ 오오옴~"

사문기가 찢어질 듯 눈을 부릅뜬 채 이빨을 딱딱 맞부딪쳤다. 확대된 흰자위로 붉은 실핏줄이 먹물처럼 번져 갔다. 잠시 후 그의 눈은 소사청과 똑같이 온통 시뻘건 혈광을 폭사하기 시작했다.

노인의 손바닥을 통해 생기가 깡그리 뽑혀 나가면서 풍선에서 바람이 빠지듯 근육질의 몸뚱이가 쭈글쭈글해지기 시작했다. 반대로 노인의 손바닥을 통해 죽은 자의 기운이 꾸역꾸역 흘러들어 오며 비록 뼈만 남았지만, 그의 전신에서 범접하기 힘든 사악한 기운이 감돌았다.

사문기가 생강시로 재탄생하는 순간이었다.

내실 창문을 통해 아침 햇살이 은은히 비쳐 들고 있었다.

하지만 그 햇살을 온몸으로 받으며 갈산악이 앉았던 탁자 앞 의자에 앉아 있는 천화루 루주 마 대인의 낯빛은 아직도 시커먼 밤중 같다고 여린은 생각했다.

'아편에 취한 상태에서 격렬한 정사를 즐기다가 끌려왔다더니 몰골이 말이 아니로군.'

탁자 앞에 서서 생각에 잠긴 눈초리로 마 대인을 내려다보는 여린의 좌우에는 곽기풍, 하우영, 장숙, 단구가 서 있었다. 바로 옆의 곽기풍을 돌아보며 여린이 이제 시작하자는 듯 고개를 끄덕였다.

"험험!"

헛기침을 하며 곽기풍이 두툼한 사건 일지를 펼쳤다.

"지금으로부터 오 년 전 천화루의 전대 루주는 단목 대인이었소. 그러던 것이 오 년 전 춘분(春分) 무렵, 마 대인이 천화루를 시세의 절반밖에 되지 않는 헐값에 인수했소. 단목 대인이 의문의 실종을 당한 지 꼭 열흘 만의 일이었소."

여기까지 말한 곽기풍이 사납게 치뜬 눈으로 마 대인을 노려보았다.

"단목 대인의 실종과 마 대인의 천화루 헐값 인수 모두 마 대인의 동향이자 오랜 세월 유착 관계를 맺어온 독사성의 작품이라는데, 사실이오?"

"뭐, 뭣이라?"

멍청하던 마 대인의 눈이 등잔만해졌다.

곽기풍이 마 대인에게 얼굴을 바싹 들이밀며 추궁했다.

"자복하시오, 마 대인. 우린 이미 증거를 확보했소."

황당하다는 표정으로 곽기풍을 올려다보던 마 대인이 주먹으로 탁자를 탕탕 두드리며 발작적으로 소리쳤다.

"몰라! 난 아무것도 몰라!"

마 대인이 갑자기 곽기풍의 양팔을 와락 움켜잡았다.

"이봐, 곽 총관. 자네 대체 왜 이러나? 자네도 알잖아? 철기방을 건드리면 당신이나 나나 살아남지 못해. 알잖아? 응?"

"으음……."

갈등이 이는 듯 낮은 침음을 흘리는 곽기풍의 얼굴을 여린은 주시하고 있었다. 철기방에 대한 마 대인의 본능적 공포가 순식간에 곽 총관에게도 전염된 듯했다. 힐끔 자신의 눈치를 살피는 곽기풍을 향해 여린이 딴 생각 말라는 듯 씨익 웃어 보였다. 물론 두 눈은 야차처럼 매섭게 치뜨고서 말이다.

곽기풍이 다시 마 대인의 설득에 나섰다.

"이해해. 마 대인의 심정, 나도 이해한다고."

그렇게 말하며 곽기풍이 마 대인에게 잡혔던 팔을 슬그머니 빼냈다.

품속에서 곰방대를 꺼내 마 대인 입에 물려주며 부싯돌을 부딪쳐 불까지 붙여주는 곽기풍이었다.

"자자, 일단 한 대 피워. 당신이나 나나 말년에 이게 웬 생고생인지 모르겠어."

"후우우……."

마 대인이 부들부들 떨리는 손으로 곰방대를 잡고 궐련 연기를 깊이 들이마셨다가 길게 내뱉었다.

마 대인이 설마 하는 눈으로 다시 곽기풍을 보았다.

"아니지? 설마 독사성을 포박하려는 건 아니지? 그 작자 지금은 예학사니 뭐니 하며 거들먹거리지만, 원래 별호가 냉혼흉살이야. 놈의 한빙공에 걸리면 심장까지 얼어붙는다고."

독사성의 이름 석 자를 입에 담는 것만으로도 마 대인은 얼굴이 해쓱해지며 비 오듯 식은땀을 흘렸다.

자신의 재주론 더 이상 어쩔 수 없다는 듯 곽기풍이 여린을 힐끗 돌아보았다.

여린이 양손으로 탁자 모서리를 짚으며 마 대인 쪽으로 허리를 구부렸다.

"무서우십니까?"

"뭐야?"

"독사성과 철기방이 두려우십니까?"

"그걸 말이라고 해? 너 같은 햇병아리는 몰라. 독사성 그 사갈 같은 작자의 잔혹성을 모른다고."

여린이 자신만만하게 웃었다.

"마 대인께서 독사성보다 백 배쯤 더 무서워하는 걸 제가 가르쳐 드릴까요?"

"뭐… 야?"

마 대인이 황당하다는 표정으로 여린을 올려다보았다.

하지만 이어진 여린의 말에 마 대인은 그만 말문이 턱 막혀 버리고 말았다.

"정확히 달포 뒤 마 대인의 금지옥엽이신 홍화 소저께서 섬서성의 거부 황 대인의 자제 분과 혼인을 앞두고 있더군요. 마침 제가 황 대인과 안면이 좀 있습니다. 황 대인께 사돈이 되실 마 대인께옵서 아편에 취해 주루의 기생년들과 방사를 일삼는다고 귀뜸한다면 어찌 될까요?"

여린이 악귀처럼 내뱉었다.

"혼약은 깨어지겠죠?"

"……."

전신을 푸들푸들 떨던 마 대인이 자릴 박차고 일어나 여린을 향해 돌진했다.

"죽어! 내 딸을 건드리는 놈은 관이든 철기방이든 모조리 때려죽이고 말 테다!"

"진정하시오, 마 대인!"

"진정해요! 진정해!"

장 포두와 단 포두가 황급히 달려들어 마 대인을 뜯어말렸다.

의자에 주저앉아 가쁜 숨을 몰아쉬는 마 대인을 향해 여린이 쐐기를 박았다.

"어떻습니까? 철기방도 별로 무섭지 않지요?"

마 대인이 절망으로 일그러진 얼굴로 여린을 올려다보며 물었다.

"나한테 원하는 게 뭐요?"

"독사성에게 살해당한 단목 대인이 어디에 누워 있는지만 알려주시면 됩니다."

여린은 불안하게 뒤룩거리는 마 대인의 눈을 응시했다. 그가 지금 무슨 생각을 하고 있는지 여린은 훤히 알 수 있었다.

"걱정 마십시오. 마 대인은 그 사건과 아무 연관도 없는 것으로 처리하겠습니다."

여린이 마 대인 쪽으로 상체를 기울이며 은근한 목소리로 말했다.

따캉!

삽자루 끝에 뭔가 딱딱한 것이 걸렸다.

십여 명의 포사와 함께 널찍한 구덩이에 들어가 땅을 파헤치고 있던 장숙이 흠칫 놀라며 바깥쪽에 서 있는 여린을 돌아보았다. 여린 옆에는 곽기풍과 하우영에게 팔을 붙잡힌 채 자포자기한 듯 고개를 푹 숙인 마 대인이 서 있었다.

"여기 뭔가 있습니다."

"파보시오."

여린의 명에 따라 손으로 흙을 헤집던 장숙과 단구가 질겁하며 엉덩방아를 찧었다.

"으허헉!"

흙 속에 묻힌 건 한 사내의 유골이었다. 취화루의 전대 루주로서 마 대인의 사주를 받은 독사성의 손에 살해당한 단목 대인의 시체가 오

년 만에 햇빛을 보는 순간이었다.

여린이 마 대인을 향해 물었다.

"맞소?"

"……"

마 대인은 고개를 푹 숙인 채 대답이 없었다. 한동안 마 대인의 대답을 기다리던 여린은 그만 부아가 치밀었다.

"맞아, 안 맞아?!"

"히익!"

여린이 버럭 소리치자 마 대인이 질겁을 했다.

"마, 맞소! 맞아요!"

"지금 당장 독사성을 포박할 준비를 해주십시오, 총관님."

여린이 곽기풍을 돌아보며 단호한 음성으로 말했다.

곽기풍은 또 정신이 아득해지는 것 같아 시린 겨울 하늘을 망연히 올려다보았다.

며칠 후는 춘절(春節)이다.

정월 들어 첫 절기인 춘절은 중원에서 꽤 큰 명절이다. 지루한 겨울이 끝나고 봄이 멀지 않았다는 봄의 전령사인 춘절을 맞아 한주 관도마다 대낮부터 사자춤과 폭죽 놀이가 벌어지고, 청루와 홍루마다 괜스레 들뜬 취객들과 기녀들의 노랫가락이 구성졌다.

어염집 대문마다 홍복(洪福)을 기원하는 입춘첩(立春帖)이 나붙고, 성적사 등 유명한 사찰에선 새벽부터 범종을 울리며 축제 분위기를 고취시켰다.

당연히 백학예원도 정신없이 바빠졌다.

이런 명절일수록 경극의 수요가 폭발적으로 늘어난다. 백학예원이 거느린 수십 개의 경극단이 하루가 멀다 하고 사천 땅은 물론 멀리 섬서와 감숙, 하남성까지 불려 다녔다.

그날 낮에도 형형색색의 공연복을 갖춰 입은 경극단원들과 그들을 관리하는 서사(書司)들, 그리고 경극을 청하는 내방객들로 백학예원의 대문 앞은 인산인해를 이루었다.

백학예원의 집사 담청운은 오른손에 장검 한 자루씩을 꼬나 쥔 다섯 명의 선위무사를 거느리고 대문 바로 옆에 서서 대문을 들락거리는 손님들을 살피고 있었다. 벌써 수년째 대문을 지키고 있는 담청운은 그 대단한 눈썰미로 이렇듯 많은 사람들 틈에서도 요주의 인물을 기가 막히게 솎아내곤 했다.

이런 때일수록 식은 밥 한 덩이라도 얻어먹으려는 걸인들과 좀도둑, 그리고 술에 취한 무뢰배들이 출입할 가능성이 높았다. 그런 작자들을 솎아내는 게 바로 담청운의 신성한 임무였다.

만면에 웃음을 머금고 있던 담청운의 미간이 씰룩했다.

그의 시야에 낯선 이질감이 느껴지는 인물들이 포착됐기 때문이다.

그들은 연령층이 각기 다른 다섯 명의 사내들이었다. 선두에서 걸어오는 미청년은 남루한 단의 차림에 허리엔 빨래방망이 같은 목검을 찼다. 미청년의 우측에 선 탐욕이 덕지덕지 붙은 배불뚝이 중년인은 왠지 관원의 냄새를 풍겼다. 좌측 편엔 등짝에 무식하게 큰 쌍도끼를 멘 장한이 서 있었는데, 녹림의 포악한 채주라면 딱 어울렸다. 그리고 그 세 사람 뒤쪽으로 허리에 군도 한 자루씩을 비껴 찬 두 명의 포두가 따르고 있었다.

행색이 좀 이상하긴 했지만 분명 관에서 나온 무리였다.

'좋지 않다, 좋지 않아.'

담청운의 뇌가 빠르게 위험 신호를 흘려보냈다. 한주의 관청에서 나온 작자들이라면 미리 연통을 넣었을 것이다. 결국 다른 지역에서 온 관원들이란 뜻인데, 하나같이 흉흉한 표정이 결코 호의를 품은 자들이 아니었다.

담청운이 선위무사들과 함께 막 대문 안으로 들어서려는 여린과 일행의 앞을 막아섰다.

정중하게 포권지례를 올리는 담청운을 여린이 덤덤한 눈으로 쳐다보았다. 담청운 뒤에 시립한 선위무사들을 재빨리 일별했지만, 모두 이류 정도밖에 되지 않는 것 같았다.

"관에서 무슨 용무이신지요?"

대번에 관에서 나왔다는 걸 간파하는 것으로 보아 이 작자도 보통 눈썰미는 아니라는 생각을 하며 여린이 짧게 대답했다.

"백학예원의 원주 독사성 대협을 뵈러 왔소."

"그러십니까? 어느 존장이라고 여쭐까요?"

잠시 망설이던 여린은 자신의 신분을 솔직히 밝히기로 했다. 속이려 한다고 속을 것 같지도 않았던 탓이다.

"사하현의 즙포 여린이 독사성 대협을 포박하러 왔노라 전해주시오."

"무슨 말씀이신지……?"

담청운의 낯빛이 일순간 창백해졌다.

안색이 변하기는 곽기풍도 마찬가지였다.

백학예원이 겉으론 평화로운 경극원이지만 실은 호굴 중의 호굴이라고 그토록 일렀거늘. 한주로 출발하기 전 곽기풍은 서둘러 오십 명의 특무조 포사들을 대기시켰다. 하지만 여린은 그깟 무뢰배 한 놈 때려잡는 데 무슨 특무조냐며 한사코 물리쳤다. 그런 주제에 이 호굴 앞까지 와서 동굴 속에 웅크린 범을 잡으러 왔노라고 까발려 버린 것이다.

당장 등을 보이며 달아나고 싶은 충동을 가까스로 억누르며 식은땀만 줄줄 흘리는 곽기풍이었다.

어금니를 지그시 물며 담청운은 여린을 향해 억지로 웃었다.

"뭔가 착각을 하고 계신 듯합니다. 저희 원주님은 비록 사천성 성주님이라고 해도 함부로 포박할 수 있는 분이 아니십……."

퍼억!

애석하게도 담청운은 말을 맺을 수 없었다. 앞니를 몽창 부러뜨리며 여린의 주먹이 쑤셔 박혔기 때문이다.

"집사 주제에 웬 말이 많아? 말 많은 놈은 주둥일 조져 버리는 게 상책이지."

담청운의 입에서 주먹을 뽑아내며 여린이 씨익 웃었다.

담청운이 땅바닥에 뒤통수를 처박는 것과 동시에 선위무사들이 검을 뽑으려 일제히 칼자루를 잡았다.

따다다다닥!

그러나 목검을 뽑는 여린의 손이 최소 열 배는 빨랐다. 선위무사들이 검을 채 반도 뽑기도 전에 목검이 무사들의 이마를 차례로 때리고 지나갔다. 무사들이 비명도 지르지 못하고 차례로 고꾸라졌다. 대문을 들락거리던 사람들이 구름처럼 몰려들어 놀란 눈으로 여린 쪽을 쳐다보았다.

그런 사람들을 헤치고 여린과 일행은 대문 안으로 들어갔다.

대문 안쪽에는 겨울임에도 푸름을 잃지 않는 아름다운 침엽수림이었다. 정원 안쪽으로 난 좁은 오솔길로 여린과 일행은 빠르게 걸어 들어갔다.

곽기풍이 여린을 따라붙으며 다급히 말했다.

"지금이라도 한주 주청(洲廳)에 병력을 요청하는 게 어떻겠습니까?"

"우리들만 있어도 충분합니다."

답답해 미칠 지경이 된 곽기풍이 약간 언성을 높였다.

"잘 모르시나 본데 독사성은 갈산악관 질적으로 다릅니다. 지금은 예원의 원주입네 하고 있지만, 한때 인간 백정으로 불리던 무시시한 작자입니다."

오솔길이 끝나면서 탁 트인 광장이 나타났다.

널찍널찍한 대리석이 깔린 광장 너머에는 하나같이 크고 아름다운 백학예원의 전각들이 펼쳐져 있었다. 저쪽 전각들 사이에서 한 무리의 사람이 빠르게 달려오는 게 보였다.

바닥은 밟지도 않고 허공을 구르듯 달려오는 것은 여덟 명의 노인들이었다. 눈 위를 달려도 발자국이 남지 않는다는 답설무흔(踏雪無痕)의 신법으로, 노인들이 무시할 수 없는 고수라는 사실을 미루어 짐작할 수 있었다.

"한주호팔학(漢洲護八鶴)."

노인들을 알아보고 곽기풍이 신음처럼 중얼거렸다. 한주호팔학. 한주를 지키는 여덟 마리 학이라는 별호답게 노인들은 눈부시게 흰 도복 차림이었다. 백발과 백염이 성성하고 두 눈이 깊고 명정하게 빛나는 도골선풍의 노인들은 하나같이 도가의 명망있는 노도인들처럼 보였다.

하지만 곽기풍은 노인들의 본명을 알고 있었다.

한주흉팔살(漢洲兇八殺).

한주의 흉악한 여덟 살귀들. 저 늙은이들이야말로 냉혼흉살 독사성과 함께 한주 땅을 누비며 숱한 피를 뿌렸던 살인귀들이다. 이제 예학사가 된 독사성이었기에, 그의 최측근인 한주흉팔살 역시 한주호팔학이란 이름으로 바꾸고 저런 고고한 풍모로 위장하였던 것이다.

겉모습이 바뀌었다고 잔혹성마저 버렸을까?

자신들 앞에 사뿐히 내려앉는 여덟 노인을 응시하며 곽기풍은 오금이 저려왔다. 저들 하나하나가 갈산악과는 비교조차 할 수 없는 고강한 무공을 지녔다면 더 이상 무슨 설명이 필요하겠는가?

"곽 총관님."

여린이 노인들에게 시선을 박은 채 곽기풍을 불렀다.

"예, 예."

"저 도인들은 누굽니까?"

"하, 한주호팔학이라고 백학예원 원주 독사성의 수신위들입니다."

여린이 노인들의 얼굴을 자세히 살폈다. 겉모습은 도골선풍이었으나 음충맞은 눈빛과 전신을 휘감은 사악한 기도가 노인들이 결코 도나닦고 있을 늙은이들이 아님을 말해주고 있었다.

여린의 입가에 비릿한 조소가 걸렸다.

"원래 이름이 한주호팔학입니까?"

"원래는 한주흉팔살이라고……."

그럴 줄 알았다는 듯 고갤 주억주억 하며 여린이 하우영을 돌아보았다.

"어떻습니까? 저깟 허깨비 늙은이들쯤은 하우 포두님 혼자 처리할 수 있을 것 같습니다만."

여린은 아직 하우영의 본신 무위를 완전히 파악하지 못하고 있었다. 사문기의 수하들을 광풍처럼 날려 버리는 광경을 목격하긴 했지만, 상대가 하나같이 이류급에 해당하는 철기방의 하급 문도들이었기에 그걸로는 파악이 불가능했다. 언뜻 가늠해 봐도 능히 일류급은 될 것 같은 저 한주호팔학인가 한주흉팔살인가 하는 늙은이들을 상대로라면 하우영의 진정한 실력을 가늠할 수 있을 것 같았다.

까앙!

여린의 마음을 읽었는지 하우영이 군말 없이 등 뒤의 쌍도끼를 꺼내 가슴 앞에서 맞부딪치며 한 걸음 성큼 나섰다.

곽기풍은 기가 막혔다.

"뭔가 단단히 착각들을 하고 있는 것 같은데요, 저 한주흉팔살은 하나하나가 초일류급의 내가고수란 말입니다."

여린이 힐끗 곽기풍을 돌아보며 웃었다.

"총관님이야말로 뭔가 착각하고 계시군요. 우리 하우 포두님은 저깟 퇴물 늙은이들쯤은 한 방에 날려 버릴 수 있는 절정의 고수입니다. 자신감을 가지세요. 동료들에 대한 믿음이야말로 우릴 강하게 만드는 힘의 근원입니다."

여린의 말에 화답이라도 하듯 하우영이 도끼로 여덟 노인을 가리키며 으르렁거렸다.

"덤벼라, 늙은이들!"

사형제지간으로 굳게 결속돼 있는 여덟 노인 중 맏이인 곡상은 그런 하우영을 바라보며 혀를 끌끌 찼다. 혈부 하우영에 대해선 그도 익히 들어 알고 있었다. 철기방 방도들 사이에선 일악일살이라 불리우며 공포의 대상으로 통한다지만, 곡상은 믿지 않았다.

소문이란 과장되기 마련. 공공연히 타도 철기방을 외치는 놈이 아직 살아 있는 건 순전히 관원이란 신분 때문이리라. 오늘처럼 경사스런 날 불문곡직하고 예원으로 뛰쳐들어 난동을 부리는 저 무뢰한들을 단 매에 쳐죽이고 싶었지만, 어쨌든 놈들은 관원이었고, 지금 이곳 예원의 광장에는 지켜보는 눈들이 너무 많았다.

곡상은 우선 저 천둥벌거숭이들을 점잖게 타일러 보기로 했다.

쿵!

곡상의 발이 대리석 바닥을 찍었다. 발바닥이 대리석을 두부처럼 녹이고 반 넘게 박히면서 흰 연기가 풀썩 피어올랐다.

자신의 무위를 은근히 과시하며 곡상이 하우영을 향해 진중하게 말했다.

"관부에서 나왔다니 오늘의 무례는 특별히 용서한다. 하나 인내에도 한계가 있는 법. 목숨이 아까운 줄 안다면 순순히……!"

쾌애애액!

곡상이 말을 채 끝마치도 전에 하우영의 왼손에 쥐어져 있던 도끼가 빠르게 회전하며 날아들었다. 거리가 너무 가까웠고, 둔해 보이는 덩치와는 달리 하우영의 손놀림도 빨랐다.

따당!

"크흑!"

양손을 재빨리 휘둘러 도끼를 튕겨냈지만 충격을 받은 곡상이 주르륵 밀려났다.

"허억!"

흠칫 고갤 쳐드는 곡상의 머리 위로 되돌아온 도끼를 움켜잡으며 양손 쌍도끼를 무지막지하게 후려쳐 오는 하우영의 모습이 닥쳐 들었다. 참으로 무식하고 직설적인 공격이었다. 하지만 곡상은 긴장하지 않을 수 없었다. 하우영은 너무 빠르게 움직였고, 두 자루 도끼에 실린 공력 또한 곡상의 상상을 훨씬 뛰어넘었기 때문이다.

"네 이놈! 관원이든 무엇이든 목을 부러뜨려 버리겠다!"

분노의 일갈과 함께 곡상이 도끼 날을 노리고 양손을 쳐 올렸다. 그의 손은 어느새 검고 딱딱하게 변해 있었고, 매의 발톱처럼 날카로운 손톱이 뻗쳐 나왔다.

흑응조.

갈산악이 여린에게 펼쳤던 흑응조가 곡상의 손을 통해 펼쳐졌다. 다른 점이 있다면 갈산악과는 비교조차 할 수 없는 막강한 공력이 실렸다는 정도랄까.

카아앙!

곡상의 손과 하우영의 도끼가 부딪치며 시퍼런 불꽃이 튀었다.

좀 더 충격을 받은 쪽은 곡상이었다. 하우영은 뒤쪽으로 서너 걸음 물러섰을 뿐이지만, 곡상은 검붉은 선혈을 한 모금 뿌리며 단숨에 십여 걸음을 물러서야 했다.

하우영이 숨 돌릴 틈조차 주지 않고 미처 방어 태세를 갖추지 못한 곡상을 향해 달려들었다. 나머지 일곱 노인이 위기에 처한 사형을 구하기 위해 일제히 흑응조를 내쏘며 날아든 건 바로 그때였다.

멈칫하는 하우영의 면전을 향해 사방에서 열네 가닥의 시커먼 수영(手影)이 덮쳐 왔다. 엄청난 압력에 잠시 주춤하던 하우영은 그대로 경악하는 곡상의 목을 노리고 도끼를 휘둘렀다.

"동귀어진이라도 하겠다는 것이냐, 미련한 놈아?!"

하우영이 사형제들의 공세를 무시하고 달려들 줄은 몰랐던 곡상이 절규했고, 그것이 그가 살아생전 이승에서 내지른 마지막 목소리였다.

퍼억!

예리한 도끼 날에 의해 곡상의 목과 어깨는 영원히 이별을 고하고 말았다.

"이놈! 찢어 죽여도 시원찮다!"

분노한 일곱 노인의 흑웅조가 일제히 하우영의 전신을 노리고 쑤셔 박혔다. 거의 동시에 하우영은 청성이 자랑하는 자오신공을 최대치로 끌어올렸다. 하우영의 흑빛 갑주가 풍선처럼 부풀어 올랐다.

퍼퍼퍼퍼퍼퍽!

노인들의 손톱이 틀어박힐 때마다 강한 충격을 받는 듯 하우영이 덜컥덜컥 전신을 진동했다. 하지만 그 충격은 뒤로 갈수록 미약해져 마지막 일곱 번째 노인의 손이 가슴을 찔렀을 땐 신형을 거의 똑바로 유지할 수 있었다.

여유가 생기자 하우영의 도끼가 마지막 노인의 얼굴을 노리고 날아갔다. 아직 하우영의 가슴에 박은 손을 회수하지 못한 노인의 얼굴이 얼음장처럼 창백해졌다. 설마 자신들의 연환 공격에 격중당한 하우영이 반격까지 해오리라곤 상상조차 못했던 것이다. 당연히 노인은 무방비 상태였다.

쉬이잇!

섬뜩한 칼바람 소릴 들으며 노인은 눈을 질끈 감았다.

퍼억!

맏형에 이어 또 한 사형제의 목이 허공으로 튀어오르는 광경을 목격하고 나머지 여섯 노인은 분루를 흘렸다. 믿을 수가 없었다. 혈부의 포악함에 대해선 익히 들어왔으나 저 곰 같은 놈의 무공이 이런 상승의 경지까지 올라섰음은 꿈에도 몰랐다.

비통해만 하고 있을 때가 아니었다. 아직 싸움은 끝나지 않았고, 처음처럼 방심만 하지 않는다면 아직 자신들에게 승산이 있다고 노인들은 믿었다.

"흑응삼십이멸로(黑鷹三十二滅路)를 펼쳐라!"

중앙에 선 노인이 주먹을 번쩍 쳐들며 소리치자 양옆으로 또 다른 두 명의 노인이 어깨를 걸며 버티고 섰다. 이어 두 명의 노인이 세 노인의 어깨를 밟고 올라섰고, 마지막 노인이 그 두 노인의 어깨를 밟고 올라서 여섯 노인이 하나의 작은 인탑(人塔)을 쌓았다.

그렇게 합격진을 취한 후 여섯 노인은 일제히 흉흉한 안광을 폭사하며 전신으로 검은 연기 같은 기세를 피워 올리기 시작했다. 여섯 노인이 일제히 막강한 경기(勁氣)를 피워 올리자 인의 탑을 쌓은 노인들 전체가 한 사람의 시커먼 거인처럼 보였다.

하우영은 동요하지 않고 조용히 양손의 도끼를 고쳐 잡았다. 오랜 세월 함께 수련한 무인들이 펼치는 합격진은 무섭다. 그것은 일 더하기 일은 이라는 등식을 무시하고 일 더하기 일은 십도, 백도 될 수 있다는 무한한 잠재력의 증폭 효과를 불러왔다.

'단숨에 깨야 한다, 단숨에!'

어금니를 지그시 물며 하우영은 다짐했다. 합격진은 오래 상대할수록 불리하다. 초장에 진의 심장부로 파고들어 가 초전박살을 내야 승산이 있는 것이다.

끼우웅!

하우영이 공력을 극한까지 끌어올리자 흑빛 갑주가 터질 듯 팽팽하게 부풀어 오르며 갑주에 달라붙은 쇠 비늘이 쩔그럭쩔그럭 비명을 질렀다.

"끝장을 보자, 늙은이들."

먼저 움직인 건 하우영이었다.

양손 도끼를 풍차처럼 휘두르며 하우영이 인의 탑을 향해 도약했다.

"혈응살대호(血鷹殺大虎)—!"

노인들이 입을 모아 벼락 같은 포효성을 내지르며 일제히 검게 변한 양손을 내질렀다. 순간 총 열두 가닥의 맹렬한 장력(掌力)이 폭출되었다.

끼아아아앙!

열두 가닥의 장력이 나선형으로 꼬이는가 싶더니 한 마리 거대한 검은 매의 형상이 되어 날카로운 발톱을 세우고 하우영을 향해 밀려갔다.

"거성낙하수(巨星落河水)!"

자신을 향해 노도와 같이 밀려드는 검은 매의 머리통을 노리고 쌍도끼를 찍으며 하우영이 짧게 소리쳤다. 동시에 두 자루 도끼의 도신이 우우웅 떨렸다.

거성낙하수는 칠성검법 중에서도 특히 무지막지한 검초였다. 주로 내공에 자신있는 제자들이 칼자루를 잡은 양손에 최대한 내공을 불어넣어 상대에게 힘 대 힘으로 저항하는 검초였던 것이다. 어찌 보면 도끼라는 중병을 사용하는 하우영에겐 가장 적합한 초식이랄 수도 있었으나, 일격필살이 실패했을 경우 더 이상 자신을 지킬 방어 수단이 남지 않게 된다는 결정적인 약점도 있었다.

꽈아앙!

검은 매 형상의 경기와 하우영의 전신 내력이 깃든 도끼가 정면 충돌했다. 엄청난 폭음과 함께 사방으로 맹렬한 경기가 비산했다.

곽기풍과 장숙, 단구는 물론 여린조차 그 막강한 후폭풍에 밀려 팔 등으로 얼굴을 가린 채 대여섯 걸음씩 물러서야 했다.

하우영의 양손 손바닥이 찢어져 핏물이 홍건히 배어 나왔다. 그러나 그는 끝내 도끼를 놓치지 않았다.

훨씬 큰 타격을 입은 건 노인들 쪽이었다. 여섯 사람의 합격진이 단숨에 깨어지며 노인들은 울컥울컥 핏덩이를 토해냈다. 탑을 쌓은 상태 그대로 휘청휘청 물러서는 노인들의 머리 위로 하우영이 마지막 힘을 쥐어짜 드높이 도약했다. 쌍도끼를 대각으로 크게 휘둘러 맨 위쪽의 노인부터 맨 아래쪽 노인들까지 한꺼번에 갈라 버렸다.

"으아악!"

"크아악!"

"우웨에엑!"

처절한 비명과 함께 팔다리가 동강난 노인들이 피 분수를 뿌리며 너울너울 날아갔다. 노인들이 피 곤죽이 되어 땅바닥에 처박히자 멀찍이 둘러서서 구경하던 수백, 수천의 내빈객이 비명을 내지르며 뿔뿔이 흩어져 달아나기 시작했다. 입춘을 맞아 축제 분위기로 흥청거리던 백학예원이 순식간에 아비규환의 난장판으로 변해 버리는 순간이었다.

후두둑후두둑!

하우영이 축 늘어뜨리고 있는 두 자루의 도끼 날로부터 제 손아귀에서 흐른 피와 여덟 노인의 피가 한데 뒤섞여 연신 떨어졌다.

쌍도끼를 늘어뜨린 채 어깨를 들썩이며 숨을 고르는 하우영의 뒷모습을 곽기풍은 귀신이라도 되는 양 바라보았다.

'한주호팔학을 도끼질 한 방으로 박살 냈어. 저게 사람이냐, 귀신이냐?'

그런 곽기풍의 얼굴을 여린이 여봐란 듯 웃으며 돌아보았다. 여린의 시선을 느끼고 할 말이 없어진 곽기풍은 그저 고갤 푹 숙이고 땅바닥을 응시할 뿐이었다.

이때 전각 쪽이 다시 소란스러워지더니 거의 백여 명에 육박하는 예원 선위무사들이 손과 손에 장검 한 자루씩을 꼬나 쥐고 달려오는 게 보였다.

여린 일행 앞을 반원형으로 에워싼 선위무사들은 하나같이 준수한 청년들이었다. 한주호팔학과 마찬가지로 흰색 도복에 이마엔 청색 영웅건을 두른 폼이 하나같이 명문 대파의 후기지수들 부럽지 않아 보였다.

철기방 문도들이라면 일단 가슴과 등짝에 두른 둥그런 쇠 방패와 무지막지한 낭아곤이 상징이랄 수 있었다. 하지만 예원의 성격상 그런 무식한 차림으로 원 내를 활보할 순 없었기에 독사성 휘하의 철기방 문도들만은 이런 헌헌한 차림새를 하고 있었던 것이다.

칼끝으로 여린 등을 겨누며 청년들이 노골적인 살기를 뿜어냈다.

"흥!"

가소롭다는 듯 코방귀를 날리며 나서려는 하우영을 여린이 막아섰다.

"하우 포두님은 이미 많은 힘을 쓰지 않았습니까? 저런 허수아비들은 동료들에게 맡기고 잠시 쉬십시오."

그렇게 말하며 여린은 곽기풍과 장숙, 단구를 돌아보았다.

곽기풍이 눈을 동그랗게 뜨며 손가락으로 제 얼굴을 가리켰다.

"우, 우리요?"

"일종의 시험이라고 생각하면 될 겁니다. 여러분의 무위를 정확히 파악해야 철기방과의 본격적인 사투에 앞서 보완할 점은 보완할 수 있지 않겠습니까?"

불안하게 눈알을 굴리는 곽기풍의 얼굴을 여린이 태연히 웃으며 바라보았다. 곽기풍은 어떻게든 빠져나갈 구멍을 찾고 있는 게 분명했다. 여린은 곽기풍의 어깨를 감싸안으며 이렇게 말해주고 싶었다. '아직도 모르겠소? 당신은 이미 빠져나갈 수 없어'라고.

곽기풍이 손가락으로 제 얼굴을 가리키며 헤헤 웃었다.

"뭔가 착각하신 것 같습니다, 줍포님. 전 무관 직이 아니라 문관 직입니다."

여린이 일고의 가치도 없다는 듯 말했다.

"인원이 부족한데 문관 직과 무관 직을 나눌 수 있습니까? 일단 한번 부딪쳐 보십시오."

"하, 하지만……."

곽기풍이 미처 뭐라고 항변하기도 전 여린이 하우영의 팔을 잡아끌며 순식간에 십여 장을 물러섰다. 결국 가만히 있던 곽기풍과 장숙, 단구가 앞으로 나선 꼴이 되었고, 그것이 청년들을 자극한 것 같았다.

"와아아아!"

청년들이 일제히 검을 휘두르며 곽기풍 등에게로 달려들었다.

곽기풍이 장숙과 단구의 뒷덜미를 잡아 자신 앞으로 세우며 악을 썼다.

"막아! 날 보호하란 말이다, 병신들아!"

장숙과 단구가 황망히 군도를 뽑아 들었다.

카캉!

선두에서 달려들던 두 청년이 내지른 검을 장숙과 단구는 간신히 튕겨냈다. 그런 후 재빨리 군도를 수평으로 휘둘러 청년들의 옆구리를 길게 베었다. 피를 쏟으며 고꾸라지는 두 청년 너머 동료의 피에 눈이 뒤집힌 수십 명의 청년이 한꺼번에 달려들었다.

사실 평소엔 제 한 몸 지키기에 급급해 보이는 장 포두와 단 포두는 나름대로 감춰둔 재주가 있었다.

두 사람은 한때 이승은 환상일 뿐, 행복은 오직 사후 세계에서만 찾을 수 있다는 교리로 오랜 정치적 혼란과 가뭄에 피폐해져 있던 서북 삼성의 유민들 사이에서 들불처럼 전파되었던 서장 포달랍궁의 라마교에 투신했던 교우(敎友)였다.

라마 불교의 무서운 교세 확장에 위협을 느낀 강호의 제 방파들이 연합하여 교를 공격해 왔고, 그들과 맞서 선봉에서 악귀처럼 싸운 덕분에 포달랍궁의 절기 중 하나인 구주환상검(九州幻像劍) 중 단 몇 초식이나마 전수받을 기회를 얻은 것이다.

관원이 된 이후에도 서로를 독려하며 꾸준히 수련한 덕분에 나름대로 일류급의 성취를 이룬 두 사람이었다.

그들이 곽기풍으로부터 퇴물이니, 칼질보단 삽질에 재능이 있다느니 하는 비웃음을 당하면서도 끝까지 포달랍궁의 무공을 펼쳐지 않은 데는 그만한 이유가 있었다. 아직도 포달랍궁은 새외 마교(魔敎)의 일맥으로 매도되었고, 자칫하면 힘겹게 얻은 관직은 물론 마교도로 몰려 목이 떨어질 판국이었다.

시퍼런 검을 휘두르며 야차 떼처럼 덤벼드는 청년들을 바라보며 장숙과 단구는 과부 쌈짓돈처럼 흉중에 꼭꼭 숨겨두었던 구주환상검을 펼치기로 마음먹었다. 그들이 보기에 여린은 한 번 한다면 하는 성격이었고, 아마도 자신들 중 누군가 한 사람이 죽기 전까진 절대 도와주지 않을 것 같았기 때문이다.

일단 결심이 선 두 사람이 군도를 쭉 내찌르며 무섭게 덤벼드는 청년들을 향해 신형을 날렸다.

두 사람의 군도 끝에서 구주환상검의 일초식이 멋들어지게 펼쳐졌다.

구주환상검은 환검(幻劍)의 일종이다.

특이하게도 검을 쥔 장숙과 단구의 팔목이 한 바퀴 완전히 돌아가더니 단숨에 수백 개의 검영이 폭포수처럼 폭출되었다. 물론 하나만 빼고 모두 환영이었지만, 웬만한 절정의 고수가 아니면 결코 진위를 구분할 수 없으리라.

따다다당!

카카카카캉!

"크아악! 무슨 검영이 하늘을 뒤덮을 정도냐?"

"으아악! 도, 도저히 피할 수가 없다! 이건 악마의 검법이다!"

청년 무사들은 난생처음 대하는 괴상한 검법에 대응할 정도로 경험이 풍부하지 못했다. 가짜 검영을 간신히 튕겨낸 청년들이 이내 진짜 칼날에 목이 꿰뚫리며 쓰러졌다. 순식간에 시체간 된 이십여 명의 동도를 버려두고 장숙과 단구, 단 두 사람에게 밀려 팔십여 명의 청년들이 정신없이 퇴각했다.

곽기풍은 기가 찼다.

저 퇴물 포두 놈들이 저런 꿍수를 숨겨두고 있었다니.

"케헴!"

헛기침과 함께 곽기풍이 어깨를 쭉 폈다. 어쨌든 저들은 자신의 직속 수하들. 수하들의 능력은 곧 상관의 능력으로 직결된다는 건 상식

아닌가.

힐끗 돌아보자 멀찍이 떨어져 서 있는 여린과 하우영은 곽기풍의 기대와 달리 태연한 표정이었다.

'억지로 참는 거지? 너희들도 엄청 놀랐는데 억지로 참고 있는 거 맞지?'

곽기풍이 득의롭게 웃었다.

하지만 여린은 자신의 집무실에 소속된 두 명의 포두가 진짜 실력을 숨기고 있다는 걸 진작부터 눈치채고 있었다. 가끔씩 눈가로 정광이 스치고, 미약하나마 태양혈이 돌출된 걸로 보아 그들이 이미 일류의 수준을 뛰어넘으려 한다는 걸 알았다.

"포달랍궁의 무공 같군."

옆에 선 하우영이 덤덤히 말했다. 여린이 고개를 끄덕였다.

"포달랍궁의 무공 중 구주환상검이라는 겁니다."

하우영이 이채를 띠고 여린을 돌아보았다.

"포달랍궁의 무공에 대해서도 알고 있소?"

"스승께선 천하에 산재한 무공을 학문적으로 해석하려 하신 분이셨소. 그분의 어깨 너머로 구결만 몇 자락 눈동냥했을 뿐입니다."

하우영은 고개를 갸웃했다. 천하엔 무수한 방파가 산재해 있었으나 저자의 어린애들이나 가르치는 작은 무관에서조차 자신들의 진전이 외부로 새어나가는 것을 극도로 꺼렸다. 하물며 천하에서 가장 신비로운 세력으로 알려진 포달랍궁의 무공을 속속들이 알고 있는 여린의 스승이 과연 누구인지 궁금했던 것이다.

하우영이 한창 머리를 굴리고 있을 때 여린의 눈은 장숙과 단구의 몸놀림을 좇고 있었다.

두 사람의 검봉으로 눈부신 검광이 폭포수처럼 쏟아져 한사코 뒷걸음질치는 청년 무사들을 고혼으로 만들고 있었다. 여린조차 진위를 구별하기 힘든 수십 가닥의 검광에 청년들은 반쯤 넋이 나가 버린 듯했다.

평소의 좀 모자란 듯한 모습은 어디론가 사라지고, 장숙과 단구는 삼엄한 기세를 내뿜으며 청년들을 몰아붙이고 있었다. 여린은 저 둘이 이미 일류를 지나 초일류의 언저리에 한 발을 내딛고 있음을 깨달았다.

'뜻하지 않은 원군을 얻은 셈이로군.'

여린의 입가에 회심의 미소가 걸렸다.

한편 곽기풍은 신바람이 났다.

장숙과 단구의 힘만으로 저 수많은 선위무사들을 퇴치할 수 있다고 확신한 그는 주먹을 붕붕 휘두르며 두 사람을 쫓아 달려 나갔다.

"밟아! 밟아! 저 새끼들 깡그리 밟아버려! 관에 대항하는 놈들은 본 때를 보여줘야 해!"

곽기풍이 모르는 사실이 있었다. 바로 장숙과 단구가 화려한 검초에 비해 내공이 현저히 떨어진다는 것을.

포달랍궁에서 정식으로 라마승으로 발탁된 게 아니었던 두 사람은 초식 한 자락은 눈동냥을 할 수 있었으나, 상승의 내공심법까지 전수받진 못했다. 환영을 펼친다는 것 자체가 많은 내력을 소모시키는 일이었고, 청년 삼십 명쯤을 고혼으로 만들었을 때 두 사람은 이미 탈진해 있었다.

당연히 검끝에서 뻗쳐 나가는 검영의 숫자도 현저하게 줄어들었다. 청년들은 이제 어렵지 않게 검영을 튕겨내며 사방에서 장숙과 단구를 압박해 왔다.

"죽여! 죽여! 한 놈도 남기지 말고 어육을 만들어 버려!"

장숙과 단구를 몰아붙이던 청년 둘이 약간 떨어진 뒤쪽에서 악을 써대는 곽기풍을 노려보았다. 그들의 눈엔 장숙과 단구보다 곽기풍이 더욱 밉게 보였다. 두 청년이 장숙과 단구를 버려두고 곽기풍을 향해 치달렸다.

쉬이익!

"으허헉!"

두 청년의 예리한 검이 얼굴을 향해 날아들자 곽기풍은 경악했다. 곽기풍이 뱀 밟은 돼지처럼 양팔을 휘저으며 뒤쪽으로 정신없이 뒷걸음질쳤다. 하지만 청년들의 손에서 쭉 늘어난 검영은 포기하지 않고 계속 곽기풍을 따라왔다.

"안 돼! 안 돼! 나한테 이러면 안 돼! 끄아아아! 사람 살려!"

사색이 되어 비명을 내지르는 곽기풍의 목전으로 두 줄기 예리한 검영이 닥쳐 들었다.

따당!

곽기풍의 앞을 바람처럼 막아서며 맨손으로 검날을 튕겨낸 사람은 여린이었다.

"괜찮습니까, 총관님?"

"즈, 즙포님."

죽다 살아난 곽기풍의 눈가에 눈물이 그득 고였다.

"늘 조심하십시오. 총관님이야말로 대철기방 타도의 선봉 아니십니까?"

곽기풍으로선 자신이 왜 철기방 타도의 선봉이 됐는지 알 수 없는 노릇이었으나, 지금은 그런 걸 따질 계제가 아니었다.

곽기풍이 감격에 겨운 표정으로 고갤 크게 주억주억했다.

"그러믄요. 그렇고말굽쇼."

여린이 옆으로 다가온 하우영을 돌아보며 싱긋 웃었다.

"자, 그럼 본격적으로 몸을 풀어볼까요?"

"그럽시다."

두 사람이 동시에 땅을 박차고 날아올라 한창 장숙과 단구를 몰아붙이고 있는 청년들 한복판으로 뛰어들었다. 장 포두와 단 포두를 끝장내려 달려들던 청년들이 추풍낙엽처럼 튕겨 나갔다.

하우영의 무지막지한 도끼질에 청년 예닐곱이 한꺼번에 목 없는 고혼이 되었고, 여린이 마구잡이식으로 휘두른 주먹질에 청년들이 이와 핏물을 쏟으며 붕붕 튕겨 나갔다. 여린과 하우영의 주변은 마치 회오리라도 일어난 것처럼 피투성이가 된 청년들의 시체가 어지럽게 널려 있었다.

군도를 힘없이 늘어뜨린 장숙과 단구가 멍한 눈으로 두 사람을 쳐다보았다.

'대단하다. 저 정도면 능히 절정의 고수라 부를 만하다.'

강호의 무인들은 그 무위에 따라 대개 여섯 단계로 분류된다. 삼류, 이류, 일류, 초일류, 절정, 초절정이 그것으로 절정의 경지라면 적어도 소림과 무당 등 명문 대파의 장문인이나 그 사형제들의 직계인 일대제자 중에서도 특출한 자들만이 오를 수 있는 경지였다. 한마디로, 강호 전체를 통틀어 백 손가락 안에 든다는 뜻이다.

장숙과 단구의 시선은 특히 여린에게 집중되고 있었다.

두 사람도 무공에 대해선 나름대로 식견이 있었으나 아무리 눈을 씻고 봐도 여린이 사용하는 장법은 소림의 나한권(羅漢拳)이 분명했다.

나한권이 무엇인가? 무림의 태두 소림사의 일절이라곤 하나, 이미 하오문의 잡배조차 구결을 암송하고 있는 기초 중의 기초였다. 좋은 목공은 연장을 탓하지 않는다지만 나한권으로 저만한 신위를 펼쳐 보인다는 건 납득하기 힘들었다.

"멈추시오! 멈추시오!"

여린과 곽기풍이 이십여 명의 청년만 남기고 나머지 청년들을 모조리 고혼으로 만들어 버릴 무렵이었다. 광장 저 안쪽에서 자그마한 노인 하나가 휘적휘적 달려오는 게 보였다.

덕분에 여린과 하우영의 피를 부르는 살풀이는 가까스로 멈추었다.

이미 전의를 상실한 청년들 앞으로 노인이 걸어 나왔다.

여린이 고갤 갸웃하며 노인의 안색을 살폈다.

무공을 익힌 흔적은 없었으나 꽤 강단이 있어 보이는 학사풍의 노인이었다.

노인, 즉 백학예원의 총관 고문종이 여린을 향해 정중히 포권을 취하며 길게 읍했다.

"미천한 아이들이 귀인을 몰라뵙고 크나큰 결례를 범했나이다. 부디 노여움을 푸시고 너그러이 용서하여 주옵소서."

여린이 싱긋 웃으며 물었다.

"뉘신지?"

"백학예원의 총관을 맡고 있는 고문종이라 하옵니다."

"어, 우리 곽 총관님과 같은 직책일세?"

여린이 아직도 숨을 헥헥 몰아쉬고 있는 곽기풍을 돌아보며 장난스럽게 웃었다.

그런 여린의 얼굴을 유심히 응시하며 고문종은 긴장하지 않을 수 없었다.

'백학예원이 철기방의 한주지부라는 건 천하가 다 아는 사실. 호굴 한복판에서 저렇듯 여유를 부린다는 건 자신감인가, 아님 만용인가? 어쨌든 함부로 대할 인물은 아니로다.'

무골인 독사성이 무공이 출중한 측근들을 제치고 고문종을 총관으로 삼은 데는 다 이유가 있었다. 그만큼 세상의 이치를 잘 파악하고 사람 보는 눈이 남달랐기 때문이다.

고문종이 광장 안쪽을 가리키며 정중히 말했다.

"듭시지요. 원주님께 안내하겠습니다."

"노인네답지 않게 시원시원해서 좋군. 갑시다."

여린이 고문종의 어깨를 소리 나게 때리며 힘차게 걸음을 옮겼다.

주춤주춤 물러서서 길을 터주는 청년들을 향해 눈을 부라리며 하우영과 곽기풍, 두 명의 포두가 뒤를 따랐다.

第五章

여린, 철려화에게 접근하다

여린, 철려화에게 접근하다

치참한 꼴을 당할 뻔한 소녀를 구해준
은인께 드리는 작은 정표랍니다

웅장한 선학대전 현관 안으로 고문종을 따라 여린 일행이 들어섰다.
붉은 비단이 깔린 넓은 복도를 여린과 일행은 걸어 들어왔다.

복도 양옆 허리에 일검을 비껴 찬 수백 명의 선위무사가 은은한 안
광을 폭사하며 여린 등을 노려보고 있었다.

곽기풍과 장숙, 단구는 절로 오금이 저렸으나 여린과 하우영만은 가
슴을 쭉 펴고 걸었다.

일행이 마침내 대전 안으로 들어섰다.

승천하는 용이 꿈틀꿈틀 양각돼 있는 거대한 기둥들이 양옆으로 죽
늘어서 있는 넓은 대전 끝의 높다란 태사의에 좌정한 독사성이 보였다.

"사하현 현청의 즙포사신 여린님께서 방문하셨습니다, 원주님. 즙포
사신께서는 원주님께 특별한 용무가 있다고… 어엇!"

독사성을 향해 허릴 숙이며 읊조리는 고문종을 밀치고 여린이 앞으

로 나섰다.

저벅저벅!

태연히 뒷짐 진 여린이 천천히 대전을 가로질러 독사성 앞으로 다가 갔다. 여린이 마침내 태사의 바로 아래 멈추었다.

독사성과 여린이 한동안 조용히 서로의 얼굴을 응시했다.

단지 바라볼 뿐인데 두 사람 주변의 공기가 꽁꽁 얼어붙는 것 같았 다.

먼저 입을 연 쪽은 독사성이었다.

"즙포사신이 내게 무슨 용무인가?"

"이걸 좀 봐주시죠."

피잉!

여린이 품속에서 공문서 한 장을 꺼내 오른손 중지와 엄지만을 튕겨 독사성을 향해 날려 보냈다. 얇은 종이쪽지가 독사성의 안면을 향해 비수처럼 날아갔다.

독사성이 공문서를 낚아채 빠르게 읽어 내렸다. 그의 눈매가 점점 사나워지더니 흉흉한 안광을 내뿜기 시작했다.

독사성이 공문서를 와작 구기며 여린을 향해 으르렁거렸다.

"포박장(捕縛章)? 살인과 사체 유기 혐의란 말이지?"

"그렇소."

여린이 태연히 대답했다.

독사성은 볼품없는 여린의 행색을 새삼 죽 훑어보았다. 계집들이 제 법 탐낼 만한 반반한 얼굴이긴 했으나 특별히 태양혈이 돌출되거나 두 눈에 정광이 어리지 않은 것으로 보아 고수로는 생각되지 않았다.

저 하룻강아지가 대체 뭘 믿고 이리 설치는가?

궁금해진 독사성이 여린에게 물었다.

"자네가 사하현청에 새로이 부임했다는 신임 즙포로군."

"그렇소."

"본 방의 갈산악 당주를 잡아들이고, 부당주 사문기를 불구로 만든 장본인이 자네가 틀림없겠지?"

"그렇소."

독사성이 태사의 팔걸이를 움켜잡은 손아귀에 힘을 주었다.

푸슈슈슈!

쇳덩이로 만든 팔걸이가 녹아들면서 한줄기 연기가 피어올랐다.

그 상태 그대로 독사성이 여린을 쏘아보며 차갑게 말했다.

"겁이 없는 건가, 아님 상황 파악이 안 되는 건가? 자네가 지금 어떤 처지에 놓여 있는지 알고는 있나?"

여린이 대답 대신 힐끗 대전 양옆 기둥들을 둘러보았다. 높다란 천장까지 닿아 있는 기둥 상단부에 온통 검은 야행의에 검은 망토, 검은 복면을 뒤집어쓴 열여덟 명의 사내가 거꾸로 매달린 채 벌건 혈광을 폭사하는 모습이 들어왔다. 양손에 길이가 족히 삼 척은 될 것 같은 날카로운 쇠 인조 발톱, 즉 비조(飛抓)를 착용한 사내들의 신위는 그야말로 한 마리 박쥐였다. 하나같이 오 척이 약간 넘는 작은 체구였지만, 사내들에게선 숨 막힐 듯한 살기가 풍겨왔다.

독사성이 흐릿하게 웃으며 사내들 쪽을 가리켰다.

"내 비밀 시위인 십팔혈편복(十八血蝙蝠)들일세. 주군에 대한 충성심이 각별해 내게 눈꼽만한 위해를 가해도 사생결단을 내리려고 들지. 천둥벌거숭이 같은 자네에겐 좋은 교훈이 될 게야."

슈아아악!

독사성의 말이 끝나기가 무섭게 기둥에 매달려 있던 십팔혈편복이 여린의 머리를 향해 일제히 쏟아져 내렸다. 아래쪽으로 쭉 내뻗은 양손에선 날카로운 비조가 번뜩였다.

열여덟 마리의 커다란 박쥐가 섬뜩한 발톱을 내리찍으며 떨어지는 광경을 올려다보며 여린은 천천히 목검을 뽑았다.

박쥐들을 향해 들어 올린 목검으로 크게 원을 그리자 원 안으로 미미한 경기의 파동이 일었다.

그런 여린을 내려다보며 편복들은 고소를 금할 수 없었다.

지금 여린이 시전하는 초식은 삼재검 중 삼환투월(三環套月)의 수법이었다. 저따위 삼류 무공으로 감히 십팔혈편복의 협공을 막아내려 하다니.

단숨에 심장을 후벼 파리라.

선두에서 쏟아져 내리던 다섯 명의 편복이 여린의 머리 위에서 핑글핑글 맴돌며 비조를 내찔렀다.

카카카캉!

바로 그 순간 여린이 목검으로 그린 원 안의 파동으로부터 대여섯 개의 검광이 분수처럼 솟구쳐 편복들의 비조와 부딪쳐 갔다. 시퍼런 불꽃이 비산하는 가운데 선두 편복들은 엄청난 압력을 느끼며 뒤쪽으로 너울너울 튕겨 나갈 수밖에 없었다.

예상 밖의 반격이었으나 편복들은 당황하지 않았다.

연이어 덮쳐든 여덟 편복이 여린의 팔방을 점하며 무서운 기세로 비조를 휘둘렀다.

따다다다당!

허릴 잔뜩 숙인 여린이 오히려 허공을 가득 메운 비조의 공세 속으로 들어가 목검을 갈짓자로 크게 휘둘렀다. 여린의 목검과 편복들의 비조가 충돌할 때마다 엄청난 굉음과 함께 시퍼런 경기가 사방으로 비산했다.

한낱 목검으로 자신들의 전력이 실린 비조를 튕겨내는 여린을 보며 편복들은 기가 막힐 지경이었다.

여린이 구사하고 있는 초식은 삼재검 중 맹호희산(猛虎戱山)의 초식으로, 삼재검 따위에게 자신들의 협공이 연달아 막히리라곤 상상조차 못했던 것이다. 그러나 여기서 포기할 편복들이 아니었다.

여덟 편복들을 힘겹게 막아냈나 싶은 순간, 마지막 다섯 편복이 일렬 횡대 대형으로 날아들며 일제히 비조를 내쏘았다.

쐐애애액!

정확히 열 개의 비조가 열 가닥 푸른 한광이 되어 여린의 목전으로 날아들었다. 그 속도가 너무 빠르고 기세가 너무 엄중해서 이미 앞선 열세 명의 편복을 막아내느라 기진한 여린이 막아내기엔 역부족 같았다.

여린이 비조들을 피해 재빨리 뒷걸음질을 시작하자 꿩을 쫓는 매처럼 비조들이 여린을 추적했다.

까앙!

까앙!

까아앙!

여린이 사력을 다해 목검으로 세 개의 비조를 연달아 튕겨냈다.

"크흐흡!"

미처 막아내지 못한 네 번째 비조가 옆구리 깊숙이 쑤셔 박히며 살점을 왕창 뜯어내자 여린은 고통스런 신음을 삼켜야만 했다.

슈아아악!

숨 쉴 틈조차 주지 않고 나머지 여섯 개의 비조가 날아들었다.

"쌍성암혼!"

바로 그 순간 여린의 어깨 너머에서 훌쩍 날아오른 하우영이 여린의
발 앞으로 두 자루의 도끼를 힘껏 내던졌다.

콰콰콰쾅!

두 자루 도끼가 대리석 바닥을 뚫고 처박히는 순간 엄청난 폭발이
터져 올랐고, 그 폭발의 장벽에 가로막힌 비조들이 방향을 잃고 사방으
로 튕겨 나갔다.

되돌아온 도끼를 움켜잡고 내려선 하우영이 여린을 향해 씨익 웃었
다.

"박쥐 새끼들이 좀 많은 것 같소. 같이 때려잡읍시다."

장숙과 단구도 군도를 꼬나 쥐고 여린의 양옆에 섰다.

"우리도 있습니다."

여린이 신뢰를 가득 담은 미소로 세 사람을 둘러보았다. 그들 사이
에 처음으로 끈끈한 동료애 같은 게 흐르기 시작했다.

여린을 중심으로 가슴을 쭉 펴고 버티고 선 하우영, 장숙, 단구와 열
여덟 명의 편복이 십여 걸음을 두고 대치하며 서로를 노려보고 있었다.

태사의에 앉은 독사성이 짜증스럽다는 듯 나직이 씹어뱉었다.

"오늘 중요한 점심 약속이 있다. 내가 언제까지 기다려야겠느냐?"

"원주께선 기다리실 필요가 없습니다!"

동시에 편복들이 일제히 도약했다.

바바바바박!

비조를 번뜩이며 허공을 밟듯이 내달려오는 편복들을 올려다보며

여린은 일순 긴장했다.

초상비(草上飛)! 풀 위를 달리듯 허공을 격하며 달린다는 초절정의 신법이 박쥐 사내들에 의해 펼쳐지고 있었다. 독사성의 비밀 시위들이 여린의 예상보다 몇 배 무서운 고수들로 판명되는 순간이었다.

'이대로 부딪쳤다간 하우 포두는 몰라도 장 포두와 단 포두는 치명상을 면치 못한다!'

결국 여린은 그간 자제해 왔던 자신의 독문기공을 펼쳐 보이기로 결심했다.

목검을 허리 아래로 비스듬히 늘어뜨리고 어깨 넓이로 벌린 양발에 힘을 불어넣으며, 여린은 상단전(上丹田)에 뭉쳐져 있던 기의 덩어리를 머리끝의 백회열부터 척추로, 척추에서 다시 회음으로, 회음에서 하단전을 거쳐 다시 명치를 지나 독문으로 빠르게 휘돌리기 시작했다.

통상 무인들의 기를 응집하는 단전이라 함은 하단전을 의미한다. 그런데 특이하게도 여린은 명치 부분인 상단전에 기를 응집하고 있었다. 그리고 기를 몸 안에서 운기의 과정도 하단전에서 회음으로, 회음에서 다시 척추를 거쳐 정수리로, 정수리의 백회혈에서부터 다시 명치, 단전, 회음으로 휘돌리는 게 정석이었다. 그런데 여린은 완전히 거꾸로 운기하고 있었던 것이다.

이렇듯 전혀 다른 방법으로 기를 운용하는 건 무인 자신에게 매우 위험해 그 자리에서 피를 쏟고 죽거나 주화입마에 빠질 위험이 있었다. 이런 위험을 알면서 비정상적으로 기를 운용하는 무인들이 있긴 있었는데, 바로 사공이나 마공을 익히는 간악한 무리들이었다.

"으으음."

상단전과 하단전에서 동시에 익숙한 통증을 느끼며 여린은 입술을 지그시 깨물었다. 두 눈에 뜨거운 열기가 느껴지며 온몸을 저릿하게 하는 오한이 들기 시작했다. 전신의 피가 좁은 혈관을 터뜨려 버릴 듯 무섭게 질주하자 여린은 더욱 한기를 느끼며 이를 딱딱 맞부딪쳤다.

갑자기 후끈한 열기를 느끼고 하우영이 힐끗 여린을 돌아보았다.

동시에 하우영의 눈이 부릅떠졌다. 여린이 참으로 해괴한 몰골을 하고 있었던 것이다.

목검을 잡은 오른 팔뚝은 물론 여린의 얼굴과 전신이 뱀처럼 꿈틀거리는 푸른 핏줄로 뒤덮여 있었다. 그 상태에서 푸들푸들 경련을 일으키며 눈으론 시뻘건 혈광을 폭사하는 여린의 모습은 혈마인(血魔人) 그 자체였다.

'독에 당했다!'

하우영은 독이 발라진 편복들의 비조에 여린이 당했다고 생각했다. 여린의 상세가 다급해 보였지만, 당장은 눈앞으로 닥쳐 드는 편복들이 더 급했다.

"박쥐 잡으러 가자!"

우렁찬 외침과 함께 하우영이 쌍도끼를 휘두르며 편복들을 향해 짓쳐 나갔다. 장숙과 단구도 어금니를 질끈 물며 하우영을 뒤따랐다.

쫘아아앙!

하우영과 장숙, 단구와 편복들이 정면으로 맞부딪치며 엄청난 경기가 폭멸하듯 터져 나왔다.

하우영은 정면에서 덮쳐들던 세 편복의 목을 단숨에 날려 버릴 수 있었다.

장숙과 단구도 자신의 안위는 돌보지 않는 일격필살의 초식으로 각각 한 명씩의 편복을 거꾸러뜨렸다.

하지만 세 사람이 입은 타격도 만만치는 않았다.

하우영의 양쪽 어깨엔 두 개의 비조가 깊숙이 박혀 살점을 후벼파는 중이었고, 장숙과 단구는 각각 옆구리와 장딴지에 비조가 처박혀 철철 피가 흘렀다.

"물러서! 물러서!"

하우영이 우박처럼 쏟아지는 비조들을 쌍도끼를 풍차처럼 휘돌려 튕겨내며 뒤쪽으로 정신없이 물러섰다. 하우영의 넓은 등짝을 방패 삼아 장숙과 단구도 뒷걸음질을 치고 있었다.

동료를 잃은 편복들은 눈을 까뒤집고 세 사람을 향해 득달같이 달려들었다. 하우영마저 지친 기색이 역력했고, 이제 세 사람의 목숨은 바람 앞의 촛불 신세였다.

"모두 죽여 버릴 테다아아―!"

고막을 찢어발길 듯한 폭갈성이 들려온 건 바로 그때였다.

하우영과 장숙, 단구가 휙휙 돌아보는 순간 양손으로 잡은 목검을 머리 위로 치켜든 채 천장에 닿을 듯 도약한 여린의 모습이 닥쳐 들었다.

하지만 그들이 알고 있는 미청년 여린이 아니었다. 긴 머리채는 내공의 폭발 때문에 성난 사자의 갈기처럼 치솟았고, 부릅뜬 눈은 핏발이 서다 못해 핏물이 고인 듯했으며, 감당하기 힘든 공력에 휩싸인 전신은 온통 징그러운 핏줄로 뒤덮인 상태였다.

하우영의 눈엔 여린 자체가 하나의 커다란 폭구처럼 보였다. 짧은 뇌관이 타 들어가 이제 곧 퍼엉 하고 터져 버릴 폭구.

"대붕전시(大鵬展翅)!"

대갈과 함께 여린이 일도양단의 자세로 목검을 내리그었다. 역시나 삼재검 중 가장 기초적인 대붕전시의 수법이었다. 하지만 여린의 손을 거친 대붕전시는 그냥 대붕전시가 아니었다. 목검 끝에서 뻗쳐 나온 한 마리 붉은 거룡(巨龍)이 세상을 오시할 듯 무시무시한 기세로 편복들을 향해 날아가는 형국이었다.

"피햇! 저 검광에 맞으면 뼈도 못 추린다!"

하우영이 먼저 몸을 날렸고, 장숙과 단구도 황망히 뒤따랐다.

뒤쪽에 서 있던 편복들은 잠시 망설였다. 검광과 정면으로 부딪칠 것이냐, 아니면 일단 피하고 볼 것이냐? 판단은 둘로 갈라졌다. 다섯 명의 편복은 정면으로 여린의 검광과 부딪쳐 갔고, 나머지 열은 뿔뿔이 흩어져 달아났다.

꽈앙!

검광은 다섯 편복을 걸레쪽처럼 갈가리 찢어놓은 후 대리석 바닥까지 분분히 터져 오르게 만들었다.

몸을 피한 나머지 열 명도 무사하진 못했다. 조각난 돌 파편이 전신으로 쑤셔 박히며 그들 역시 적지 않은 내상을 입었다. 그들이 미처 신위를 수습하기도 전에 목검을 치켜든 여린이 굶주린 야수처럼 덮쳐들었다.

쩍!

쩌억!

여린의 목검에 두 편복의 머리통이 수박처럼 쪼개졌다. 서너 명의 편복이 여린의 얼굴과 가슴을 노리고 비조를 휘둘렀지만 자세도 완전하지 못했고, 시뻘건 안광을 폭사하며 목검을 휘두르는 여린의 기세가 너무 사나웠다. 다시 편복 하나의 머리통이 날아가고, 둘은 목이 부러졌다.

하우영과 장숙, 단구, 그리고 그들과 약간 떨어져 있던 곽기풍은 편복들을 폭풍처럼 몰아붙이는 여린을 질린 눈으로 지켜볼 뿐이었다.

제일 먼저 정신을 수습한 하우영이 도끼를 휘두르며 짓쳐 나왔다.

"뭘 멍청히 보고 있어? 우리도 밥값은 해야지!"

하우영이 크게 휘두른 도끼 날에 이미 전의를 상실한 편복의 목이 한꺼번에 두 개나 날아갔다. 장숙과 단구도 마지막 힘을 쥐어짜 살아남은 편복들을 공격했다. 이제 싸움은 일방적인 도륙으로 변해가고 있었다.

태사의에 좌정한 독사성은 막 한 편복의 가슴을 무딘 목검으로 꿰뚫어 버리는 여린을 내려다보고 있었다. 그의 눈으로 한줄기 기광이 스치고 지나는가 싶더니, 독사성이 앉은 자세 그대로 단숨에 삼 장을 날아올랐다.

천장에 닿을 듯 도약한 독사성의 양손에 허연 서리가 끼었다.

가슴 넓이로 벌린 그의 손바닥과 손바닥 사이로 어린애 머리통만한 냉기 덩어리가 회오리치듯 맺혔다. 독사성은 차가움을 극의로 삼는 한빙공(寒氷功)을 익혔다. 비록 십성의 성취까진 이루지 못했으나 강호에서도 드문 그의 한빙공은 이미 절정 수준이었다.

독사성이 쌍장을 쭉 내뻗는 순간 그의 독문 절기인 절음폭설장(絶蔭暴雪掌)이 폭출되어 저 아래 여린을 향해 날아갔다.

선뜩한 느낌에 홱 고개를 돌린 여린이 자신을 향해 뻗쳐 오는 희뿌연 한기를 발견했다. 지체없이 도약한 여린이 한기를 향해 오른손 목검을 찔렀다.

끼우웅!

목검 자루를 잡은 여린의 손아귀를 통해 엄청난 내력이 불어넣어지며 검신이 압력을 이기지 못하고 벌 떼의 날갯짓 소리를 내었다.

쩌저정!

목검과 한기가 충돌하자 얼음장 깨지는 소리가 울려 퍼졌다. 동시에 목검과 목검을 잡은 여린의 오른팔이 허옇게 얼어붙기 시작했다.

"잡았다, 놈."

여린의 팔에 이어 오른쪽 어깻죽지까지 얼음으로 뒤덮이는 걸 지켜보며 독사성은 득의했다. 그런 여린의 눈가로 혈광이 더욱 짙어지는가 싶더니 정말 붉은 피눈물이 뚝뚝 떨어지는 것이 아닌가?

'고통이 극심하여 피눈물까지 흘리는가?'

독사성은 고개를 갸웃했다.

그동안 자신의 한빙공에 죽어간 수많은 고수들을 목격했으나 피눈물을 흘린 자는 없었다. 그 잠깐의 의문 때문에 독사성은 얼어붙었던 여린의 오른쪽 어깨가 가볍게 흔들리는 걸 미처 알아차리지 못했다.

끼아아앙!

엄청난 칼 울음 소리에 독사성이 흠칫 상념에서 깨어났을 때 여린의 빨래방망이 같은 목검이 미친 듯 요동을 치고 있었다.

용음봉명(龍音鳳鳴)!

천하의 명검이 소리 높여 울 때 그 소리가 바로 용의 울음 같고, 봉황의 울음 같다고 했던가? 하지만 나무를 깎아 만든 볼품없는 목검에서 용음봉명이라니? 독사성은 인성을 완전히 상실한 듯 피눈물을 뚝뚝 흘리는 여린의 흉물스런 몰골과 기괴한 울음소릴 내지르는 목검을 도무지 이해할 수가 없었다.

그가 이해할 수 없는 것은 또 있었다.

일단 한빙공에 당하면 피부는 물론 뼈와 혈관까지 모조리 얼어붙기 때문에, 비록 대라신선이라도 내공을 격발할 수 없는 게 당연했다.

빠자자작!

한데 이게 무슨 조화란 말인가? 미친 듯 요동치던 목검이 검신을 꽁꽁 얼렸던 얼음을 까부수는가 싶더니, 세 가닥의 예리한 핏빛 검광을 폭사했다.

쑤아아아앙!

멍하니 눈을 흡뜨고 있는 독사성의 면전으로 세 가닥 붉은 채찍 같은 검광이 길게 포물선을 그리며 날아들었다.

"태음빙막(太陰氷膜)!"

간신히 정신을 수습한 독사성이 가슴 앞에서 양손을 빠르게 휘돌려 얼음장 같은 강기 막을 만들었다. 세 가닥 검광이 정확히 강기 막을 때렸다.

독사성은 태음빙막이 여린의 공세를 막아낼 것을 의심치 않았다. 비록 예원의 원주로 기름진 생활을 영위하고 있었으나, 지난 수십 년간 하루도 거르지 않고 고련에 고련을 거듭한 그로선 당연한 믿음이었다. 그러나 그의 믿음은 예리한 검기가 강기 막을 찢어발기는 소릴 들으며 균열이 가기 시작했다.

퍼퍼퍽!

세 가닥 검광이 독사성의 어깨와 팔과 장딴지를 동시에 꿰뚫었다. 비명도 없었다. 다만 세 개의 구멍으로부터 핏방울을 뿌리며 천천히 넘어가는 그의 눈가에 약간의 눈물이 비쳤다.

그의 대형이자 어버이자 신인 철기방 방주 철태산의 얼굴이 떠올랐기 때문이다.

'죄송합니다……. 죄송합니다, 대형. 못난 아우를 부디 용서하십시오.'

마당 한구석 살구나무에 푸른 새순이 돋기 시작했다. 아침 햇살을 받아 보석처럼 반짝이는 새순을 올려다보며 곽기풍은 새삼 자연의 이치를 생각하는 중이었다. 자연은 빼앗은 것은 반드시 되돌려 준다. 아무런 탐욕도 없으므로 삭풍이 몰아치는 겨울 동안 가련한 생명을 보듬고 있다가 훨씬 생생한 아름다움으로 돌려주는 것이다.

뒷짐을 지고 서서 살구나무를 올려다보던 곽기풍은 괜스레 코끝이 찡해졌다.

사실 지난 한 달간 너무 많은 일들이 벌어졌다.

신임 포두 여린이 부임하면서 갈산악을 잡아들이고, 마 대인을 잡아들이고, 혈부를 영입하고, 사문기를 병신으로 만들고, 그리고 이젠 한주의 패왕 독사성까지 포박했다. 진정으로 원치 않는 일이었으나 어느새 엄청난 격랑 한복판까지 끌려 들어오고 말았다. 꼭 귀신에 홀린 기분이었다, 여린이란 이름의 귀신에게…….

'휴우우~ 내년 봄에도 저 나무에 돋는 새순을 볼 수 있을런지.'

땅이 꺼져라 한숨을 내쉬는 곽기풍이었다.

"이리 내놔."

"싫어! 누나만 맨날 좋은 장난감 갖고 놀잖아?"

"바보야, 인형은 원래 여자들만 갖고 노는 거라고 몇 번을 말했니?"

"싫어. 나도 인형 갖고 놀 거야."

이때 씰룩이는 곽기풍의 어깨 너머로 아들 항소와 딸 항아가 왁자하게 다투는 소리가 들렸다.

놀란 곽기풍이 정신없이 양손을 내저으며 아이들 쪽으로 달려갔다.

"쉬잇! 쉬잇! 조용히 못해, 이것들아!"

"항소가 내 목각 인형 빼앗았어, 아부지."

"흥! 이 목각 인형은 내 것이기도 해. 그렇죠, 아버지?"

뒷마루에서 목각 인형 하나를 놓고 다투던 아이들이 곽기풍을 향해 경쟁적으로 항변했다. 억울하다는 듯 눈을 동그랗게 뜬 아이들을 내려다보며 곽기풍은 절로 흐뭇해졌다.

'으이그, 새순처럼 귀여운 것들.'

그러나 지금은 그런 마음을 표현할 때가 아니었다. 곽기풍이 와락 움켜쥔 주먹으로 아이들에게 꿀밤을 한 방씩 먹였다.

"악!"

"아야!"

놀란 아이들은 눈물부터 글썽였다.

그런 아이들을 향해 곽기풍이 눈을 부라렸다.

"행랑에 귀한 손님 묵고 계신 거 몰라? 손님 잠도 못 주무시게 웬 야단법석이야, 응?"

그 작은 소란에 곽기풍네 집 좁은 행랑방에 누워 죽은 듯 잠들어 있던 여린도 눈을 떴다. 눈부신 아침 햇살 때문에 여린은 눈살을 찌푸렸다.

'내가 어떻게 이 방에 누워 있지?'

여린의 기억은 태음빙막을 만들며 최후의 저항을 펼치던 독사성을 향해 마지막 힘을 쥐어짜 목검을 내지르는 부분에서 끊겨 있었다. 여린 자신은 잘 몰랐지만, 그는 사흘 밤낮을 이 방에서 혼수상태로 누워 지냈다. 곽기풍과 하우영과 장숙, 단구가 발바닥이 닳도록 집 안을 들락거리며 용하다는 의원을 불러들이고, 귀한 약재를 달여 먹이며 부산을 떨었으나 온몸의 핏줄이 터질 듯 돌출되고 근육이 돌멩이처럼 경직

된 여린의 용태는 호전되지 않았다.

나중에는 화초랑까지 달려와 눈물을 펑펑 쏟는 등 곧 초상이 치러질 것처럼 소동이 벌어지고, 이틀 밤이 지나면서 여린의 용태는 점점 안정을 찾아갔다. 혹시 이대로 여린이 죽어버리는 것도 괜찮겠다며 머리를 굴리고 있던 곽기풍만 다소 실망스런 표정이 되기도 했다.

"끄응~"

여린이 힘겹게 상반신을 일으켰을 때 방문 밖에서 다시 항의하는 듯한 아이들의 목소리가 들려왔다.

"아버진 여린 아저씨를 무서워하는구나?"

"아부지가 현청에서 젤 높은 사람이라더니 순 거짓말."

아이들의 철없는 말에 역정이 났는지 곽기풍의 화를 억누르는 듯한 목소리가 이어졌다.

"쓸데없는 소리 말고 들어가서 공부해라, 응?"

"피이~ 할 말 없으면 공부나 하라지."

"아부지, 바보. 스무 살도 더 어린 아저씨한테 꼼짝도 못한대요."

"이 버르장머리없는 것들!"

마침내 곽기풍이 폭발했다.

철썩철썩!

아이들의 뺨 얻어맞은 소리가 들리고, 이내 요란한 울음소리가 들려왔다.

"어이구~ 저것들을 새끼라고 키우고 있으니, 원!"

곽기풍의 푸념을 들으며 여린은 절로 가슴이 훈훈해지는 것 같았다. 아이들과 부대끼는 이런 일상적인 아침을 얼마 만에 경험해 보는 것인지 기억조차 나지 않았다.

그가 아직 어렸을 때 그의 아버지도 퇴청을 하고 나면 외로움에 지쳐 울다 잠든 그를 무릎에 앉히고 다정한 목소리로 말씀하시곤 했던 것이다.

"여린아, 어머니는 우리 곁을 영원히 떠난 게 아니란다. 저 멀리 하늘 나라에서 여린이와 아버지가 잘살아가고 있는지 언제나 내려다보고 계시단다. 그러니까 여린이도 용기를 잃지 말고 꿋꿋하고 바른 어른으로 자라나야 하는 게야. 먼 훗날 어머니를 다시 만났을 때 부끄럽지 않도록 말이야."

그때 여린은 너무 어렸고, 그래서 언제나 태산처럼 든든하게만 느껴지던 아버지도 어머니를 언급할 때면 목소리 끝이 가늘게 떨리곤 했다는 걸 알지 못했다. 하지만 지금은 안다. 아버지가 어머니를 얼마나 사랑하셨는지, 그리고 하나뿐인 아들을 얼마나 가여워하셨는지.

오랜 시간 사경을 헤매고 깨어난 직후라 그런지 왠지 자꾸 약한 마음이 들었다.

아이들을 위해 철기방과의 전쟁에서 자신만은 빼달라고 애원하던 곽기풍의 얼굴이 자꾸 떠올랐다.

'그만은 정말 빼줘야 하는 게 아닐까?'

금강석처럼 견고하던 자신의 의지에 작은 균열이 생기고 있음을 여린은 느꼈다.

"까아아악!"

이때 곽기풍 아내의 요란한 비명 소리가 울려 퍼지지만 않았다면 여린은 정말 곽기풍에게 선처를 베풀었을지도 모른다.

"마누라! 무슨 일이야, 마누라?"

곽기풍의 다급한 외침을 들으며 여린이 후들거리는 두 다리를 간신히 움직여 방 밖으로 나왔다.

"끄아아악! 이 미친놈의 당나귀가?!"

곽기풍의 놀란 비명 소리가 들려오는 곳은 본채 옆에 붙은 부엌 안이었다.

막 부엌 안으로 들어서던 여린은 그만 실소를 머금었다. 용마가 또 사고를 친 것이다.

곽기풍이 너무 놀라 부엌 바닥에 주저앉은 아내를 일으키고 있는 너머로 커다란 독 안에 고개를 처박고 있는 용마의 펑퍼짐한 엉덩짝이 보였다. 기분이 좋은 듯 꼬리까지 살랑살랑 흔들며 용마는 곽기풍네가 지난 춘절 때 쓰고 남은 고기를 육포로 말려 저장해 놓은 것을 신나게 먹어치우는 중이었다.

"남의 부엌에서 뭐 하는 짓거리야, 이놈아? 주인을 닮아 왜 이리 뻔뻔스럽냐? 엉?"

철퍽철퍽!

곽기풍이 손바닥으로 있는 힘껏 엉덩이를 후려치자 용마가 고개를 빼고 스윽 곽기풍을 돌아보았다. 입 안 가득 육포를 물고 우적우적 씹어먹는 용마를 보며 곽기풍과 부인은 기함을 했다.

"다, 당나귀가 육식을?"

질린 눈으로 서로의 얼굴을 마주 보는 곽기풍과 부인의 얼굴엔 공포심마저 어려 있었다.

여린은 두 내외 쪽으로 다가가며 대수롭지 않게 말했다.

"저놈은 종종 육식을 하니까 너무 놀라지 마십시오."

"제발 저놈의 당나귀 좀 묶어두십시오. 이거야 원, 불안해서 살 수가 있습니까?"

성이 안 풀린 곽기풍이 여린을 향해 노골적으로 싫은 티를 냈다. 그러나 그의 부인은 볼을 발갛게 물들인 채 멍한 눈으로 여린의 얼굴을 바라볼 뿐이었다.

'세상에… 낯빛이 창백해지니 더욱 이뻐 보이네 그랴.'

과도한 출혈과 사흘간 몸져누워 있었던 탓에 원래 흰 얼굴이 더욱 희어진 여린의 미색에 그만 숨이 꼴딱 넘어갈 지경이었던 것이다.

"많이 놀라셨겠습니다."

여린이 흰 치아를 드러내며 빙긋이 웃어 보이자 그녀의 얼굴은 가을 땡볕 아래서 익어가는 홍고추처럼 시뻘게져 버렸다.

'이놈의 여편네가?'

곽기풍이 도끼눈을 하고 그런 아내를 노려보았다. 딸 항아뿐 아니라 마누라도 여린만 나타나면 열여덟 숫처녀처럼 허리를 배배 꼬곤 했던 것이다.

여린은 또 어떤가?

평소 자신 앞에선 온갖 협박과 말도 안 되는 억지를 늘어놓으면서 마누라와 아이들 앞에선 그처럼 자상할 수가 없었다.

'하여튼 머리 꼭대기에서부터 발끝까지 재수없는 인간!'

여린을 향해 눈을 부라리며 마누라의 옆구리를 팔 뒤꿈치로 있는 힘껏 쥐어박는 곽기풍이었다.

"자자, 그만 가자, 이놈아."

여린이 아직도 육포를 우물거리는 용마를 억지로 끌고 부엌 밖으로 나왔다.

따라 나온 곽기풍을 향해 여린이 말했다.

"한 사나흘 다녀올 곳이 있습니다. 그동안 현청의 일은 총관님께서 맡아주십시오."

"도, 독사성은 어찌합니까? 무작정 뇌옥에 가둬둘 수만은 없지 않습니까? 철기방에서 파옥(破獄)이라도 시도한다면……."

사실 곽기풍은 그게 걱정이었다. 파옥이 된다면 자신 역시 살아남지 못하리라.

"그런 일은 없을 테니 걱정 마십시오."

여린이 대수롭지 않게 대답하고 용마를 타고 대문을 빠져나가 버렸다.

마당 한복판에 멍하니 서서 곽기풍은 여린이 사라진 대문을 바라보았다. 그런 일은 없을 거라니? 지가 그걸 어찌 장담해?

툴툴거리던 곽기풍의 바로 옆에선 그의 아내가 먼 길 떠나는 님 배웅하는 봄처녀 같은 표정을 하고 있었다. 그런 부인을 발견하고 곽기풍은 가슴을 쿵쿵 두들겼다.

사천성 평창(平昌) 역시 유흥가로 유명한 곳이다.

북경으로 통하는 관문 격인 섬서성과 맞닿은 요충지인 동시에, 탄광으로 유명한 광원산(廣元山)과 인접해 있어 내일을 장담할 수 없는 광부들이 흥청망청 뿌려 대는 돈을 노리고 수많은 주루와 마작방 등이 들어서 있었다.

서녘 하늘로 해가 뉘엿뉘엿 넘어갈 무렵, 평창의 주루 골목에서도 가장 으리으리한 태화루(太和樓) 안에서 웬 여인네들의 취한 웃음소리가 왁자하게 들려왔다.

"깔깔깔!"

"호호호호!"

웬만하면 사내들의 걸걸한 웃음소리도 섞여 들려올 법하건만, 태화루에선 오직 여인들의 웃음소리만 가득했다. 그도 그럴 것이 태화루는 중원 전체를 통틀어도 그 유례를 찾아보기 힘든 특수한 기루였다.

기생을 안을 수 있는 홍루(紅樓)와 오직 술만 마실 수 있는 청루(靑樓)로 나뉘어지는 주루라 함은 자고로 사내들을 위한 여흥의 장소였다. 하지만 태화루는 오직 여성들만을 위한 장소로 명성을 날리고 있었다. 한마디로 여자들이 남자 기생을 옆에 끼고 술잔을 기울이는 홍루라는 뜻이다.

물론 아무 여자나 태화루를 들락거릴 수 있는 건 아니다. 중원에서 몇 손가락 안에 꼽히는 거부의 여식이거나, 북경의 조정이나 군부에서 한자리를 차지한 세도가의 여식, 혹은 이름만 들어도 나는 새가 알아서 날개를 접고 떨어진다는 세도가의 첩실 등이 쉬쉬하며 태화루의 뒷문을 들락거렸다. 절대 스무 살이 넘지 않은 미청년들이 이들을 접대하기 위해 일 년 열두 달 상시 대기 체제를 확고히 구축하고 있는 곳이 바로 태화루였다.

그 태화루에서도 가장 은밀한 지하 특실 안에서 젊은 여인들의 요란한 웃음소리가 터져 나오고 있었다.

고급스런 가구들로 꾸며진 넓은 특실 안에선 술판이 질펀하게 벌어지는 중이었다. 아름다운 비단 화의를 반쯤 풀어헤치고 술상 주변에 둘러앉은 네 명의 젊은 여자는 모두 거나하게 취해 있었다. 여자들에게 어깨를 붙잡힌 채 피곤한 표정으로 앉아 있는, 젊다기보단 아직 어린 네 청년은 속곳으로 간신히 사타구니만 가린 상태였다.

"깔깔! 네 이름이 대호라고 했니? 이름은 근사한데 사내놈의 가슴패기가 이게 뭐니? 계집애처럼 희멀건 할 뿐 근육 한 점 없잖니?"

"호호호! 그게 뭐 어때서 그러니, 지지배야? 난 이런 야들야들한 가슴이 더 좋더구먼."

술상 좌우편에 앉은 여자들이 청년들의 맨가슴을 떡 주무르듯 주물렀다. 하는 폼새가 기녀들 젖통 주물럭거리는 사내들 못지않았다.

이때 가운데 앉은 여자가 제 옆구리에 낀 청년의 속곳 속으로 손을 밀어 넣으며 생각없이 주절거렸다.

"얘… 얘, 너무 그러지들 마라. 이 녀석들 어미도 아들 낳았다며 미역국 끓여먹었을 거 아니니? 깔깔깔!"

여자는 꽤 재밌는 농담을 했다고 생각했는지 소리 높여 웃었다. 동시에 좌우편에 앉은 여자들의 표정이 대번에 굳어지며 아랫목 상석에 앉은 여자의 안색을 살폈다.

막 술잔을 기울이려던 여자가 멈칫했다. 술잔을 쥔 손이 바르르 떨리는가 싶더니, 그만 옥을 깎아 만든 술잔이 손 안에서 산산이 박살나고 말았다.

와창!

나머지 세 여자의 얼굴이 창백해졌다.

특실에 앉아 있는 네 여자는 모두 빼어난 미모의 소유자들이었다. 그냥 미인이라고 부르기엔 너무 눈부시게 아름다웠다. 그래서 세인들은 그녀들 넷을 묶어 서북사봉(西北四鳳)이라 불렀다.

잔을 깨뜨린 여자는 나머지 세 여자와는 또 다른 분위기를 풍기고 있었다. 더욱 고고하고, 더욱 고결하고, 더욱 고상하다고나 할까? 그래서 그녀는 사봉 중에서도 가장 빼어난 수려봉(秀麗鳳)으로 불리웠다.

수려봉 철려화, 중원 전체가 사랑해 마지않는 천하삼대미인 중 하나의 이름이다.

그런 철녀화가 초승달처럼 곱게 뻗은 눈썹을 역팔 자로 치뜨고 맞은
편에 앉은 여자를 죽일 듯 노려보자 방 안의 공기가 서늘히 얼어붙는
것 같았다.

파김치가 돼 있던 청년들도 일순간 긴장하며 허리를 꼿꼿이 세웠다.

처음 여자들의 방에 불려왔을 때만 해도 청년들은 손님들의 눈부신
미모에 괜스레 신이 났었다. 가끔 태화루에서 배경 좋은 미녀를 만나
팔자를 고쳤다는 선배들의 전설까지 떠올리면서.

하지만 좌측 편에 앉은 여자는 서북지방 삼대표국 중 하나인 천리표
국 대국주(大局主)의 손녀딸이요, 우측의 여자는 강호 명문인 청해 곤
륜파의 장로로 사천 분타주를 맡고 있는 명숙의 장녀요, 철녀화의 기분
을 상하게 한 여자는 중원제일의 전장(錢場)인 황금전장(黃金錢場) 장
주의 막내딸이었다. 한마디로 자신들이 넘볼 신분이 아니었다. 그리고
그녀들은 그 신분에 걸맞게(?) 엄청 짓궂었고, 덕분에 한 시진도 지나
지 않아 청년들은 녹초가 돼버렸다.

"영주, 네가 잘못했어."

"맞아. 려화가 엄마 소리 자체를 싫어한다는 거 너도 알잖아."

좌우편 여자가 철려화의 맞은편 황금전장 막내딸 금영주를 돌아보
며 은근히 사과를 종용했다. 그녀들의 태도로 미루어 비록 친구 사이
긴 하나 셋 모두 철녀화를 내심 두려워하는 듯했다.

그러나 황금전장이 어떤 곳인가? 중원의 재화 삼 할이 황금전장을
통해 움직인다는 풍문이 나돌 정도로 막대한 금력을 자랑하는 곳이었
다. 구파일방을 비롯한 강호의 제 방파들이 황금전장에 선을 대려 사
력을 다했고, 북경 조정의 승상이나 대장군 정도라면 모를까 지방관인
도독이나 성주 따윈 황금전장에 명패조차 내밀지 못했다.

평소에도 철려화에게 꿀리는 듯한 느낌이 거북했던 황금전장 막내 딸 금영주가 눈을 표독스럽게 치떴다.

"흥! 내가 왜 사과를 하니? 려화, 저 계집애한테 엄마가 없는 게 내 잘못이니?"

쫘아악!

말이 끝나기가 무섭게 상체를 벌떡 일으킨 철녀화가 다짜고짜 금영주의 뺨을 후려갈겼다.

"악!"

한쪽 뺨을 감싸쥔 금영주를 향해 철려화가 무섭게 말했다.

"분명히 경고했지? 내 앞에서 엄마 얘기 꺼내는 년들은 친구로 인정하지 않는다고."

"너… 너……!"

분노로 눈물을 글썽이며 금영주가 철려화를 노려보았다. 철이 든 이후 누구에게도 맞아본 적이 없는 그녀이다. 그녀는 황금왕 금복황이 예순이 넘어 낳은 막내딸로, 눈에 넣어도 아프지 않을 정도로 귀여워했으니 그 안하무인을 말해 무엇 하겠는가? 그런 자신의 뺨을 겁도 없이 후려갈긴 시건방진 계집을 금영주는 도저히 용서할 수 없었다. 그래서 그녀는 하지 말아야 할 선택을 하고 말았다.

문 쪽을 돌아보며 이렇게 소리쳤던 것이다.

"흑우! 어디 있어, 흑우?"

우장창!

동시에 미닫이가 산산이 박살나며 흑의 무복 차림의 젊은 무사 한 명이 바람처럼 뛰쳐들어 왔다. 무사의 허리춤엔 무겁고 도신이 넓찍한 쌍수도(雙手刀)가 채워져 있었다.

흑우는 금영주의 호위무사다. 혈기 방자한 나이에 꽃보다 아름답고 배경까지 화려한 아가씨를 호위하고 있었으니 어찌 연정이 없었겠는가? 그래서였을 것이다, 철려화는 자신 같은 이류무사가 털끝조차 건드릴 수 없는 신분임을 잘 알고 있었으나 금영주의 명령을 철저히 따를 수밖에 없었던 것은.

"죽여! 내가 책임질 테니 저년을 죽여 버려!"

스르릉!

묵직한 쌍수도를 뽑아 들며 흑우는 그대로 술상을 짓밟고 철려화에게로 덮쳐들었다.

"악!"

"으아악!"

"사, 사람 살려!"

청년들이 죽어라 비명을 내지르며 사방으로 몸을 날렸다. 하지만 철려화는 우뚝 버티고 선 채 자신의 이마를 노리고 쌍수도를 찍어오는 흑우를 노려볼 뿐이었다. 그녀의 입가에 흐릿한 조소가 걸렸다. 자타가 공인하는 천하제일인인 그녀의 아버지는 어렸을 때부터 그녀에게 무공을 가르쳤고, 저 정도 삼류는 손가락 하나로도 퇴치할 수 있는 경지였다.

"열화지(熱火指)!"

위쪽으로 들어올려진 철려화의 검지 끝으로 반딧불 같은 붉은 열기가 맺히는가 싶더니 한줄기 가늘고 뜨거운 열선이 살처럼 뻗어 나갔다. 바람을 일으키며 떨어져 내리던 쌍수도의 도신을 뚫고 들어간 열선이 흑우의 이마에까지 구멍을 내버렸다.

칼을 내리찍다 말고 흑우가 덜컥 전신을 진동했다.

이마의 구멍에서 한 가닥 가는 연기가 피어오르는 가운데 흑우가 믿을 수 없다는 눈으로 철려화의 얼굴을 바라보았다. 그녀의 입가에 미소가 걸렸다. 이미 살인에 익숙한 웃음. 그제야 흑우는 자신이 누구의 핏줄을 건드렸는지 새삼 깨닫게 되었다.

'연정… 그놈의 가당찮은 연정이 문제라…….'

우장창!

앞쪽으로 힘없이 고꾸라지던 흑우가 술상을 박살 내며 처박혔다.

철려화는 엷게 웃으며 흑우의 시체를 내려다보았다. 금영주와 나머지 두 친구, 그리고 시중들던 네 청년이 질린 눈으로 그런 철녀화를 쳐다보고 있었다.

흑우의 시체를 지나쳐 철려화가 천천히 금영주를 향해 다가갔다.

여전히 웃는 얼굴이었지만 그래서 더 무서운 얼굴이기도 했다. 철려화를 피해 금영주는 주춤주춤 물러나 앉았다.

그녀는 이내 허릴 꼿꼿이 세우고 철려화를 똑바로 노려볼 수 있었다. 자신은 대황금전장의 영애이다. 누가 감히 자신을 해코지할 수 있단 말인가? 천하제일의 무력(武力)을 자랑한다는 철려화의 아버지도 자신의 부친에겐 범 앞의 살쾡이일 뿐이라고 그녀는 굳게 믿었다. 하지만 그녀가 모르는 것이 있었다.

세인들 사이에선 수려봉이란 고상한 별호로 추앙받는 철려화였지만, 집안 사람들 사이에선 활화봉(活火峯)이란 전혀 다른 별명으로 불리운다는 사실을 말이다.

한 번 성을 내면 태산을 무너뜨린다는 부친의 대단한 성정은 실은 그녀의 오라버니가 아니라 그녀에게 이어졌다고 믿는 사람이 더 많았다. 그런 그녀가 화를 내고 있는 것이다. 그것도 거의 숨 막힐 듯한 살의를 담아서.

철썩!

철려화의 손이 뺨을 후려치자 금영주는 정신이 번쩍 들었다.

아직은 명문의 자긍심이 남은 그녀가 손톱을 세우고 덤벼들었다.

"까악! 너 죽고 나 죽자!"

빠각!

"끄흑!"

철려화의 주먹이 금영주의 콧잔등을 인정사정없이 때리자 왈칵 코피가 터져 나왔다. 코를 감싸쥔 채 휘청하는 금영주의 옆구리에 철려화의 주먹이 연달아 쑤셔 박혔고, 그때마다 금영주는 덜컥덜컥 전신을 진동했다. 쓰러지고 싶어도 쓰러질 수가 없었다. 철려화가 양손으로 금영주의 머리채를 움켜잡고 무릎으로 아랫배를 퍽퍽 쳐 올리고 있었기 때문이다.

"끄어어……!"

양손으로 복부를 감싸쥔 금영주가 끈적한 침을 질질 흘리며 맥없이 무릎을 꿇었다.

"용서… 내가 잘못……."

싱글싱글 웃는 철려화를 올려다보며 금영주가 간신히 중얼거렸다. 도도하던 그녀의 눈가에 비로소 공포의 빛이 떠올랐다.

철려화는 대답 대신 구석에 처박혀 벌벌 떨고 있는 네 청년을 돌아보았다.

"지금 당장 속곳을 벗고 이 더러운 계집 앞으로 선다! 실시!"

"……."

청년들이 서로의 얼굴을 마주 보며 눈치만 살폈다.

"맞고 할래, 그냥 할래?"

철려화가 퍼런 안광을 내뿜자 청년들이 승냥이에게 쫓기는 토끼처럼 후닥닥 달려와 금영주 앞에 일렬로 늘어섰다.

청년들 옆으로 서며 철녀화가 히쭉 웃었다.

"자, 이제 속곳을 내리고 각자의 물건을 보여준다! 실시!"

청년들은 차마 속곳을 내리지 못하고 코피가 줄줄 흐르는 콧잔등을 움켜쥔 채 무릎 꿇려 있는 금영주와 철려화의 얼굴을 번갈아 보았다.

"벗으라고 했잖아!"

철썩철썩!

철녀화가 바로 옆에 선 청년의 뺨을 연달아 후려치자 이빨 두어 대와 함께 핏물이 왕창 쏟아졌다.

"시, 시키는 대로 할 테니 때리지만 마세요!"

겁에 질린 청년이 속곳을 끌어내리자 나머지 세 청년도 앞다퉈 벗었다.

금영주의 눈앞에서 네 청년의 물건이 흉물스럽게 털렁거리고 있었다.

도대체 무슨 짓을 하려는 건지 알 수가 없는 금영주가 힐끗 고갤 들어 철려화의 눈치를 살폈다. 황금전장의 위신을 생각해서라도 더 이상 무례한 짓은 못할 거야. 금영주에겐 아직까지 최후의 믿음이 남아 있었다. 하지만 이어진 철려화의 끔찍한 목소리를 듣고 그녀는 그만 거품을 물고 넘어갈 뻔했다. 철려화의 성깔을 몰라도 너무 몰랐던 것이다.

"자, 지금부터 영주 저년의 얼굴에 일제히 오줌을 갈긴다! 실시!"

청년들은 귀를 의심했다. 금영주가 누군가? 중원 최고의 거부 황금

전장의 영애다. 그런 존귀한 신분의 아가씨 얼굴에 오줌을 갈기다니. 목숨이 백 개라도 모자랄 일이었다. 그러나 단호하게 눈을 치뜨고 있는 철려화의 얼굴을 돌아보며 청년들은 자신들의 귀가 잘못되지 않았음을 깨달았다.

잘못 걸렸다.

남들보다 좀 편히 살아보자는 욕심에 태화루에 발을 들여놓은 것을 뼈저리게 후회하는 청년들이었다. 하나 이미 엎질러진 물이고 콧물 빠진 밥이었다. 철려화의 명을 따르면 며칠 후 목이 떨어지지만, 따르지 않으면 이 자리에서 당장 목이 떨어지리라. 이런 경우 대부분의 사람은 당장의 순간부터 모면하려고 한다.

불운한 운명을 저주하며 청년들이 희멀겋고 토실토실한 엉덩이에 잔뜩 힘을 줘 오줌발을 끌어올렸다. 너무 긴장한 탓인지 오줌은 쉽사리 나와주질 않았다.

"뭣들 하고 있어? 영주가 너희들 오줌을 애타게 기다리고 있는 게 안 보여?"

네 청년의 뒤를 빠르게 스쳐 지나며 철려화가 손바닥으로 엉덩짝을 찰싹찰싹 후려쳤다.

후둑!

후두둑!

마침내 청년들로부터 오줌이 떨어지기 시작했다. 한 번 물꼬가 트이자 오줌발은 한여름 소나기처럼 시원하게 쏟아졌다.

쏴아아!

"어푸… 어푸… 어푸……!"

네 가닥의 힘찬 오줌 줄기가 고스란히 얼굴 위로 쏟아지자 금영주는 숨이 막혀 도리질을 쳐댔다. 더 이상 철려화에게 저주를 퍼붓거나 하진 않았다. 이미 철려화의 독랄함에 질려 버린 것이다.

흐릿한 미소를 머금은 채 철려화는 오줌 범벅이 된 금영주의 얼굴을 내려다보고 있었다.

기왕 밟으려거든 확실하게 밟아라. 그래야 후환이 남지 않는 법.

이미 사람을 다루는 방법까지 체득하고 있는 철려화였다.

흑면삼오수라(黑面三烏修羅). 중원제일의 탄광촌으로 유명한 광원산 일대를 근거로 암약하는 살귀(殺鬼)들로, 적어도 서북 지방에선 최고로 꼽힌다. 최고 수준의 살귀들을 고용하려면 보통 황금 오십 냥쯤 필요한데 흑면삼오수라는 일, 이백 냥은 받아야 움직이니, 그들의 살상 능력이 어느 정도인지 짐작할 만했다.

그날 밤 평창에서 광원산으로 통하는 인적 드문 늪지대에 숨을 죽이고 은신해 있던 흑면삼오수라는 기분이 몹시 좋았다. 오늘따라 달빛조차 없어 은신하기 더없이 좋았고, 이번 일을 의뢰한 호구는 자그마치 선약금으로 황금 백 냥을 지불했다. 청부를 완수한 직후 이백 냥을 더 주겠다는 약조와 함께.

황금 삼백 냥은 그들에게도 거금이었다. 매일 오늘 같은 청부만 들어온다면 황금전장 부럽지 않은 강호의 거부가 되리라.

검은 얼굴 때문에 유난히 희어 보이는 이를 드러내며 세 형제 살수는 흉흉하게 웃었다. 그들은 원래 탄광촌의 광부였다. 그러다 탄광촌에 끌려와 강제 노역을 하던 과거의 마두를 운 좋게 스승으로 만나 상승의 무공을 익히게 되었던 것이다. 검은 얼굴[黑面]의 세 마리 까마귀[三烏]라 불리우는 삼형제는 실제로 피부 색이 탄 가루를 뒤집어쓴 듯 시커멨다.

그들 삼형제는 좀 특이한 병장기를 사용했는데, 바로 탄광에서 돌가루를 캐내는 곡괭이였다. 그게 무슨 병기가 되겠느냐는 사람이 있을지도 모르지만, 그들의 스승은 중요한 것은 독문 기공이고, 병기란 내공을 격발시키는 수단일 뿐이라고 강조했다. 그래서 손에 가장 익숙한 곡괭이를 선택했다.

흑면삼오수라의 곡괭이를 비웃다가 그 예리한 쇠붙이에 머리통이 쪼개지고, 내장이 훑어진 강호의 고수들이 몇이던가? 오직 돈만 알 뿐 자비라곤 모르는 무자비한 손속 덕분에 별호 끝 자락에 '수라'란 두 글자가 따라붙었음은 물론이다.

서로의 얼굴을 마주 보며 낮게 웃던 세 살귀가 멈칫했다. 눈을 가늘게 뜨고 전방을 주시하는 그들의 시야에 저쪽 어둑한 잡목 숲 사이로 난 오솔길을 말을 몰고 걸어오는 목표물이 들어왔다.

오늘의 청부 대상은 여자였다. 그것도 선녀 찜쪄 먹게 예쁘고 어린 여자.

"흐흐."

살귀들의 입가에 절로 음험한 미소가 걸렸다. 꿩 먹고 알 먹고, 도랑 치고 가재 잡고. 오늘은 정말 징하게 운수 좋은 날이다.

"자, 그럼 나가볼까?"

각자의 곡괭이를 움켜쥐고 흑면삼오수라는 몸을 일으켰다.

눈처럼 흰 백마에 올라탄 철려화는 자신의 앞을 가로막고 선 세 사내를 내려다보았다. 곡괭이 한 자루씩을 움켜쥐고 남루한 광부복에 머리카락은 산발하고, 피부는 온통 새까만 사내들은 한눈에 광부로 보였다.

'하긴 이곳에서 멀지 않은 거리에 광원산이 있으니까.'

그렇게 생각하다가 또 고갤 갸웃하는 철려화였다. 광부들이 자신의 앞을 가로막을 이유가 생각나지 않았기 때문이다.

그런 그녀를 앞에 두고 흑면삼오수라는 둥글게 둘러서서 한 손 주먹을 머리 위로 쳐들었다.

"가위바위… 보!"

"가위바위… 보!"

"가위바위… 보!"

황당하게 지켜보는 철려화를 철저히 무시한 채 세 형제는 짐짓 심각한 표정으로 가위바위보를 했다. 잠시 후 세 형제 중 막내의 승리로 가위바위보는 끝났다.

"야호! 내가 이겼다!"

너무 좋아 껑충껑충 뛰는 막내를 바라보며 두 형은 쓰게 입맛을 다셨다. 말이나마 형님들께 양보한다고 할 줄 알았던 것이다.

철려화는 더욱 황당한 표정이 되었다. 달빛도 없는 오밤중에 불문곡직, 사람의 앞을 가로막고 서서 가위바위보를 하는 광부들을 어떻게 이해하면 좋단 말인가?

궁금증을 견디지 못한 철려화가 아직도 좋아라 껑충껑충 뛰고 있는 막내를 향해 물었다.

"보아하니 광부들 같은데 왜 내 앞길을 막은 것이냐? 그리고 너, 너는 뭐가 그리 좋아 펄쩍펄쩍 뛴단 말이냐?"

막내가 음험하게 웃으며 대답했다.

"크흐흐, 네 앞을 막은 것은 널 죽이기 위해서고, 내가 기뻐하는 건 두 형들에 앞서 네년의 육덕을 맛보게 됐기 때문이다."

"그럼 너흰 살귀들……?"

대번에 철려화의 눈꼬리가 화악 치켜 올려졌다. 하지만 금영주 때처럼 불같이 화가 난 건 아니었다. 오히려 저깟 광부들까지 살인 청부를 맡겠다고 나서는 세태가 한심스러울 뿐이었다. 하긴 북경의 조정은 당쟁만 일삼고 변방에선 하루가 멀다 하고 반란이 일어나니, 저 광부들처럼 힘없는 민초들이야 곡괭이라도 들고 호구 대책을 세울 수밖에.

'아무리 그래도 곡괭이가 뭐냐, 곡괭이가?'

저도 모르게 피식 실소를 흘리는 철려화였다.

그러나 그녀의 웃음은 그리 오래가지 못했다.

쾌애애액!

흑면삼오수라의 막내가 그녀를 향해 곡괭이를 흩날렸기 때문이다. 폭풍처럼 회전하며 날아드는 곡괭이로부터 숨 막힐 듯한 압력이 느껴졌다.

빠아악!

키히히힝!

곡괭이가 정확히 백마의 두개골을 쪼개는 순간 말은 앞발을 쳐들고 마지막 비명을 토해냈다. 미처 방비를 취하지 못한 철려화는 그만 뒤쪽으로 벌러덩 넘어가 등을 처박고 말았다.

"네, 네놈들은 혹시?"

간신히 상반신을 일으키며 철녀화는 자신을 공격한 살수들의 이름을 생각해 냈다. 광부 행색에 곡괭이를 독문 병기로 사용하며, 세 형제가 몰려다니는 살수들이란 조건과 일치하는 이름은 딱 하나밖에 없었다.

흑면삼오수라.

철려화도 언젠가 부친으로부터 살귀들에 대해 설명을 들은 적이 있었다. 부친의 설명은 간단했다. 절정의 살귀는 절정의 고수보다 위험하다. 왜냐하면 고수는 상대를 명예롭게 굴복시키는 게 목적이나 살귀는 수단 방법을 가리지 않고 오로지 죽이는 것만이 목적이기 때문이다. 절실함에 있어 고수는 살수를 따를 수가 없다. 그 설명의 말미에 부친은 천하에서 가장 위험한 다섯 살수, 즉 천하오대살객(天下五大殺客)을 언급하며 흑면삼오수라에 대해 얘기했었다.

그녀가 아는 한 부친은 천하의 효웅 중 효웅이었다. 그런 부친의 입에 오르내릴 정도라면, 저 볼품없어 보이는 광부들은 상당히 위험한 작자들이 분명했다.

"으하하하! 네 애마처럼 고통없이 한 방에 보내줄 테니 대신 아까운 육덕이나 보시하고 가거라!"

흠칫 고갤 쳐드는 순간 어느새 피 묻은 곡괭이를 뽑아 든 막내가 광오하게 웃으며 쏟아져 내리는 모습이 닥쳐 들었다. 반사적으로 박차고 일어난 철려화는 오른손 검지를 쭉 쳐 올렸다. 손가락 끝으로 반딧불 모양의 열기가 맺혔다가 한 가닥 시뻘건 열선이 되어 막내를 향해 쏘아졌다.

퍼억!

"끅!"

열선이 어깻죽지를 관통하자 막내가 허공 중에서 고통스럽게 전신을 진동했다.

"왓하하하! 앙탈을 부리는 것이냐?"

그러나 막내는 더욱 광오하게 웃으며 곡괭이를 찍어왔다.

콰아앙!

엄청난 힘으로 곡괭이가 처박히며 발밑 땅바닥이 산산이 터져 오르자 철려화는 십여 걸음을 정신없이 물러섰다.

"달아나지 말고 이리 오너라! 이 오라비가 환장하게 이뻐해 줄 테니!"

붕붕!

곡괭이를 마구잡이로 휘두르고 개침을 질질 흘리며 막내가 쫓아왔다. 욕정으로 희번뜩한 막내의 눈을 바라보며 철려화는 부르르 진저리를 쳤다. 어금니를 질끈 깨문 그녀가 가슴 앞에서 활짝 펼친 양손을 빠르게 휘돌리자 그 궤적을 따라 아지랑이 같은 열기가 피어오르기 시작했다. 가슴 앞에서 이글이글 타오르는 듯한 불덩이가 맺히는 순간 철려화가 하나로 모은 양손 손바닥을 힘차게 밀어내며 일갈했다.

"광열풍(廣熱風)!"

용암처럼 뜨거운 불덩이가 핑글핑글 회전하며 막내를 향해 밀려갔다. 막내는 여전히 웃으며 불덩이를 향해 정면으로 곡괭이를 휘둘렀다.

카아앙!

불덩이와 곡괭이가 충돌하는 순간 공기를 찢어발기는 듯한 폭음과 함께 뜨거운 경기가 사방으로 어지럽게 비산했다.

"크아악!"

얼굴로 뜨거운 열기가 화악 끼얹어지는 것을 느끼며 막내는 뒤쪽으로 부웅 튕겨 나갔다.

"걱정마라, 막내야!"

"너를 대신해 저 계집은 우리가 먼저 맛을 봐줄 테니!"

막내를 스쳐 흑면삼오수라의 첫째와 둘째가 씩씩하게 곡괭이를 휘두르며 짓쳐 나왔다. 허공을 격하여 날아오는 두 사람을 발견한 철려화는 재빨리 눈앞에서 양손 손바닥을 맞부딪치며 공력을 최대치까지 끌어올렸다. 어금니를 질끈 깨물고 양팔을 부들부들 떠는 그녀의 신형 주위로 불그스름한 열기가 피어오르기 시작했다. 열기는 천천히 상승하여 마침내 그녀의 머리 위에서 하나의 거대한 열꽃을 만들었다.

맞붙인 손바닥을 앞으로 쭉 내지르며 철려화가 씩씩하게 소리쳤다.

"마멸절불멸화(魔滅絶不滅火)!"

순간 철려화의 머리 위에 그려진 열화로부터 성난 화룡(火龍)이 아가리를 쫙 벌리고 쏟아져 나왔다.

"앗뜨뜨뜨! 저년이 화섭자를 집어삼켰나?"

"조심해! 계집년의 무공이 상상 이상이다!"

자신들을 향해 노도처럼 밀려드는 불기둥을 곡괭이로 힘겹게 튕겨내면서도 두 살귀는 조금씩조금씩 철려화를 향해 다가갔다. 가문의 독문 절기인 축융십이화(蓄癖十二火) 중에서 자신이 익힌 최고의 수법인 제오절 마멸절불멸화까지 뚫고 접근해 오는 살귀들을 바라보며 철려화는 긴장했다. 오늘 밤 정말 목숨을 걸어야 할 강적을 만나 버렸음을 깨달은 것이다.

'좋다. 기왕 이렇게 된 거, 나의 진정한 성취를 확인하는 기회로 삼으리라.'

역시 화통한 성격답게 그녀는 겁을 먹는 대신 독문 기공인 태양신공(太陽神功)을 극한까지 끌어올렸다. 전신이 불덩이처럼 달아올랐고, 발바닥에서 뿜어지는 열기 때문에 발목까지 땅바닥 속으로 푹 꺼졌다. 두 눈도 함께 이글이글 타올랐다. 전신 피부가 심한 화상이라도 입은 듯 벌게졌다.

자신들에게 쏟아지는 불덩이의 압력이 더욱 거세지자 흑면삼오수라의 첫째와 둘째도 마침내 당황하기 시작했다. 곡괭이를 미친 듯 휘둘러 불덩이를 간신히 튕겨내곤 있었지만, 접근은 고사하고 이젠 얼마나 버틸지 장담조차 할 수 없었다.

불덩이는 어떻게 튕겨낸다 해도 용암처럼 뜨거운 열기는 도저히 견뎌낼 수가 없었다. 두 사람의 산발한 머리카락은 이미 홀라당 타버렸고, 광부복도 반쯤 타버려 아예 누더기가 되었다. 얼굴을 비롯한 상반신이 온통 화상투성이었는데, 상처 부위가 쓰라려 두 사람은 거의 미칠 지경이 돼버렸다.

절망적인 눈으로 두 사람이 서로의 얼굴을 마주 보았다.

세상에 공짜란 없구나. 두 사람은 비로소 계집 하나를 처치하는 데 웬 돈을 그리 많이 내놓겠다고 했는지 깨달을 수 있었다.

"왓하하! 계집은 내가 먼저라고 하지 않았소, 형님들!"

이때 흠칫흠칫하는 첫째와 둘째 사이를 바람처럼 스쳐 막내가 곡괭이를 휘두르며 짓쳐 나갔다.

"아, 안 돼!"

"통구이가 되고 싶으냐, 멍청아!"

첫째와 둘째가 단말마의 외침과 함께 손을 내뻗었으나 두 형의 손은 아슬아슬하게 막내의 뒷덜미를 놓치고 말았다. 형들은 아우가 계집이 탐이 나 만용을 부리는 게 아님을 안다. 세인들은 피도 눈물도 없는 인간 백정들이라고 손가락질해 댔지만 세 형제의 우애는 남달랐다.

그것은 셋 모두 나이 여덟이 되기도 전 친부모에 의해 탄광에 팔려 와 반노예 상태의 처참한 유년기를 이겨내고 여기까지 함께 왔다는 끈끈한 동지애에서 비롯된 것이었다. 뒤쪽에 약간 처져 있던 동생은 형들의 위기를 재빨리 간파했고, 결국 형들을 살리기 위해 제 한 몸 깨끗이 불사르기로 작정한 것이리라.

흑면삼오수라는 스승에게 아주 특이한 마공 하나를 익혔는데, 이름이 폭신공(爆身功)이다. 말 그대로 스스로를 폭발시켜 상대와 동귀어진한다는 뜻으로, 스승은 도저히 이길 수 없는 상대를 반드시 죽여야 할 때 이 지랄맞은 마공을 사용하라고 했다. 물론 자신의 목숨을 담보로 말이다.

만년한철도 단숨에 녹여 버릴 듯한 불기둥을 곡괭이로 헤집으며 파고든 막내의 몸뚱이는 이미 풍선처럼 부풀어 있었다. 상단전과 하단전에 상극하는 두 종류의 기공을 동시에 끌어올려 내부가 진탕되도록 만드는 중이었다. 더 이상 열기를 이기지 못한 막내가 곡괭이를 놓쳤고, 기다렸다는 듯 거센 불기둥이 막내의 가슴을 강타했다.

꽈아아앙!

동시에 엄청난 폭발이 일어났다.

폭발이 얼마나 대단했는지 반경 십 장 내의 모든 나무뿌리가 통째로 뽑혀 날아갔다.

철려화는 자신이 왜 땅바닥에 등을 대고 누워 있는지 알 수가 없었다. 아마도 깜빡 정신을 놓은 것 같았다. 숯가마에라도 들어갔다 나온 사람처럼 시커멓게 그을린 몸을 힘겹게 일으키는 순간 섬뜩한 곡괭이 날이 양쪽 볼에 대어졌다.

역시 잔뜩 그을린 흑면삼오수라의 첫째와 둘째가 그녀에게 곡괭이를 겨눈 채 흉신악살처럼 버티고 서 있었던 것이다.

첫째가 으스스하게 내뱉었다.

"이제 네년의 몸뚱이 따윈 필요없다. 이제 보니 더럽게 재수없게 생긴 계집년 아닌가?"

둘째가 첫째의 말을 받았다.

놈은 억지로 웃고 있었으나 왠지 눈물을 참고 있는 것처럼 보였다.

"그러게나 말입니다, 형님. 이런 못생긴 계집을 자빠뜨리겠다고 스스로 통구이가 됐으니, 막내 그 녀석은 예나 지금이나 눈이 너무 낮아서 탈입니다."

"마지막 염불이나 외워두거라, 계집!"

첫째와 둘째가 그녀의 얼굴을 노리고 동시에 곡괭이를 쳐들었다. 피해야 한다고 생각했지만 방금 전 원인을 알 수 없는 폭발 때문에 꽤 깊은 내상을 입은 그녀는 옴짝달싹할 수가 없었다. 이게 꿈인지 현실인지 몽롱한 가운데 심장만 쿵쿵 급박하게 뛰었다.

부아악!

바람을 가르는 곡괭이 소릴 들으며 철려화는 찢어질 듯 눈을 부릅떴다.

나이 스물이 될 때까지 자신이 알고 있던 모든 사람들의 얼굴이 찰나의 순간 스치고 지나갔다. 이렇게 죽는 건가? 내가, 수려봉으로까지 불리우는 나 철려화가? 원통하고 분했다. 누구라도 나타나 이 위기에서 자신을 구해준다면, 그가 비록 개방의 제자라도 낭군으로 삼을 수 있을 것 같았다.

빠박!

"윽!"

"크흑!"

어디선가 빠르게 회전하며 날아온 빨래방망이, 아니, 목검이 정확히 두 살귀의 콧잔등을 강타한 건 바로 그때였다. 코피가 터져 나오는 안면을 감싸쥐고 살귀들은 뒤쪽으로 십여 걸음씩 물러섰다.

기적처럼 목숨을 건진 철려화가 홱 고갤 돌렸을 때 막 되돌아온 목검을 움켜잡는 웬 청년이 보였다.

자신보다 서너 살쯤 많을까? 약관을 갓 넘겼을 듯한 청년은 상당히 준수한 외모였다. 목검을 좌우로 휘둘러 팡팡 바람 소릴 내며 걸어오는 청년을 바라보며 철려화는 괜스레 가슴이 쿵쾅거렸다. 평소 웬만한 남자들은 발가락의 때만큼도 여기지 않는 그녀였으나, 절체절명의 순간에 목숨을 구해준 은인에 대해서만은 어쩔 수 없이 가슴이 설레는 모양이었다.

여린은 목검을 가볍게 휘두르며 흑면삼오수라의 첫째와 둘째를 향해 다가가고 있었다. 두 형제의 얼굴엔 강한 의문이 떠올라 있었다. 왜? 도대체 왜? 그들은 아마도 자신에게 그렇게 묻고 싶은 것이리라. 왜냐하면 자신이 바로 그들에게 철려화의 초상화를 내밀며 돈을 건네고 청부를 한 장본인이니 말이다.

애초의 약속은 이랬다.

흑면삼오수라가 철려화를 제압하고 막 능욕하려는 찰나, 여린이 짜안 하고 등장한다. 당장 여린과 살귀들 사이에 숨 막히는 혈전이 벌어지고, 흑면삼오수라는 두고 보자는 다짐을 남기고 꽁지가 빠지게 달아난다. 감동받은 여자는 자신을 구해준 은인의 품에 안겨 사랑을 고백하고, 여린은 다음날 날이 밝는 대로 광원산 기슭에 있는 폐가에서 흑면삼오수라를 만나 잔금을 지불한다.

여린은 왜 그런 짓을 하느냐고 묻는 흑면삼오수라에게 청부 대상이 자신이 오랫동안 짝사랑해 오던 여인이라고 둘러댔다. 그 여인이 이제 곧 다른 남자와 혼약하기로 되었기에 이런 비겁한 방법을 쓸 수밖에

없노라고 눈물까지 글썽이며 비통하게 말하는 여린에게 흑면삼오수라
는 너무도 쉽게 속아주었던 것이다.

"네놈이 우릴 속였구나."

"처음부터 우릴 죽일 작정이었어."

흑면삼오수라의 얼굴이 원독으로 험악하게 일그러졌다. 기생오라비
같은 놈의 뻔한 거짓말에 속아 막내를 잃은 그들의 분노는 하늘을 찌
를 듯했다.

그러나 태연히 어깨를 으쓱했다.

"속이다니, 누가 누굴 속여? 마치 우리가 만난 적이 있는 것처럼 말
들을 하는군."

첫째가 곡괭이로 여린을 가리키며 흥분하여 소리쳤다.

"네놈이 우리에게 저 계집을 덮쳐 달라고 청부한 사실이 없단 말이
냐?"

"추잡한 짓거리를 하다가 발각되니 별 이상한 거짓말을 다 꾸며대는
군. 헛수작 치우고 지금이라도 소저께 무릎을 꿇고 용서를 구한다면
목숨만은 살려줄 수도 있다."

"저런 뻔뻔스런 놈……!"

"네놈과 계집을 모두 죽여 막내의 원혼을 달래주어야겠다."

첫째와 둘째는 자욱한 살기를 내뿜으며 으드득 이를 갈아붙였다.

"죄를 뉘우치지 않겠다면 몽둥이로 다스리는 수밖에!"

일갈과 함께 여린이 목검을 뽑아 들고 달려 나갔다.

저깟 목검 따위로 우릴 대적하겠다고? 곡괭이를 병기로 사용하는 두
살귀가 목검을 사용하는 여린을 비웃으며 두 자루의 곡괭이를 휘둘러
갔다.

여린이 찔러오던 목검을 좌우로 가볍게 흔들어 곡괭이를 때렸다. 그러자 천 근의 힘이 실린 곡괭이가 거짓말처럼 좌우로 튕겨 나갔다. 동시에 텅 빈 두 살귀의 옆 얼굴을 노리고 여린의 목검이 번개처럼 날아들었다.

빠악!

빠악!

비명도 없었다. 여린의 목검이 정확히 관자놀이를 박살내며 쑤셔 박히는 순간 흑면삼오수라의 첫째와 둘째는 이와 핏물을 분분히 흩뿌렸다. 그 순간 그들의 영혼은 이미 육신을 떠나고 있었다.

"잘 가라. 다음 생에선 좀 더 나은 인간으로 태어나도록."

땅바닥에 얼굴을 처박고 절명한 세 살귀의 시체를 내려다보며 여린이 나직이 중얼거렸다. 그의 얼굴은 왠지 살인을 했다는 자책감으로 무겁게 가라앉아 있는 것 같았다. 적어도 철려화의 눈에는 그렇게 보였다. 그리고 그것이 여린을 더욱 매력적으로 보이게 만들었다.

실은 그녀는 방금 여린이 사용한 무공 초식을 알아보고 크게 놀랐다. 여린은 분명 삼재검의 몇 가지 초식을 뒤섞어 사용하고 있었던 것이다.

자신이 축융십이화의 오절까지 사용하고도 제압하지 못한 살귀들을 삼재검 따위로 죽여 버리다니.

하지만 지금 철려화에게 그건 그리 중요한 문제가 아니었다.

재빨리 몸을 일으킨 그녀는 자신을 향해 천천히 다가오는 여린을 바라보며 정신없이 흐트러진 옷매무시를 가다듬었다. 평소의 그녀답지 않은 행동이었다. 하지만 여린에게만은 왠지 잘 보이고 싶은 그녀였다.

여린이 철려화 앞에 우뚝 멈춰 섰다. 부드럽지만 묘한 힘이 실린 그의 눈이 철녀화의 얼굴을 한동안 조용히 응시했다. 여린이 너무 빤히 쳐다보자 철려화는 왠지 부끄러워져 고개를 살짝 숙였다.

'이 남자가 날 왜 이리 쳐다보지? 여느 남자들처럼 내 미모에 첫눈에 반한 것일까? 당장 입이라도 맞춰오면 어떻게 하지? 거칠게 밀어내야 하나, 아님 못 이기는 척 받아들여야 하나?'

부끄러운 상념들로 철려화의 가슴이 두근거리고 있을 때 여린이 조용히 입을 열었다.

"많이 놀라셨겠습니다. 크게 상한 곳은 없습니까?"

낮고 신뢰가는 음성. 여자는 남자의 외모보다 목소리에 끌린다고 했다. 자신의 안위를 걱정해 주는 여린의 목소리를 듣는 순간 두 다리에 힘이 쭉 빠져 하마터면 그녀는 엉덩방아를 찧을 뻔했다.

"여, 염려해 주신 덕분에……."

그녀는 모기 같은 목소리로 중얼거렸다.

"다행이군요. 그럼 조심해서 돌아가십시오."

그게 끝이었다. 여린은 아무 미련도 없다는 듯 돌아서서 오솔길을 걸어가기 시작했다. 멀어지는 여린의 뒷모습을 안타깝게 바라보며 철려화는 할 말을 잃고 있었다. 이런 경우 남자에게 어떤 말을 건네고, 어떻게 후일을 기약하는지 그녀는 알지 못했다. 그녀의 아버지도 그것만은 가르쳐 준 적이 없었다.

"저… 저… 잠깐만요!"

한참을 망설이던 그녀가 마침내 여린을 불러 세웠다.

"무슨 다른 용무라도? 아니면 역시 큰 부상이라도 당해 거동이 불편하십니까?"

다시 돌아선 여린은 여전히 다정한 얼굴이다.

쭈뼛쭈뼛하던 철려화가 얼굴을 붉히며 말했다.

"저희 집으로 함께 가세요. 아버님께서 크게 후사하실 것입니다."

"대가를 바라고 한 일이 아닙니다. 그리고 지금은 매우 급한 용무가 있고요. 인연이 닿는다면 오늘보다 좀 더 좋은 장소에서 좋은 일로 만나뵐 수 있겠지요."

여린은 또 돌아설 태세였다.

다급해진 철려화가 목에 걸고 있던 목걸이를 황급히 벗겨냈다. 순금으로 만든 동전만한 크기의 연꽃과 연꽃 한복판에 좁쌀만한 야명주(夜明珠)가 박힌 장신구가 매달린 목걸이었다. 값비싼 물건은 아니었으나 그녀에겐 목숨과도 바꿀 수 없을 정도로 가치있는 보물이었다.

그런 목걸이를 여린에게 불쑥 내밀며 철려화가 말했다.

"그럼 이걸 받아주세요. 처참한 꼴을 당할 뻔한 소녀를 구해준 은인께 드리는 작은 정표랍니다."

한동안 망설이던 여린이 목걸이를 집어 올렸다. 목걸이를 자신의 목에 거는 여린을 지켜보며 철려화는 절로 가슴이 뿌듯해졌다.

"값비싼 물건은 아닌 듯하여 받습니다. 후일 다시 필요하시면 언제든 돌려달라고 하십시오. 그럼 전 이만."

여린은 그렇게 돌아섰다.

뿌연 새벽 안개 속으로 멀어지는 여린의 뒷모습을 철려화는 하염없이 바라보며 서 있었다. 여린의 모습이 새벽 안개 속으로 완전히 사라진 이후에도 그녀는 한동안 움직일 줄을 몰랐다. 그녀의 입가엔 연정을 가득 담은 미소가 떠올라 있었다.

"아차, 내 정신 좀 보게!"

그녀가 퍼뜩 정신을 차렸다.

자신이 방금 여린에게 건넨 목걸이가 모친의 유일한 유품이란 사실을 뒤늦게 깨달은 것이다.

"미쳤지, 미쳤어. 어쩌자고 낯선 남자에게 그 귀한 걸 덥석 건네주고 만 걸까? 어쨌든 그 사람을 꼭 다시 만나야 해. 황금 백만 관을 사례금으로 내놓는다 해도 어머니의 유품만은 되돌려 받아야 할 테니까."

자책하듯 제 머리를 콩콩 쥐어박으며 걸어가는 철려화의 모습을 높다란 나뭇가지 위에서 내려다보는 그림자가 있었다.

"크흐흐."

은은한 안광을 내뿜으며 으스스하게 웃는 꼽추 늙은이는 바로 백골염황 소사청이었다. 그의 등 뒤엔 꿈꾸는 듯 멍한 얼굴로 생강시가 된 사문기가 서 있었다. 살점 한 점 없이 깡말라 붉은 안광만 내뿜는 사문기 이마빡에는 '不生'이라 쓰여진 부적이 펄럭이고 있었다.

소사청이 사문기를 힐끗 돌아보며 음산하게 물었다.

"널 죽인 놈의 이름이 여린이라고 했지? 볼수록 재밌는 녀석이야. 저 정도 악랄한 심계를 가진 놈이라면 이 백골염왕님의 후계자로 전혀 손색이 없겠어. 안 그러냐?"

"……."

사문기는 대답이 없다. 다만 여린의 이름이 나오자 두 눈의 혈광이 조금 짙어졌을 뿐이다.

아직 동도 트기 전 입청을 하던 여린은 대문 앞에서 늘어지게 하품을 하고 있던 정문지기 막여청과 맞닥뜨렸다.

"아침부터 수고가 많군."

빙긋이 웃으며 인사를 건네는 여린을 발견하는 순간 막여청은 인상부터 화악 구졌다. 도끼눈을 한 막여청이 창자루를 힘주어 움켜잡은 채 여린을 지그시 노려보았다.

의외의 반응에 황당한 기분이 된 여린이 약간 떨떠름하게 말했다.

"자넨 상사를 보고 인사도 할 줄 모르나?"

"……."

그러나 막여청은 뜨악하게 여린을 쳐다볼 뿐이었다.

그는 이미 소문을 듣고 있었던 것이다. 몽매에도 사모하는 화초랑이 저 기생오라비 같은 줍포에게 푹 빠져 있다는 흉흉한 소문을 말이다.

'처음 봤을 때부터 재수가 없었어. 에이, 내시 불알처럼 생긴 새끼.'

막여청은 여린의 발밑에 침이라고 탁 뱉어주고 싶은 심정이었다.

"그럼 계속 수고하게."

괜히 더 말을 시켜봤자 좋은 꼴은 보지 못할 것이라고 판단한 여린이 황급히 막여청을 스쳐 현청 대문 안으로 걸음을 옮겼다.

"포두가 되고 싶습니다!"

뒤통수를 때리는 막여청의 고함 소리에 여린이 우뚝 걸음을 멈추었다.

"방금 뭐라고 했지?"

막여청이 콧김을 핑핑 내뿜으며 결연히 대답했다.

"포두가 되고 싶다고 했습니다!"

아닌 밤중에 홍두깨도 아니고 여린은 기가 막혔다.

막여청의 표정이 하도 심각한지라 화도 내지 못하고 최대한 부드럽게 말했다.

"포두가 되고 싶으면 일 년에 한 번씩 있는 승급 시험을 보면 될 것 아닌가?"

"낫 놓고 기역 자도 모르는 까막눈이라 승급 시험은 보나마나 미역국입니다. 그러니 포두께서 추천해 주십시오."

마치 빚쟁이가 빚 독촉하는 형국이다. 특별한 공로가 있거나 오랫동안 현청에 근무한 포사들의 경우 현감이나 줍포의 상신에 따라 승급이 되는 경우가 있다는 걸 여린도 알고 있었다. 그러나 막여청은 특별한 공로가 있는 것도 아니고, 수십 년간 현청에서 복무한 것도 아니다. 뭐라고 한마디 쏘아붙이려다가 피곤함을 느낀 여린은 대충 얼버무리고 돌아서려 했다.

"알았네. 내 한번 생각해 보지."

"그럼 약속한 겁니다?"

대문 안으로 들어서려던 여린이 다시 막여청을 돌아보았다. 사나운 눈으로 자신을 쏘아보는 폼새가 꼭 연적을 향해 적의를 불태우는 것 같았다. 연적이라니? 자신과 막여청을 연적으로 만들 상대가 없지 않은가?

자신이 잘못 보았다고 생각하며 여린이 막여청을 향해 물었다.

"대체 왜 그리 포두가 되고 싶어하나? 직급은 낮으나 정문지기가 포두보다 훨씬 수입이 짭짤한 걸로 알고 있는데."

"그, 그것은……."

막여청은 잠시 할 말을 잃었다. 화초랑 때문이라고 말하긴 왠지 쑥스러웠던 것이다.

한동안 우물쭈물하던 막여청이 창자루를 곧추세우며 빽 소리쳤다.

"엡! 국법을 업신여기고 혹세무민하는 저 무도한 철기방을 때려잡고 싶어서입니다!"

여린이 새삼 이채를 띠고 막여청을 보았다. 현청에 소속된 수십 명의 포두보다 저 정문지기가 훨씬 쓸 만하지 않은가.

"좋아. 성도에 가 계시는 현감 영감께서 돌아오시는 대로 네 자넬 포두로 상신해 주십사 청을 넣어보겠네."

"감사합니다!"

막여청이 대문 안으로 들어가는 여린의 뒷모습을 향해 이마가 땅에 닿을 듯 허릴 숙였다. 천천히 고개를 들어올리는 막여청의 얼굴엔 희색이 만면했다.

'조금만 기다려라, 초랑아. 나도 이제 곧 포두가 된다. 네가 그토록 원하는 포두 말이다.'

희열에 들뜬 얼굴로 막여청이 나직이 중얼거렸다. 이때까지만 해도 그는 자신이 얼마나 어리석은 선택을 했는지 꿈에도 모르고 있었다.

창! 창창!

새벽 공기를 가르며 허연 검광이 춤을 추고 있었다.

두 개의 검봉에서 뻗쳐 나온 수십 가닥의 검광이 때론 직선으로 부딪치고, 때론 곡선으로 휘감으며 퍼런 불꽃이 비산했다. 이른 새벽부터 땀을 뻘뻘 흘리며 비무에 열중인 사람들은 바로 장숙과 단구였다.

지난번 독사성과의 일전으로 그들은 오랜 세월 잊고 지냈던 무인으로서의 본능을 되찾았다. 매일 잡범이나 뒤쫓고 상인들 푼돈이나 뜯어내던 무사안일한 하급 관원에서 자신보다 강한 상대와 맞붙어 승부를 결해보고 싶은 무인으로서의 당연한 본능 말이다. 결국 여린이 그들의 가슴에 불을 지른 셈이었다.

약간 떨어진 곳에 서서 여린은 두 사람의 비무를 조용히 지켜보고 있었다.

두 사람의 구주환상검은 확실히 훌륭해서 춤을 추는 듯한 검신이 천변만화를 일으키고 있었으나, 그 현란한 변화에 비해 어딘지 무게감이 떨어져 보였다. 그가 아는 한 검법의 삼대묘리는 쾌(快)와 변(變)과 중(重)이다. 빠름과 변화무쌍함과 무게감. 이 세 가지 덕목을 두루 갖춘 검객을 흔히들 검의 달인이라고 부르고, 두 가지만 갖추어도 검의 고수라 불릴 만했다. 그런데 두 사람의 구주환상검은 지나치게 변화에만 의존하는 측면이 있었다. 지난번 백학예원에서 만났던 청년 무사들이라면 몰라도 경험이 풍부한 절정의 고수를 만난다면 변화만으로는 상대하기 벅찰 것이다.

"흥겨운 비무구려! 나도 좀 끼워주시오!"

여린이 목검을 뽑아 들고 두 사람 사이로 뛰어들었다.

차아앙!

창창창창!

여린이 끼어들면서 장숙과 단구의 검은 더욱 바빠졌다. 여린의 파상적인 공세에 두 사람은 자연스럽게 한편이 되어 협공으로 맞섰다. 처음엔 여린이 우세한 듯했으나 두 포두가 합격에 익숙해지자 이내 여린이 수세에 몰렸다.

끼아앙!

끼우우웅!

창창창창창!

좌우편에서 수십 번의 변화를 일으키며 날아드는 검광을 튕겨내느라 여린은 정신이 없었다.

"아무래도 저희가 이긴 것 같습니다!"

"이쯤에서 항복하시는 게 신상에 이로울 것 같습니다만!"

여린을 수세에 몰아넣었다고 확신한 장숙과 단구가 양옆에서 단숨에 십여 개씩의 검광을 흩뿌리며 날아들었다.

콰악!

여린이 목검 자루를 양손으로 강하게 움켜잡았다.

"타하압!"

머리 위로 목검을 똑바로 치켜들었던 여린이 두 사람의 한복판을 향해 일도양단의 자세로 목검을 내질렀다.

장숙과 단구가 보기에 여린은 너무도 무모한 시도를 하고 있었다. 자신들의 변화무쌍한 검초를 오로지 힘만으로 대적한다는 건 손바닥으로 강물을 틀어막으려는 듯한 어리석은 행동이었다.

그러나 두 사람은 이내 자신들이 너무 안일하게 생각했음을 깨달았다. 여린이 내려친 목검이 쑥쑥 자라나는가 싶더니, 아름드리 거목이 자신들의 얼굴을 향해 똑바로 쏟아져 내리는 듯한 환상이 보였던 것이다. 엄청난 중압감을 느끼며 두 사람은 황급히 몸을 뺐다.

빡!

빠악!

"윽!"

"크흑!"

여린의 목검에 이마를 정통으로 얻어맞고 장숙과 단구가 볼썽사납게 나동그라졌다. 땅바닥에 주저앉은 두 사람은 아픔을 느낄 새도 없이 목검을 늘어뜨리고 있는 여린을 멍청히 바라보았다.

"이게 어찌 된 겁니까? 방금 전의 그 검식은 분명 구주환상검의 일식이었습니다."

"저희가 미처 익히지 못한 구주환상검의 후삼식이 분명합니다. 그렇죠?"

여린이 허리춤에 목검을 찔러 넣으며 빙긋 웃었다.

"우연한 기회에 포달랍궁의 비전 검법인 구주환상검의 구결을 구경한 적이 있습니다. 제가 보기에 구주환상검의 전삼식은 변화에 중점을 두고, 후삼식은 무게에 중점을 둔 것 같더군요. 그런데 두 분은 변화에만 주력하고 있는 것 같아 작으나마 도움을 드리고 싶었습니다."

두 사람이 황망히 일어나 여린을 향해 머릴 조아렸다.

"감사합니다."

"저희들에겐 정말 큰 도움이 됐습니다."

장숙과 단구는 진심으로 감사해하고 있었다. 반쪽짜리 구주환상검은 그들에겐 늘 벽이었고, 한이었다. 이제 구결을 알았으니 밤낮으로 수련에 수련을 거듭한다면, 어느 명문 대파의 제자 부럽지 않은 진정한 무인으로 성장할 수 있으리라.

여린도 그들의 마음을 잘 알고 있었다.

두 사람의 손을 잡으며 여린이 힘주어 말했다.

"두 분의 도움이 절실합니다. 우리 손으로 철기방을 깨뜨려 이 땅에 법이 살아 있음을 보여줍시다."

장숙과 단구의 목소리에도 힘이 들어갔다.

"믿어주십시오!"

"저희 두 사람은 이미 즙포님과 운명을 함께하기로 결심했습니다!"

오랜 친우처럼 손을 맞잡고 있는 세 사람을 곽기풍이 담 모퉁이에 숨어 훔쳐보고 있었다. 곽기풍은 가슴이 답답하기만 했다. 그가 보기에 여린은 거대한 탑을 쌓고 있는 사람 같았다. 그 탑이 하도 높고 웅장해서 도저히 한 사람의 힘만으론 완성이 불가능할 듯이 보였지만 여린은 포기하지 않고 천천히 돌을 쌓아 올리고 있었다. 그리고 이제 그 탑은 어느 정도 모양새를 갖춰가고 있었다.

'철기방과의 전쟁… 철기방과의 전쟁이라……. 불면 날아갈 것 같은 이 작은 현청의 힘으로 그게 과연 가능한 일일까?'

곽기풍이 절로 고개를 설레설레 흔들었다. 그는 아직도 여린이 쌓고 있는 탑의 일부가 될 수 없었던 것이다.

『법왕전기』 2권에 계속…